LA SPLENDEUR DE LA VIE

MICHAEL KUMPFMÜLLER

LA SPLENDEUR DE LA VIE

roman

Traduit de l'allemand
par Bernard Kreiss

ALBIN MICHEL

« Les Grandes Traductions »

Pour Eva

« Il est parfaitement concevable que la splendeur de la vie s'offre à chacun de nous et toujours dans sa plénitude, mais de manière voilée, enfouie, invisible, très distante. Pourtant elle est là, ni hostile, ni malveillante, ni sourde. Qu'on l'invoque seulement en prononçant le mot juste, le nom juste, et elle viendra.

Telle est l'essence de la magie, qui ne crée pas mais invoque. »

Franz Kafka, *Journal* (1921)

UN

Arriver

1

Le docteur arrive tard dans la soirée, un vendredi en juillet. La dernière étape, en voiture découverte depuis la gare, lui a paru interminable, il fait encore très chaud, le docteur est épuisé, mais il est là. Elli et les enfants l'accueillent dans le hall. À peine a-t-il eu le temps de déposer ses bagages que Félix et Gerti se précipitent à sa rencontre et l'assaillent de paroles. Ils ont été à la mer depuis tôt ce matin et veulent y retourner tout de suite pour lui montrer ce qu'ils ont construit, un gigantesque château de sable, il y en a plein la plage. Laissez-le respirer, voyons, leur lance Elli qui tient dans ses bras Hanna à moitié endormie, mais ils continuent de lui parler de leur journée. Elli demande : le voyage s'est bien passé ? Tu veux manger quelque chose ? Le docteur hésite, l'appétit n'est pas au rendez-vous. Il passe un court moment à l'étage, dans l'appartement de vacances, les enfants lui montrent où ils dorment, ils ont onze et douze ans et trouvent mille excuses pour ne pas aller au lit tout de suite. Mademoiselle a préparé une assiette avec des noix et des fruits, une carafe d'eau se trouve à portée de main, il boit, s'adresse à sa sœur pour la remercier de tout cœur, car il prendra ses repas ici durant les trois semaines à venir, ils passeront beaucoup de temps ensemble, pourvu que ces dispositions ne lui pèsent pas trop à la longue.

Le docteur n'attend pas grand-chose de ce séjour. Il a des mois difficiles derrière lui, à la maison, chez les parents, il ne voulait pas y rester plus longtemps, et l'invitation au bord de la Baltique est arrivée à point nommé. Sa sœur a trouvé le logement par le journal, une annonce qui promettait d'excellents lits et des prix corrects, et même des balcons, des loggias, des vérandas, le tout à proximité immédiate de la forêt, et avec une vue splendide sur la mer.

Sa chambre se trouve à l'autre bout du couloir. Elle n'est pas très grande mais il y a une table pour écrire, le matelas est ferme, côté forêt elle donne sur un balcon étroit qui invite au repos, bien que des voix d'enfants lui parviennent, en provenance d'un bâtiment proche. Il déballe ses affaires, quelques costumes, du linge, des lectures, le papier pour écrire. Il pourrait informer Max du déroulement des entretiens qu'il vient d'avoir à la nouvelle maison d'édition, mais ce n'est pas à un jour près. C'était étrange, après toutes ces années, de se retrouver à Berlin, et vingt-quatre heures plus tard, il est ici, à Müritz, dans une maison qui se nomme *Bonne chance*. Elli a déjà lancé une pointe à ce sujet, elle espère que le docteur prendra quelques kilos à la faveur de l'air marin, mais ils savent fort bien, l'un et l'autre, que c'est peu probable. Tout se répète à l'identique depuis des années, pense-t-il, les étés dans des hôtels ou des sanatoriums, les longs hivers en ville où il lui arrive de garder le lit durant des semaines. Il est content d'être seul, s'assied un moment sur le balcon où les voix sont toujours présentes, ensuite il va se coucher et trouve sans peine le sommeil.

Lorsqu'il se réveille, le lendemain matin, il a dormi plus de huit heures. Il sait immédiatement où il est, il est au bord de la mer, dans cette chambre, très loin de tout ce qu'il ne connaît que trop. Les voix des enfants qui l'ont accompagné hier dans le sommeil sont de nouveau là, elles chantent, une chanson en hébreu, comme il n'est pas difficile de le reconnaître. Ils viennent de l'Est, pense-t-il, il y a des maisons de vacances pour ces enfants, deux jours auparavant, à Berlin, il a appris par Pua, son professeur d'hébreu, qu'il y en avait aussi une à Müritz, il se trouve qu'elle est justement là, tout à côté. Il sort sur le balcon et regarde ce qui se passe en bas. Les enfants ont cessé de chanter et un joyeux brouhaha règne devant la maison, autour de la longue table où ils prennent leur petit déjeuner. Un an auparavant, à Plana, il a été très indisposé par ce genre de bruits, mais à présent il prend presque plaisir aux piailleries des enfants. Il s'informe auprès de sa sœur, est-ce qu'elle sait quelque chose d'eux, mais Elli ne sait rien, elle paraît surprise de le voir soudain si fébrile et s'inquiète : comment a-t-il passé la nuit, est-ce qu'il est content de sa chambre, oui, il est content, il se réjouit d'aller à la plage.

Le trajet est plus long que prévu, il faut marcher près d'un quart d'heure. Gerti et Félix portent les sacs avec les affaires de bain et le casse-croûte, ils filent au pas de course sur une brève distance puis reviennent vers lui qui ne les suit qu'à grand-peine. Le soleil brille sur la mer lisse, nappée d'argent, on voit partout des enfants en maillots de bain bariolés qui pataugent dans l'eau calme ou qui jouent à la balle. Elli a fort heureusement loué une corbeille de plage à son intention, à droite de la jetée, si bien qu'il a une bonne vue d'ensemble. Autour des corbeilles de plage à rayures, des châteaux de sable se dressent à hauteur de genou, un château sur deux au moins s'orne de coquilles de moules représentant une étoile de David.

Gerti et Félix veulent aller dans l'eau et se réjouissent parce qu'il veut bien venir avec eux. À proximité du bord, on se croirait dans une baignoire, tellement l'eau est chaude, mais il nage ensuite vers le large avec les deux enfants et l'on se retrouve bientôt dans des courants plus froids. Gerti voudrait qu'il leur montre comment on fait la planche, ce n'est pas difficile du tout, et c'est ainsi que tous trois flottent un moment dans l'eau scintillante jusqu'à ce que la voix d'Elli se fasse entendre, venant du rivage. Il ne devrait pas exagérer, lui rappelle-t-elle. N'a-t-il pas eu un léger accès de fièvre hier au soir ? Oui, admet-il, mais la fièvre est passée ce matin. Et on est bien, là, tout de même, confortablement calé dans la corbeille de plage, il doit faire plus de trente degrés, le soleil est à peine supportable. Gerti et Félix ne doivent pas exagérer non plus avec le soleil, ils sont tout juste en train de disposer dans le sable des pommes de pin figurant les initiales de son nom. Longtemps il est simplement assis là, à regarder les enfants, de temps à autre lui parvient une bribe de yiddish, un rappel à l'ordre lancé par l'un des moniteurs, tous des jeunes de vingt-cinq ans au plus. Gerti est en contact avec un groupe de filles, et quand on l'interroge à leur sujet, elle confirme que oui, les filles viennent de Berlin, elles sont en vacances ici, dans un foyer tout près de chez nous.

Le docteur pourrait passer des heures assis de la sorte. Elli lui demande sans cesse comment il se sent, et toujours sur ce ton plein de sollicitude maternelle qu'il lui connaît. Il n'a jamais pu parler avec Elli comme il parle avec Ottla, pourtant il en vient à évoquer Hugo et Else Bergmann qui l'ont invité à venir avec eux en Palestine, à Tel-Aviv où il y a également une plage et des enfants rieurs comme ici. Elli n'a pas grand-chose à dire à ce sujet, son frère sait ce qu'elle pense de ce genre de projets, au fond il n'y croit pas lui-même. Mais les enfants sont une grande joie, il est heureux et reconnaissant de se trouver ici, parmi eux. Il arrive même à dormir dans toute cette agitation, plus d'une heure au milieu de la journée, au plus fort de la chaleur, jusqu'au moment où Gerti et Félix viennent le chercher pour retourner dans l'eau.

Le deuxième jour, il commence à reconnaître quelques visages. Ses yeux ne se promènent plus au hasard, il a déjà des préférences, découvre une paire de longues jambes de fille, une bouche, des cheveux, une brosse qui passe dans ces cheveux, de temps à autre un regard, là-bas, la grande brune qui lorgne plusieurs fois dans sa direction et fait ensuite comme si elle n'avait rien vu d'intéressant. Il reconnaît deux ou trois de ces demoiselles à la voix, il les observe quand elles sautent dans l'eau là-bas, loin devant, et quand elles courent sur le sable chaud en se tenant par la main et en pouffant continuellement de rire. Il a du mal à leur donner un âge. Tantôt il leur donne dix-sept ans, tantôt il lui semble que ce sont encore des enfants, et c'est cette ambivalence, précisément, qui rend leur compagnie si plaisante.

C'est surtout la grande brune qui l'attire. Il pourrait demander à Gerti comment elle s'appelle, car Gerti lui a déjà parlé, mais il ne voudrait pas que son intérêt pour elle soit dévoilé de cette manière. Il aimerait beaucoup la faire rire car elle ne rit malheureusement jamais. Elle est sur la défensive, comme quelqu'un qui nourrit depuis longtemps une sourde colère. Tard dans l'après-midi, du balcon, il la voit mettre le couvert sur la table, dans le jardin de la colonie de vacances, et le soir, il assiste à une pièce de théâtre dans laquelle elle joue le rôle féminin principal. Il ne comprend pas bien ce qu'elle dit, mais il voit comment elle bouge, avec quelle générosité elle se dépense, manifestement dans le rôle d'une fiancée qui doit être mariée contre son gré, c'est en tout cas l'idée qu'il se fait de l'action, il entend les rires des enfants, les applaudissements sous lesquels la brune s'incline à plusieurs reprises.

Ce n'est pas sans éprouver un brin de nostalgie qu'il en parle à Elli et aux enfants. Avant la guerre, il a connu des gens de théâtre, le terrible Löwy auquel son père ne témoignait que mépris, les jeunes comédiennes qui connaissaient à peine leur texte yiddish, mais quelle force il y avait dans leur jeu, et comme il croyait encore à toutes ces choses en ce temps-là.

Lorsque Gerti, le lendemain matin, conduit la jeune fille jusqu'à sa corbeille de plage, il la voit sourire pour la première fois. Au début elle se montre timide mais quand il lui dit qu'il l'a vue jouer, elle se sent rapidement en confiance. Il apprend qu'elle s'appelle Tile, la complimente. Une vraie comédienne, dit-il, voilà ce qu'il a vu sur scène, et elle, là-dessus, de répliquer qu'elle espère pourtant avoir donné à voir une fiancée et laissé la comédienne au vestiaire. La réponse plaît au docteur, ils éclatent de rire et font plus ample connaissance. Oui, elle vient de Berlin et elle sait qui est le docteur, quelques semaines auparavant, elle a exposé un livre de lui dans la vitrine de la librairie où elle travaille. Il semble qu'elle ne veuille pas se confier davantage, du moins en présence de Gerti, et c'est pourquoi le docteur l'invite à une promenade sur la jetée. Elle voudrait devenir danseuse, a-t-il tôt fait d'apprendre, et c'est là, justement, que le bât blesse, elle est brouillée avec ses parents qui veulent l'en empêcher à tout prix. Le docteur ne sait trop comment la consoler, c'est une belle profession, dit-il, exigeante aussi, et elle dansera un jour, pourvu qu'elle y croie. Il la voit déjà, comment elle vole à travers la scène, comment elle se courbe, comment elle implore avec bras et jambes. Elle le sait depuis qu'elle a huit ans, c'est inscrit dans son corps. Le docteur observe un long silence tandis qu'elle le dévisage avec insistance, mi-enfant mi-femme.

Ils se promènent aussi le lendemain et le surlendemain. La jeune fille a longuement réfléchi aux paroles du docteur mais elle n'est pas sûre de les avoir bien comprises. Le docteur, après coup, n'est pas satisfait de sa réponse, peut-être n'est-il pas bon de l'encourager dans son rêve, peut-être n'en a-t-il pas le droit. Il parle de son travail à la compagnie d'assurances, et comment ça se passe la nuit, quand il écrit, encore qu'il n'écrive pas pour le moment. Il ne travaille plus à la compagnie non plus, il est pensionné depuis un an, et c'est ce qui explique qu'il soit présentement assis là, sur la jetée, avec une jolie Berlinoise qui sera danseuse dans quelques années. Et la voilà qui sourit de nouveau et invite le docteur à dîner pour le lendemain, il y a toujours une petite fête à la colonie de vacances le vendredi soir, et elle a pris soin de prévenir les moniteurs. Il accepte aussitôt parce que ce sera vendredi, et c'est ainsi qu'à quarante ans, il fêtera un vendredi soir pour la première fois de sa vie.

L'après-midi déjà, il peut suivre les préparatifs de son balcon. Il s'est retiré dans sa chambre. Il écrit des cartes postales où il est question de la mer et des fantômes auxquels il lui semble avoir momentanément échappé. Il écrit à Robert et aux Bergmann, en partie dans les mêmes termes, très longuement au sujet des enfants. Tile lui a appris que la colonie de vacances s'appelle *Au bonheur des enfants*, et c'est en songeant à cela qu'il écrit : Afin de m'assurer que j'étais encore transportable après toutes ces années occupées à garder le lit et à lutter contre les maux de tête, je me suis levé pour faire un petit voyage au bord de la Baltique. Et j'ai été bien inspiré, incontestablement. À cinquante pas de mon balcon, il y a une maison de vacances du Foyer populaire juif de Berlin. À travers les arbres, je peux voir jouer les enfants. Des enfants joyeux, sains, passionnés. Des Juifs de l'Est sauvés du danger berlinois par des Juifs de l'Ouest. La moitié du jour et de la nuit, la maison, la forêt et la plage s'emplissent de chansons. Lorsque je suis parmi eux, je ne suis pas heureux, mais au seuil du bonheur.

Il a encore le temps de faire une courte promenade, ensuite il se prépare lentement pour le soir, sort le costume sombre de l'armoire, ajuste la cravate devant le miroir. Il est curieux de découvrir ce qui l'attend à côté, le déroulement précis de la fête, les chansons, les visages, mais ça ne va pas plus loin, il n'espère rien pour lui.

2

Dora est assise à la table de la cuisine, occupée à vider des poissons pour le repas du soir. Voilà des jours qu'elle pense à lui et soudain, il est là, et c'est évidemment Tile qui l'a amené, seul, sans la femme de la plage. Il se tient dans l'embrasure de la porte et scrute d'abord les poissons puis les mains de Dora, d'un œil légèrement critique, lui semble-t-il, mais c'est l'homme de la plage, sans nul doute. Elle est si surprise qu'elle n'entend pas bien ce qu'il dit, quelque chose au sujet de ses mains, des mains si douces, dit-il, et qui doivent accomplir une tâche si sanglante. En même temps, il la regarde avec curiosité, étonné de la voir faire, dans le rôle de la cuisinière, ce qu'elle est tout juste en train de faire. Il ne s'attarde pas longtemps, malheureusement. Tile voudrait lui montrer le reste de la maison, il est encore là, près de la table, l'instant d'après il a disparu.

Durant un bref laps de temps, elle est comme sonnée, elle entend les voix au-dehors, le rire de Tile, des pas qui s'éloignent. Elle se demande comment ça se passe maintenant, l'imagine debout dans la chambre de Tile, ne sachant pas que c'est aussi celle de Dora. Est-ce que Tile le lui dit ? Elle suppose que non. Elle pense à la première fois à la plage, lorsqu'elle l'a remarqué, avec cette femme et les trois enfants. Elle n'a prêté que peu d'attention à la femme, n'a eu d'yeux que pour l'homme, jeune encore, pour sa façon de nager, de bouger, de lire assis dans la corbeille de plage. Au début, à cause de sa peau sombre, elle l'a pris pour un Indien métis. Il est marié, qu'est-ce que tu espères, a-t-elle pensé, mais elle a quand même continué d'espérer. Une fois, elle l'a suivi jusqu'en ville, lui et sa famille, elle a rêvé de lui, de Hans aussi, mais elle préfère ne pas penser à Hans en ce moment, ou alors seulement quand elle s'avise confusément qu'elle le devrait.

Deux heures après, au repas, elle revoit le docteur. Il est assis loin, au bout de la table, à côté de Tile qui se gonfle d'orgueil et plastronne parce que sans Tile, il ne serait pas venu. Depuis deux jours, il n'est plus question que de cela, le docteur, le docteur, c'est un écrivain, vous ferez sa connaissance vendredi, et voilà qu'il ne s'agit de nul autre que de l'homme de la plage. Tile vient tout juste de le présenter, suivent les bénédictions, le vin, le pain que l'on rompt. Le docteur réagit comme si presque tout cela était absolument nouveau pour lui, et pendant le repas il ne cesse de la regarder avec dans les yeux cette expression de nostalgie qu'elle croit déjà lui connaître. Plus tard, avant de s'en aller, il s'approche d'elle et lui demande son nom ; son nom à lui, elle le connaît déjà, n'est-ce pas, et c'est donc à elle, maintenant, de l'aider en lui dévoilant le sien. Ses yeux bleus se fixent sur elle, il hoche la tête et réfléchit au nom qu'il vient d'entendre, il lui plaît, de toute évidence. Elle lui dit, beaucoup trop vite : Je vous ai vu à la plage, avec votre femme, et pourtant elle sait bien que ce n'est pas sa femme, ça ne peut pas l'être, sinon pourquoi se sentirait-elle le cœur si léger depuis qu'il a fait irruption à côté d'elle, à la cuisine ? Le docteur rit et confirme : c'est sa sœur. Et les enfants sont à sa sœur aussi. Il en a une autre, Valli, avec son mari Joseph, sans doute les a-t-elle déjà croisés. Il lui demande quand est-ce qu'il pourrait la revoir. J'aimerais beaucoup vous revoir, dit-il, ou bien : J'espère que nous nous reverrons, et elle dit aussitôt, oui, avec plaisir, car elle aussi aimerait le revoir. Demain ? s'enquiert-elle, et en réalité elle voudrait lui crier, dès que vous serez réveillé, quand vous voudrez. Il propose, à la plage, après le petit déjeuner, alors qu'elle aurait évidemment préféré l'avoir pour elle seule, à la cuisine. Il invite aussi Tile. Dora ne se rappelle même pas qu'il existe une Tile, mais Tile est là, hélas, on ne voit que trop bien comme elle est éprise du docteur, pourtant elle n'a que dix-sept ans et de l'amour des hommes elle ne sait sans doute pas grand-chose, pour ainsi dire rien.

D'emblée, Tile a plu à Dora, c'est que la jeune fille est un peu comme elle, il faut toujours qu'elle dise sur-le-champ ce qui lui passe par la tête. Tile n'est pas spécialement jolie, mais on la remarque parce qu'elle est si pleine de vie, elle aime son corps, ses longues jambes fines, des jambes de danseuse. Dora l'a déjà vue danser, et pleurer aussi, et rire dans la seconde qui suit, comme le temps en avril.

Bien après minuit, Tile en est encore à lui détailler la visite du docteur, ce qu'il a dit précisément, au sujet de la maison, du repas, de l'atmosphère solennelle, que tout le monde avait l'air si content. Dora ne fait aucun commentaire, elle s'en remet à ses propres observations dont elle suit la trace et auxquelles elle s'abandonne d'une manière ou d'une autre, or cet homme et les rares instants qu'elle a passés près de lui font partie de ces choses auxquelles on ne peut pas ne pas s'abandonner. Longtemps après que Tile s'est endormie, quelque chose continue à se dilater en elle, un son ou un parfum, presque rien pour commencer, mais c'est avec une sorte de rugissement que cela prend ensuite possession d'elle.

Le lendemain matin, à la plage, il l'accueille en lui tendant la main. Il l'a attendue et lui trouve l'air fatigué. Qu'est-ce qu'il y a, semble-t-il dire. Il y a que Tile est là, et aussi Gerti, la nièce du docteur, et c'est pourquoi Dora se borne à lui sourire vaguement, elle dit quelque chose au sujet de la mer, de la lumière, et qu'est-ce qui peut bien les rapprocher, là, maintenant, dans cette lumière, alors qu'on n'a fait, somme toute, qu'échanger quelques phrases, mais il faut qu'elle vive désormais avec ces phrases, avec ces regards. Il ne veut décidément pas aller dans l'eau ; Tile si, et cela leur laisse quelques minutes. Sa sœur, là-bas, juste en face, Dora l'a entrevue tout à l'heure déjà, comment a-t-elle pu croire un instant que c'était la femme du docteur.

Et à présent ils parlent, et ils oublient qu'ils parlent car à peine l'un ou l'autre a-t-il dit quelque chose que le silence se referme sur eux, ils sont assis comme sous une cloche qui engloutit chaque son aussitôt qu'il est émis. Le docteur lui pose mille questions, d'où elle vient, comment elle vit, il regarde sa bouche, rien que sa bouche, chuchote quelque chose à ses cheveux, à la cambrure de son corps, ce qu'il a vu, ce qu'il voit, tout ce qui se passe de mots. Elle parle de son père, comment elle s'est enfuie de la maison paternelle pour vivre sa vie, d'abord à Cracovie puis, plus loin, à Breslau, et à présent elle se dit qu'elle n'est peut-être partie que pour se retrouver un beau jour ici même, auprès de cet homme. Elle parle de ses premières semaines à Berlin, se rappellera-t-elle ultérieurement, et comment tout s'est arrêté subitement parce que Tile était de retour ; c'est uniquement parce que Tile est de retour et la surprend par-derrière avec ses mains mouillées que Dora s'avise qu'il est grand temps pour elle de retourner à ses fourneaux. Le docteur se lève aussitôt et lui demande s'il peut l'accompagner, hélas Tile veut se joindre à eux, mais en contrepartie elle le convie une nouvelle fois à dîner.

Il n'y a pas de poissons sur la table aujourd'hui, cette fois elle est assise devant une jatte de haricots. Elle avait hâte qu'il vienne. Oh, c'est merveilleux, si tôt, mais prenez donc place, je me réjouis, dit-elle. Le docteur l'observe au travail, longuement, il dit qu'il aime la regarder, elle a bien dû le remarquer. Sans nul doute la regardait-on aussi beaucoup à Berlin, et pour une raison qu'elle ne saurait préciser, elle confirme : oui, sans cesse, dans la rue, dans le tram, et quand par hasard elle est au restaurant, au restaurant aussi, mais cela ne veut pas encore dire que c'est comme quand le docteur la regarde. Et les voilà rendus à Berlin. Le docteur aime Berlin. Il connaît le Foyer populaire juif et voudrait savoir comment elle y est devenue cuisinière, et plus tard il voudrait qu'elle dise quelque chose en hébreu, il y a des années qu'il s'évertue à l'apprendre avec l'aide d'une amie qui répond au nom de Pua, hélas sans grand succès. Elle doit réfléchir un instant avant de déclarer qu'elle souhaite ne pas être séparée de lui pour manger, et il répond, en hébreu mais pas tout à fait sans fautes, qu'il a passé la moitié de la nuit à se faire des réflexions de ce genre et, mi-moqueur pour ne pas l'effrayer, il s'incline à ces mots devant elle, prend sa main et y dépose un baiser. Mais effrayée, elle l'est quand même. Et plus tard, lorsqu'il effleure sa main comme par mégarde pendant qu'elle épluche les pommes de terre, elle est effrayée aussi, mais moins par lui que par elle-même, parce qu'elle se sent si terriblement libre, si offerte, comme affranchie de toute convention.

Le dimanche, après dîner, ils vont se promener. Ils se sont mis d'accord à la plage, discrètement pour ne pas froisser Tile qui continue de faire comme si le docteur était à elle. L'après-midi, comme tout le monde s'apprête à aller dans l'eau, Dora se surprend en train de se comparer à Tile. Tile s'élance sans crier gare, ses longues jambes parcourent l'eau peu profonde, ça gicle de tous côtés, mais le docteur, qui paraît à Dora plus mince, plus fragile que jamais, n'a pour elle qu'un regard distrait. Dora elle-même n'est gratifiée que d'un bref regard, mais elle croit sentir comme il l'examine, bras, jambes, hanches, la gorge, oui, et elle se plaît à penser que tout l'intéresse et se résume au bout du compte à une image moins faite pour questionner que pour rassurer, une manière d'obtenir confirmation de ce qu'il a toujours su. L'eau est chaude et étale, ils hésitent un moment à y entrer, Tile s'impatiente déjà, pourvu qu'elle n'ait pas observé la scène.

La sœur se montre plus polie qu'amicale lorsque le docteur les présente l'une à l'autre dans la matinée. Il est vrai qu'on se connaît déjà par personne interposée. Elli sait que Dora est cuisinière en face, à la colonie de vacances, et que sa cuisine est la meilleure de Müritz, et Dora sait qu'elle ne connaîtrait pas le docteur sans Elli. Elle aime bien sa manière de parler de lui, malheureusement, dit-elle, son frère est un petit mangeur, il ne se laisse persuader de loin en loin qu'au prix de beaucoup de patience et d'amour.

Pour la promenade, Dora a revêtu sa robe de plage vert foncé. Il est neuf heures passées, il fait encore assez clair, et c'est un plaisir de marcher ainsi à côté de lui et de sentir que le plaisir est partagé. Ils pourraient s'asseoir sur l'un des bancs qui jalonnent le premier appontement et regarder passer les flâneurs, mais le docteur veut avancer jusqu'à l'appontement suivant. Dora a retiré ses chaussures car elle aime marcher pieds nus dans le sable, le docteur lui offre son bras, et les revoilà à Berlin. Le docteur connaît le Berlin d'avant la guerre, elle s'étonne qu'il sache tant de choses, il nomme quelques lieux qui ont compté pour lui, l'hôtel Askanischer Hof où il a passé jadis une après-midi effroyable, n'empêche qu'il y a des années qu'il voudrait y retourner, à Berlin. Ah bon ? dit Dora qui a atterri dans cette ville plutôt par hasard, ça va faire trois ans. Il lui demande dans quel quartier elle habite, comment c'est là-bas, les choses les plus singulières l'intéressent, le prix du pain et du lait, et du chauffage aussi, l'ambiance dans la rue, cinq ans après la fin de la guerre.

Berlin est à cran, en proie à la fièvre et rempli de réfugiés de l'Est, raconte-t-elle, il y en a plein aussi dans le quartier où elle vit, partout des familles en guenilles, venues de l'Est effroyable, et qui chantent dans les rues.

La promenade à la plage s'est entre-temps achevée, ils sont assis sur un banc étroit, à l'avant du deuxième appontement, sous la lumière blafarde d'un réverbère. Ils n'ont pas quitté Berlin, le docteur parle de son ami Max, de sa liaison avec une certaine Emmy qui vit à Berlin, justement. Dora se doit malheureusement de dire à présent quelques mots au sujet de Hans, elle se doit, en tout cas, de faire au moins allusion à lui au moment où, de son côté, le docteur parle d'une fiancée, mais c'est une affaire qui remonte à cent ans. Tout remonte à cent ans. Le docteur se prend à rêver, et s'il venait à Berlin, comment ce serait, et elle, là-dessus, de déclarer que ce serait merveilleux, car elle pourrait alors tout lui montrer, les théâtres, les cabarets, l'Alexanderplatz grouillante de monde, quoiqu'il y ait aussi des coins tranquilles, en périphérie, à Steglitz ou au Müggelsee où la ville touche la campagne. Qui aurait imaginé cela, dit le docteur, je pars pour la Baltique et j'atterris à Berlin. En attendant, dit-il, c'est un vrai bonheur pour lui d'être assis là, avec elle. C'en est un pour elle aussi.

Dans l'intervalle, la jetée a été peu à peu désertée, il doit être près de minuit et l'animation est des plus réduites, quelques couples attardés, les mouettes endormies sur les passerelles de bois et, à l'arrière, les lumières des hôtels. Un brise légère s'est levée, le docteur lui demande si elle a froid, si elle veut s'en aller, mais elle voudrait encore rester, il faut qu'il lui parle de la fiancée ou de ce fameux après-midi, à moins que ce ne soit la même chose, et le docteur dit que c'est pratiquement la même chose.

Dans la nuit, elle reste longtemps couchée sans dormir. Il l'a raccompagnée à la colonie vers une heure et demie, l'orage a éclaté peu après, juste au-dessus de la maison, dirait-on, car quelques secondes seulement s'écoulent entre éclair et tonnerre. La moitié de la colonie semble réveillée, Tile également, dans son lit, qui lui demande aussitôt d'où elle vient. Tu l'as rencontré ? Dora répond, oui, on s'est promenés un peu, et maintenant ce vacarme. Elles attendent que l'orage s'éloigne, dehors ça s'est nettement rafraîchi, Dora a ouvert la fenêtre, le balcon du docteur se trouve juste en face, mais tout est sombre là-bas.

Il pleut jusqu'au lendemain matin puis pendant toute la journée, jusqu'au soir, le docteur ne vient que dans l'après-midi, mais c'est déjà presque une habitude chez lui, maintenant, d'être là, à côté d'elle, et de lui poser une foule de questions, comme s'il en avait à revendre. Elle aime le formalisme du *vous,* elle sait que ce n'est qu'une façade, un déguisement provisoire qu'ils abandonneront un jour. Elle se plaît à dire : J'ai pensé à vous, nous avons parlé de vous ce matin au petit déjeuner, pensez-vous encore à Berlin ? Elle ne cesse d'y penser. Parfois elle doit se rappeler à l'ordre parce qu'elle n'est que trop encline à rêver, elle l'a même déjà amené dans sa chambre de la Münzstrasse en pensée, bien que la chambre en soi ne lui plaise guère, au fond ce n'est qu'un réduit avec armoire et lit, dans une sombre arrière-cour.

Elle lui donne dans les trente-cinq ans, ce qui signifie qu'il devrait avoir une dizaine d'années de plus qu'elle. Il n'est pas en bonne santé, a-t-il dit, ses poumons ont souffert d'un refroidissement, d'où la mer et la maison dans la forêt ; elle ne l'a rencontré que parce que sa santé laisse à désirer depuis des années.

C'est sa bouche, son parler, c'est comme un bain, cette façon de prendre possession d'elle, tranquillement. Aucun homme ne l'a jamais regardée ainsi, il voit la chair, ce qui palpite, ce qui frémit sous la peau, et elle consent à tout.

Une fois, elle est très heureuse de l'écouter raconter un rêve. Dans ce rêve, il se rend à Berlin. Il y a des heures qu'il est dans le train, mais pour d'obscures raisons, on n'avance pas, on ne fait que s'arrêter et ça le désespère, il n'arrivera pas à temps alors qu'il est attendu à la gare à huit heures du soir ; or il est sept heures et on n'a même pas atteint la frontière. Tel est son rêve. Dora a fait des rêves analogues, elle estime que ce qui importe le plus, c'est qu'il soit attendu. En ce qui la concerne, dit-elle, ça ne lui ferait rien d'attendre, elle passerait la moitié de la nuit sur un banc, voilà tout. Le docteur dit : Ah bon, vous croyez ? Hier encore, il l'appelait mademoiselle, elle aimait qu'il l'appelle ainsi, mais aujourd'hui il ne l'appelle plus que Dora, car Dora vient de don, il faudrait simplement qu'il prenne ce qui lui est donné, c'est ce qu'elle attend.

3

Ce qui surprend le plus le docteur, c'est qu'il dort. Il est sur le point de basculer dans une nouvelle vie, il devrait s'alarmer, il devrait douter, mais il dort, les fantômes ne se montrent pas, quoiqu'il les attende sans cesse, dans sa tête les anciennes batailles. Mais cette fois, il n'y a pas de bataille en vue, semble-il, il y a le miracle, et il y a le projet qui découle de ce miracle. Il ne pense pas beaucoup à elle, il l'inhale et l'exhale durant les après-midi à la cuisine tandis qu'ils se promènent à Berlin en pensée, pendant les repas lorsqu'une trace de son parfum vient à flotter dans l'air. Le soir, au lit, il lui arrive d'être occupé d'une phrase, d'un morceau de peau, de l'ourlet de sa robe, comment elle tenait sa fourchette à table, hier, quand il s'est enquis de son père, un Juif orthodoxe très pieux avec qui elle est depuis longtemps brouillée. Pour le moment, elle n'apparaît pas dans ses rêves. Mais il ne l'oublie pas dans son sommeil, sait tout de suite, le matin, qu'elle est quelque part, à croire qu'il y a une corde tendue entre lui et elle et qu'ils se rapprochent lentement l'un de l'autre en tirant dessus. C'est à peine s'il l'a touchée jusqu'alors, pourtant il a l'intime conviction que le jour viendra où il la touchera, mais il ne se hait pas pour autant, c'est presque comme si c'était son droit, et l'effroi une superstition vaincue.

Depuis une semaine, ils se rencontrent chaque jour. Ses sœurs et les enfants, il les voit surtout au petit déjeuner, hier encore il s'est entendu reprocher de ne pas leur consacrer assez de temps. C'est Elli qui a dit cela, mais tout en laissant entendre qu'elle était contente qu'il sorte avec cette Dora, au moins a-t-il trouvé de quoi s'occuper dans ce Müritz endormi et ne passe-t-il pas ses nuits à écrire des histoires bizarres. Le docteur n'a jamais aimé parler de son travail. Si elle s'avisait de l'interroger à ce sujet, il répondrait qu'il n'écrit même pas de lettres en ce moment, pas même à Max à qui il pourrait au moins faire savoir qu'il envisage de se rendre à Berlin. Mais c'est une éventualité encore trop vague, un souffle plutôt qu'une pensée, quelque chose qui ne se laisse pas réduire à des mots et qui serait immanquablement balayé, c'est ce qu'il craint, par une simple phrase malvenue.

Max serait content d'apprendre qu'elle vient de l'Est. Depuis que les villes sont pleines de réfugiés, tout le monde parle de l'Est, même Max qui espère que le salut pour tous les Juifs viendra de là-bas, mais il n'y a pas de salut à espérer, même venant de l'Est.

Quiconque vient de l'Est a laissé du jour au lendemain sa vie derrière lui, c'est pourquoi Dora est infiniment plus libre que lui, à la fois plus détachée et, par là-même, plus reliée, une personne qui sait où sont ses racines précisément parce qu'elle les a sectionnées. Le docteur ne voit pas en elle quelqu'un de sombre, contrairement à ce que dirait d'elle Max, qui en parlerait sans doute comme si elle sortait d'un roman de Dostoïevski. De même Emmy est tout sauf sombre, la maîtresse de Max est une authentique Berlinoise, blonde aux yeux bleus, et le mystère, en ce qui la concerne, tient uniquement à sa relation avec Max qui, de son côté, affirme avoir dû attendre de la connaître pour accéder à la plénitude du plaisir partagé. Il s'en est ouvert au docteur à plusieurs reprises déjà, fort heureusement sans entrer dans le détail, mais Max est son ami, il est marié, la ravissante Emmy semble l'avoir détourné quelque peu de sa route. Par chance, ils ne vivent pas dans la même ville, mais c'est quand même la poisse, du moins aux yeux d'Emmy qui se plaint parce qu'ils se voient beaucoup trop rarement. Elle s'en est plainte au docteur aussi ; avant d'arriver ici, il lui a rendu visite dans sa chambre près du jardin zoologique et l'a invitée à se mettre à la place de Max.

C'est le genre d'histoires qui font rire Dora. À la plage, ils se sont raconté de ces histoires en rapport avec l'état d'attente. Le docteur lui-même a passé la moitié de sa vie à attendre, c'est du moins l'impression qu'il a rétrospectivement, on attend et on ne croit pas qu'il viendra encore quelqu'un, et soudain, c'est exactement ce qu'on n'attendait plus qui est arrivé.

Le lendemain matin, il pleut à verse. De son balcon, le docteur observe ce qui se passe à la colonie, il y a du remue-ménage là en bas car la moitié des enfants rentre aujourd'hui même à Berlin. C'est dimanche, Tile s'en va aussi, vers onze heures, elle se tient en manteau de pluie dans le hall d'entrée, au bord des larmes. En guise de cadeau d'adieu, le docteur lui offre une coupe rouge rubis qu'elle a vue dans une vitrine quelques jours auparavant. Elle a souvent parlé de cette coupe, aussi ne se tient-elle plus de joie. Nous nous verrons à Berlin, lui promet le docteur, ce qui dans sa bouche veut simplement dire qu'il passera la voir à sa librairie sur le chemin du retour. Et la voilà qui se met à pleurer malgré tout. Le docteur lui demande, mais pourquoi ? Parce qu'elle se réjouit, soupire-t-elle en secouant la tête. Est-ce qu'il a son adresse ? Le docteur fait oui de la tête, il a tout noté, il lui écrira dès qu'il saura quand il viendra exactement car s'il continue à pleuvoir des cordes, ses sœurs voudront rentrer bientôt. Mais les adieux s'étirent en longueur. Tile caresse la coupe rouge, le docteur lui recommande une dernière fois de se montrer courageuse dans ses démêlés avec les parents, elle ne se voit plus vivre avec eux, mais le docteur dit, il le faut, pense à tes chaussons de danse, tu l'as promis.

C'est presque un soulagement pour lui qu'elle soit partie. Il n'en dit rien à Dora, mais de son côté Dora paraît également soulagée, et pourtant ils s'aperçoivent aussitôt que Tile leur manque. Aussi longtemps que la jeune fille était là, ils se sentaient observés, ils n'étaient pas libres, mais plus insouciants.

Ils se sont mis d'accord pour faire une promenade malgré le mauvais temps. Dora a dit qu'elle passera le prendre vers dix heures, le docteur est dans sa chambre, occupé à lire, mais elle arrive avec plus d'une demi-heure d'avance. Elle a couru sous la pluie, sa lourde chevelure, son visage, tout est mouillé. Un instant, elle paraît étrangère au docteur, mais cela vient de ce qu'elle est dans sa chambre. C'est donc ici que vous habitez, dit-elle avant même d'avoir franchi le seuil ; elle espère qu'elle ne le dérange pas. Elle n'a pas un regard pour la chambre, se tient simplement là, le dévisage avec un sourire, le docteur devrait à présent chercher son manteau, mais au lieu de cela, sans le moindre préalable, il la prend dans ses bras. Cela ressemble davantage à une lente inclinaison, presque un glissement, il l'embrasse sur les cheveux, sur le front, et il chuchote ce faisant, même ses baisers sont plus ou moins chuchotés, il est fou de joie. Depuis qu'il l'a rencontrée à la cuisine, il est fou de joie. Oui, dit-elle. Elle est toujours appuyée contre le chambranle de la porte comme si elle continuait d'attendre qu'on s'en aille, le manteau du docteur est rangé dans l'armoire, il devrait aller le chercher, mais il ne va pas le chercher. Il parle de Berlin ; si elle veut, il viendra à Berlin dès cet été. A-t-il vraiment dit cela ? Elle hoche la tête, elle embrasse sa main, le bout de ses doigts, mais il est grand temps maintenant qu'elle retire enfin ce méchant manteau. Elle semble avoir froid, la chambre n'est pas bien chauffée, elle porte une robe qu'il ne connaît pas et dans laquelle elle ne peut qu'avoir froid. Ne t'en va pas, dit-elle lorsqu'il fait mine de s'écarter un peu du manteau mouillé, et ils restent longtemps là, un peu de guingois, gauchement enlacés, bassin contre bassin, comme un couple. Elle l'a tout de suite ardemment désiré, dit-elle, l'autre jour, à la plage, mais sans oser y croire. À présent, elle y croit. Embrasser, peut-on y croire ? Elle veut savoir ce qu'il pense maintenant, en ce moment même, ce qu'il a pensé ce jour-là. Non, ne dis rien, chuchote-t-elle, et on ne peut que se demander pourquoi ils chuchotent. Dora s'est dirigée vers le balcon et secoue la tête à cause du mauvais temps, en ce qui concerne le temps, ils jouent de malchance. Elle s'est assise à côté de la porte du balcon, sur le canapé où il s'installe parfois pour lire, le docteur fait une remarque sur sa robe, elle vient de Berlin et cela lui rappelle que Dora est venue au monde avant cet été et ce qu'il lui importe de savoir au juste de son monde d'avant. Il est frappé de constater comme elle est jeune, elle a la vie devant elle, songe-t-il, de quel droit la confisquerait-il.

Dans la nuit viennent les doutes. Ce n'est pas un combat comme il en livre d'habitude, pourtant il reste éveillé jusqu'au matin, les heures sont longues et le sommeil le fuit. Les pensées le traversent avec lenteur, il les regarde passer tranquillement et, à sa surprise, froidement aussi, comme un comptable qui dresse un bilan et ne doute pas des chiffres. L'ordre importe peu, il prend les questions comme elles se présentent, les laisse défiler une à une, encore et encore. Il est malade, il a quinze ans de plus qu'elle, il pourrait tenter malgré tout de vivre avec elle, à Berlin, il n'a jamais été attiré par une autre ville, et par chance, elle est de Berlin. Telles sont les circonstances qu'il juge plus ou moins favorables, le restant, excepté les baisers du matin, parle contre : il n'a pas pris de poids durant son séjour ici, au bord de la mer, il se sent faible, il ne sait pas comment exposer la chose aux parents, qu'il y a là quelqu'un, une jeune femme, qui plus est de cet Est pour lequel le père affiche un profond mépris. Doit-il se présenter devant lui et dire, je l'ai rencontrée à Müritz et je vais la rejoindre à Berlin ? Il s'essaye à plusieurs entrées en matière, d'abord avec la mère, ensuite avec le père. Il se demande ce qu'il y a de si difficile dans cette démarche, finalement il est presque rassuré et reprend tout depuis le début pour se persuader qu'il n'a rien omis, la situation à Berlin, la question du logement, et une fois encore : ses forces, le manque de ressort qu'il se reproche depuis des années, sans le moindre résultat.

Il rend compte à Robert de cette nuit, non pas tant parce qu'il croit à la nuit mais parce que c'est depuis longtemps une sorte d'usage entre eux de se plaindre de leurs nuits. Il y a deux ans, au sanatorium où ils se sont connus, ils ont souvent parlé de s'installer dans une autre ville. Le docteur remet à présent le sujet sur le tapis, ils devraient s'en aller tous les deux sans tarder, au plus tard l'année prochaine, ils pourraient par exemple habiter dans le quartier juif, dans l'une de ces ruelles crasseuses où vit Dora, dit-il, encore qu'il ne fasse pas la moindre allusion à Dora.

Ils ont convenu de se voir dans l'après-midi pour rattraper la promenade manquée. Cette fois c'est elle qui l'attend, dans le même manteau que la veille, un peu inquiète, comme si elle se doutait qu'il a passé une nuit blanche. Elle l'interroge du regard mais il fait comme si de rien n'était, pour la première fois il lui donne la main, et la main de Dora dans la sienne lui paraît petite et sèche. À peine ont-ils fait quelques pas qu'ils se retrouvent là où ils en étaient restés la veille, dans sa chambre, et les revoilà en train de chuchoter tandis qu'autour d'eux la pluie bruisse à travers pins et bouleaux. Le docteur laisse entendre qu'il est pas mal perturbé depuis hier, effaré de voir comme tout est chamboulé, comme tout est en mouvement. Il voudrait qu'elle ne se trompe pas sur son compte, qu'elle prenne la juste mesure de celui qui lui parle, mais aussi d'elle-même, de manière à ce qu'elle n'ait rien à regretter plus tard. Elle déclare qu'elle ne voit pas ce qu'il veut dire. Regretter ? Le docteur ne sait pas comment s'expliquer. Il est malade, pensionné depuis un an. Il a des habitudes singulières. Pour plus de précision, il parle de sa tuberculose, il faut qu'elle sache à quoi elle s'expose en s'embarquant avec lui car elle lui a laissé entendre hier que c'était comme cela qu'elle voyait les choses, et c'est d'ailleurs comme cela qu'il les voit, lui aussi. Elle dit que ça lui est égal qu'il soit malade. Égal, non. Je veux seulement être là où tu es, pour tout ce qui s'ensuivra nous aviserons le moment venu. Il entend surtout le nous, si doux à l'oreille, déterminé aussi, comme si l'on n'avait plus grand-chose à craindre désormais. Quant au logement, c'est une question à laquelle elle a déjà réfléchi. Elle connaît à Berlin des gens qui peuvent l'aider, s'il le souhaite, elle leur écrira dès aujourd'hui. Tu veux bien ? Elle prononce quelques noms qui ne lui disent rien, sur le chemin qui mène à la plage, le dernier tronçon qu'ils ont à parcourir avant de quitter le bois, tous deux transis de froid bien que la pluie ait sensiblement faibli. Est-ce que je dois ? Elle songe au logement mais peut-être aussi à autre chose, le docteur dit, oui, écris, s'il te plaît, mais quel ciel a pu être assez clément pour la lui envoyer, il aimerait bien le savoir.

Le soir, dans sa chambre, le docteur tâche de se remémorer ce qu'ils ont dit exactement, mais il n'y a que la voix de Dora, le silence qui peut s'établir et qui n'est pas désagréable pourvu qu'ils marchent et que la conversation continue d'elle-même. Rien de plus ne lui revient. Il est à moitié rassuré, tout suit son cours comme s'il n'avait absolument rien à faire. Il faut simplement qu'il écrive enfin à Else Bergmann au sujet du voyage en Palestine car c'est un voyage qu'il ne fera sûrement pas. Elle ne sera pas trop surprise qu'il y renonce, mais il faut quand même qu'il s'explique, il lui en coûte de lui écrire et de faire comme s'il en était désolé, c'est pourtant exactement ce qu'il fait.

4

Il se passe un moment avant qu'elle comprenne ce qu'il attend d'elle. Pourquoi il hésite à la toucher, alors qu'il n'est rien qu'elle espère davantage lorsqu'il vient la chercher pour partir en promenade, car ils partent à présent en promenade ensemble presque chaque jour. Il fait encore assez frais mais il ne pleut plus, il y a même un peu de soleil, ils peuvent prendre leur temps, marcher longtemps, main dans la main, mais en ce qui concerne Dora, toujours avec ce léger tremblement, comme si elle craignait de le perdre d'une seconde à l'autre. Elle ne le suit pas bien lorsqu'il se décrit sous un jour défavorable et lui demande de prendre au sérieux tout le mal qu'il pense de lui-même. Tu veux savoir la vérité, dit-il par exemple, et qu'il ne peut que la mettre en garde contre lui, alors elle éclate de rire et l'écoute comme s'il parlait d'un homme qu'elle ne connaît pas.

Ils sont assis sur un banc, en pleine forêt, et le docteur ne se facilite pas les choses. Il se représente la situation, elle et lui à Berlin, le problème de la chambre étant résolu, comment ce serait. Il voudrait qu'elle soit aussi proche de lui que possible, mais il faut aussi qu'il soit seul, surtout quand il écrit. Il se promène beaucoup, parcourt la ville durant des heures, car les images naissent en marchant, explique-t-il, phrase après phrase, si bien qu'il ne lui reste plus qu'à les transcrire après coup. Il n'écrit que la nuit. Je suis insupportable quand j'écris. Mais c'est lui qui rit maintenant. En fait de confession, trouve-t-elle, ce n'est pas trop effrayant. Ce qu'il décrit lui est étranger mais ne la menace en rien. Mais lui, de quoi donc a-t-il peur ? De moi ? Tu as peur de moi ? Que je te dérange ? Si je te dérange, dit-elle, je m'en irai jusqu'à ce que tu me fasses signe que je peux revenir. Elle dit cela à moitié moqueuse, mais il paraît soulagé. Il y a des semaines qu'il n'a pratiquement pas écrit, il se pourrait d'ailleurs qu'il en ait fini avec l'écriture, mais à en juger par la manière dont il dit cela, il semble qu'il n'y croie pas lui-même. Bien, tu comprends ? Elle n'est pas sûre de comprendre, mais voilà qu'il l'embrasse. Il voudrait habiter dans un coin verdoyant, et elle dit oui, et encore une fois, oui, là, sur ce banc, en pleine forêt. Je me demande parfois si je n'ai pas fait que te rêver, dit-il.

Il porte un nouveau costume, bleu foncé, presque noir, avec de fines rayures blanches, une chemise blanche pour aller avec, le gilet, une cravate qu'elle lui a déjà vue.

Elle écrit à son ami Georg, puis à Hans qui lui a envoyé deux cartes postales, des messages griffonnés auxquels elle ne sait que répondre. Entre les lignes, il lui a laissé entendre qu'elle lui manque, il ne lui a pas fait de reproches mais c'est précisément pour cette raison qu'elle hésite à le mettre à contribution. Depuis qu'elle connaît le docteur, elle voit Hans avec d'autres yeux, à croire qu'il a rétréci, quelqu'un qu'on ne peut pas prendre vraiment au sérieux en tant qu'homme parce que, tout comme elle, il n'a jamais qu'un peu plus de vingt ans. Il faut malgré tout qu'elle lui écrive, son père est architecte, il a des relations, et ces relations, ils en ont besoin. Le docteur c'est le docteur, une rencontre qu'elle a faite à la plage, quelqu'un à qui elle veut rendre service. C'est un brin conventionnel, trouve-t-elle, mais tant pis. Elle sera de retour à Berlin en septembre, annonce-t-elle, j'espère que tu vas bien, et cela donne presque l'impression qu'il lui importe au fond assez peu de savoir comment il va. Mais à y regarder de près, elle ne lui doit rien. Ils sont allés deux ou trois fois au cinéma ensemble, rien de plus, en tout cas pour elle. Elle est contente que le docteur ne lui ait pas posé de questions à ce sujet, cela l'aurait embarrassée, comme si elle pouvait seulement avoir honte de quelqu'un comme Hans. Plus tard, dans l'après-midi, ils retourneront se promener, le docteur a promis aux enfants de leur payer une glace en ville, c'est pourquoi la promenade se fera éventuellement plus tard qu'à l'accoutumée.

Hier, sur le chemin du retour, il lui a dit qu'il ne pourrait pas vivre seul à Berlin ; c'est uniquement parce qu'il a rencontré Dora que Berlin devient envisageable. Il ne sait même pas cuisiner, et ce n'est qu'un exemple. Est-ce qu'elle cuisinerait pour lui à Berlin ? Mais ne dirait-on pas qu'elle a affaire à quelque potache niaiseux pour s'entendre poser pareille question ? Ce n'est évidemment pas quelque chose qu'il peut se permettre de lui demander. À ces mots, elle l'a embrassé avec effusion, rien ne lui ferait davantage plaisir, dit-elle, bien qu'elle ait remarqué ces derniers jours qu'il touche à peine aux plats qu'elle prépare. Il a maigri depuis qu'elle le connaît, et il voudrait à présent qu'elle cuisine pour lui à Berlin.

De son côté, Elli déclare que son frère ne lui plaît pas, il ne perd pas seulement du poids mais a de la température chaque matin, le temps froid fait malheureusement le reste. Ils se sont rencontrés brièvement dans le hall. Dora a interprété les paroles de la sœur comme un reproche caché, comme si c'était désormais à elle de veiller à ce que le docteur reprenne des forces. Le soir, à table avec les nouveaux enfants, il ne fait que picorer et prétend avoir déjà mangé dans sa chambre. Ne m'en veuille pas, dit son regard, mais lorsqu'elle y réfléchit cela s'entend comme : Tu ne peux pas comprendre, il y a tant de choses que tu ne comprends pas, malgré tout tu m'es chère.

Tu es mon salut, dit-il. Et moi qui ne croyais plus au salut.

Si l'on peut mourir de bonheur, cela m'arrivera sans nul doute, et si le bonheur peut maintenir en vie, alors je resterai en vie.

Ce qui la réjouit le plus lorsqu'elle pense à lui avant de s'endormir, c'est qu'il lui dise *tu* et qu'il ne tarisse pas d'éloges sur elle, comme si elle n'était finalement pas la mieux placée pour savoir qui elle est. T'ai-je déjà complimentée pour ta robe, peut-il par exemple lui dire et, quelques phrases plus tard : Allons, lis-moi quelque chose, car lorsqu'ils ne se promènent pas, elle doit lui faire la lecture en hébreu. Elle lui a déjà lu des passages d'Isaïe, il a une prédilection pour les Prophètes. Je pourrais passer des heures assis là à t'écouter, dit-il. Ou bien il dit : je voudrais poser ma tête sur tes genoux, dès que j'en aurai le courage je te demanderai si je peux.

Le temps continue d'être catastrophique. Dans la mesure où elle peut rester assise avec lui dans la cuisine, ça lui est égal, mais il est soudain question de quitter Müritz, il partira avec ses sœurs. Elli a été rejointe par son mari, Karl. On a longuement tenu conseil dès le premier petit déjeuner au sujet du docteur qui ne mange pas et a encore perdu du poids. L'après-midi, il en parle à Dora. Valli avait lancé l'idée du départ, même les enfants n'avaient pas grandement protesté ; ils sont devenus insupportables depuis qu'ils ne peuvent plus aller à la mer. Ces nouvelles perspectives ne l'enchantent guère, il est vrai que la date du départ n'a pas été arrêtée, mais ils s'en iront très bientôt, ce qui signifie malheureusement qu'il s'en ira aussi, car seul, sans ses sœurs, il ne peut pas rester.

Sur le moment, elle ne veut pas y croire. Mais pourquoi, demande-t-elle. Et que veut dire seul ? Est-ce que tu es seul, par hasard ? Elle n'a eu de lui qu'un avant-goût, veut-elle dire, par ailleurs les heures ici leur ont toujours été comptées, et elle ne peut malheureusement pas s'en aller, car si elle pouvait s'en aller, elle n'hésiterait pas à le suivre. Le docteur tâche de l'apaiser, le départ n'est pas encore fixé, pourtant il doit admettre lui-même que la perte de poids n'est pas négligeable, peut-être se trouvera-t-il un lieu plus favorable pour les semaines à venir.

Ils sont en haut, dans sa chambre, elle a compris qu'il ne leur reste que peu de jours et ose à peine le regarder. Il lui apparaît qu'elle n'a jamais envisagé qu'il puisse partir sans elle. Elle a toujours pensé qu'ils se rendraient directement à Berlin à la fin des vacances. À présent, c'est à elle de remettre ce plan en question. Le docteur se tient derrière elle, elle sent ses mains sur son ventre, comment il fourrage dans ses cheveux, comment il la flaire. Il dit : Cela ne change rien à nos projets. Je n'ai pas à te le promettre car si je te le promettais, cela signifierait que je doute ; plus tôt je partirai d'ici, plus tôt je serai à Berlin. Elle ne sait pas si elle doit le croire, si ce n'est pas quelque chose comme la coupe rouge qu'il a offerte à Tile, quelque chose qu'on emporte avec soi et dont se demande à quoi cela va bien pouvoir servir une fois qu'on est rentré à la maison. Pua vient demain, dit-il, je crois qu'elle te plaira. Durant tout ce temps, il l'a tenue serrée contre lui, ils sont toujours là, dans la cuisine, près du fourneau, ses mains sont chaudes, Dora puise un peu de réconfort à leur contact, mais pas davantage.

Pua lui est en effet d'emblée sympathique. Elle n'est pas seulement venue pour le docteur mais on remarque qu'ils se connaissent bien, Pua lui a donné des cours d'hébreu, en outre elle vit depuis un certain temps à Berlin et leur relation, depuis lors, repose en quelque sorte sur une double proximité. En présence de Pua, il ne mentionne pas leur projet berlinois. Il fait l'éloge du Foyer, des enfants qui, à franchement parler, ne lui sont pourtant plus si chers qu'autrefois, lorsqu'ils chantaient et prenaient chaque soir leur repas au jardin, à l'entendre on dirait que cela remonte à des années en arrière. Voilà Dora, dit-il, et Dora trouve que cela sonne comme s'il disait, regardez, voilà le miracle qui m'est advenu. Malheureusement, explique-t-il le soir, lorsqu'ils sont tous réunis, il doit s'en aller sous peu, cette décision ne fait pas l'unanimité, il ne s'y plie lui-même qu'à contrecœur. Pua dit : Nous nous reverrons donc à Berlin. Et là-dessus, on parle longuement de Berlin, mais pas du tout comme le docteur et elle parlent de Berlin, il ressort de la conversation que tout va mal là-bas, qu'il vaut mieux être n'importe où plutôt qu'à Berlin, où les pommes de terre doivent être vendues sous protection de la police et où la Reichsbank imprime chaque jour deux millions de nouveaux billets. Êtes-vous seulement au courant de ce genre de choses dans ce patelin ? Le docteur éclate de rire et dit qu'on reçoit tout de même les journaux ici, mais Dora n'écoute pas, elle voit le regard de l'autre femme qui s'appelle Pua. Le docteur lui plaît, elle se passe la main dans les cheveux quand elle s'adresse à lui, le taquine sur son hébreu, proclame à la ronde qu'elle le considère quand même, avec le recul, comme son élève le plus zélé. Vue de loin, Pua pourrait passer pour la sœur de Tile, Dora est presque fière que le docteur plaise à Pua, elle n'est pas jalouse, ou un tout petit peu seulement, elle a été jalouse de Tile aussi, surtout au début, mais ensuite le docteur a fait irruption à la cuisine et n'a plus voulu qu'elle.

5

Depuis qu'elle sait qu'il va partir, elle est plutôt silencieuse. Le docteur lui a plusieurs fois assuré que tout est décidé, pourtant il est inquiet, en proie au doute. Il y a des jours qu'il n'a pratiquement pas dormi, il a des maux de tête, un changement de lieu n'améliorera pas forcément son état, et question temps, on n'y gagnera probablement rien non plus, car il s'est enfin remis au beau ici même et tout le monde passe l'après-midi à la plage. Dans ces conditions, pourquoi ne resterait-il pas ? À Dora il dit : c'est aussi à cause de Berlin. Comme à l'aller, il voudrait faire une brève halte à Berlin, histoire de prendre le pouls de la ville et de flâner un peu dans un ou deux quartiers, et dans quelques semaines, lorsqu'il aura recouvré des forces, il reviendra auprès d'elle, pour toujours. Ils ont encore trois jours devant eux, il est fatigué. Les mains de Dora se promènent longuement sur son front, sur ses tempes, il sent comme elle est triste, pour le soir à la colonie il s'est d'ores et déjà décommandé.

Il craint de la décevoir. Il la quitte, il ne peut pas dire ce qui adviendra, c'est déjà une déception en soi. Non, dit-elle. Arrête. Plus tard, elle est assise en tailleur devant lui, dans le sable, elle sourit timidement car c'est la dernière fois qu'ils se voient ici, il fait agréablement chaud, Dora trouve que c'est merveilleux, presque comme au début juillet, juste avant leur rencontre.

Bien qu'il n'ait pas fait ses bagages, la chambre lui est déjà étrangère. Hier encore, il a écrit à Tile, là, à cette table, et il y a quelques jours, une carte aux parents, mais à part cela pratiquement rien durant tout ce mois, quelques lignes dans son journal, mais même cela sans conviction, deux ou trois esquisses dans lesquelles Dora n'apparaît pas. Une lettre de Robert qui se plaint d'être malade ou qui s'imagine l'être est restée en souffrance depuis des jours. Le docteur n'est pas d'humeur à s'apitoyer spécialement sur le sort de Robert, au lieu de cela il lui répond en se plaignant lui-même, la tête et le sommeil laissent à désirer, il quittera Müritz lundi. Il pourrait au moins citer le nom de Dora mais il se borne à évoquer la colonie et son statut d'invité qui n'est hélas pas dénué de toute ambiguïté parce qu'une relation personnelle interfère avec la relation collective. De cette manière, Dora intervient quand même. De ses projets, pas un mot. Avec qui pourrait-il en parler ? Avec Max dont il n'a pas de nouvelles depuis des semaines ? Avec Ottla, oui, sans doute pourrait-il parler avec elle, et du coup son espérance, au-delà du départ imminent, est de pouvoir s'entretenir avec Ottla dès qu'il sera de retour. Il s'assied sur le balcon pour écouter les voix familières, pas très longtemps afin de ne pas se rendre la séparation trop pénible. Les voix lui manqueront sans nul doute, pense-t-il, la mer aussi, mais il saura s'en passer, la forêt, sûrement, bien qu'il y ait des forêts un peu partout, de même d'ailleurs que des chambres dans lesquelles on peut écrire.

Les adieux sont brefs et sereins. Elle est très vaillante, trouve-t-il, cette fois encore elle porte cette robe devant laquelle il tomberait volontiers à genoux à l'instant même, ici, dans sa cuisine. Il ne dînera pas avec elle aujourd'hui, il a promis sa dernière soirée aux enfants, en contrepartie il est retourné à la plage avec elle. Il n'y a plus grand-chose à dire. Il la prie de ne surtout pas l'accompagner à la gare. Oui, d'accord, dit-elle, et là-dessus, lui : À bientôt donc, et de nouveau elle : Oui, à bientôt.

En haut, dans la chambre, il est soulagé qu'elle n'ait pas tenté de le retenir. Il lui télégraphiera dès qu'il sera à Berlin, a-t-il promis, et elle : Je t'en prie, n'oublie pas ce qui a été, et maintenant va, tout est bien. Il commence à faire ses bagages, en face, à la colonie, ils prennent leur repas du soir, comment peut-elle craindre qu'il oublie ne serait-ce que le plus infime détail. De son côté, Elli a fait les bagages, les enfants ne veulent pas le laisser partir, il n'est de retour dans sa chambre que vers dix heures. À la colonie, en face, l'animation est nettement plus réduite que tout à l'heure, il voit les enfants installés à la longue table, mais sans éprouver un soupçon de mélancolie, comme s'il était déjà loin, à Berlin, sur le chemin de l'hôtel.

Lorsqu'on frappe à la porte, il a peine à croire qu'on ait frappé et ne réagit pas tout de suite, et puis Dora est là. Manifestement, elle n'a pas couru cette fois, elle paraît au contraire très calme, un peu pâle aussi. Elle n'a pas pleuré, dit-elle, mais elle a passé la moitié de la soirée à réfléchir, en face, à la colonie. Elle le prie de tout cœur de différer son départ, ne serait-ce que de quelques jours, il ne peut et ne doit pas partir demain matin à la première heure. Je t'en prie, dit-elle, et encore une fois : Je t'en prie. Elle est de nouveau assise sur le canapé, singulièrement jeune et grave, comme si elle était la première étonnée d'être venue. Elle secoue la tête, ne dit rien pendant un moment, puis : elle n'a pas imaginé que ce serait si difficile. Mais ce n'est pas pour cela qu'elle est là. Simplement, j'ai pensé sans cesse que tu ne pouvais pas partir comme cela. Tu le pourrais ? Non, dit-il. Peut-être que j'aurais pu, mais plus maintenant.

Tout au long du voyage en train, il y a l'odeur de Dora, de temps à autre une phrase, le reflet d'un mouvement, tandis que Félix et Gerti le pressent de questions, lui montrent toutes sortes d'animaux, dehors, dans la campagne qui défile, plate et vaste, sous le ciel sans nuages. Même les hirondelles volent de nouveau, mais on est début août, il est donc tout à fait normal qu'elles volent encore.

Au moment de se séparer, vers minuit et demi, ils n'ont plus beaucoup parlé. La seule pensée était celle-ci : comme on pouvait se tromper, avant tout sur soi-même, car pour incompréhensible qu'il eût été jusqu'alors, le miracle perdurait, la patience, l'étonnement qui le remplit jusqu'à maintenant pour l'avoir connue si douce et si experte. Elle était presque enjouée en le quittant, un peu effarée mais radieuse, on était protégés à présent, c'est à peu près ce qu'elle a dit sur le moment. Et maintenant, dors, promets-moi que tu vas dormir. Et il a effectivement dormi plusieurs heures, dans son odeur, pas très profondément, comme s'il escomptait qu'elle revienne, ou comme s'il n'y avait plus de différence, comme si elle était à la fois ici, auprès de lui, et là-bas, dans sa chambre. Il peut même manger le lendemain matin, il est réveillé à six heures et demie et range ses dernières affaires, sur le qui-vive, n'y a-t-il pas dans tout cela quelque chose qui le dérange, un brin de faux-semblant peut-être, mais non, il n'y a que l'émerveillement.

Le docteur ressent d'autant moins la pression de la ville qu'il l'aborde par des chemins familiers : la réception à l'hôtel Askanischer Hof, les chasseurs en livrée qui montent les bagages dans la chambre, la courtepointe rouge chamarrée d'or sur le lit, les fauteuils et les chaises, la lourde table près de la fenêtre. Bien qu'il ait promis à Elli de manger, il est resté dans la chambre mais à présent, après une nuit passable et un petit déjeuner plutôt copieux au regard de ses habitudes, il se sent plein d'allant. Il fait connaissance avec les nouveaux billets de banque d'un million dans un bureau de change proche de la gare, là il achète tous les journaux berlinois avant de s'installer dans un café pour passer en revue les pages d'annonces. Les prix sont affolants, les chiffres surtout. Dora lui a indiqué les quartiers où il fera bien de chercher, elle a parlé de Friedenau, le nom lui plaît, aussi se rend-il à Friedenau.

Deux heures plus tard, sa décision est prise. Le quartier est très verdoyant, silencieux aussi, on se croirait à la campagne, partout des jardins, des allées, de jeunes mamans poussant des landaus, non loin de là, à l'hôtel de ville de Steglitz, plusieurs lignes de tramways, si bien qu'en cas de besoin on peut se rendre au centre-ville en un quart d'heure. Il envoie un télégramme à Dora, il est bien arrivé, sa première impression. Voudrais-tu venir avec moi à Friedenau ?

À Tile aussi, à laquelle il rend visite l'après-midi à la librairie, il parle de Friedenau presque comme s'il avait besoin de se rassurer à cause des choses terribles qu'il a vues en chemin, des gens en haillons qui mendient dans la rue, et puis le vacarme effrayant, les encombrements, la cohue, parce qu'il y a trop de monde partout. Tile l'a attendu, elle lui montre ses livres dans la vitrine, au fond à gauche, derrière le nouveau roman de Brenner. Elle se réjouit, elle a pensé à lui, la coupe rouge est en sécurité, elle y tient comme à la prunelle de ses yeux. Elle lui a préparé une tasse de thé. Au fond de la librairie, dans un réduit qui sert de bureau, il peut s'asseoir pendant qu'elle s'occupe des derniers clients, elle le laisse à ses fatigues ou à ce qui est là, maintenant, un certain vide qui n'est pas désagréable, un bref moment où les choses sont simplement comme elles sont.

Le lendemain, il parcourt de nouveau les rues, découvre deux parcs, passe une heure assis à l'ombre, sur un banc du Jardin botanique, car tout comme hier, il fait très chaud, si bien qu'au fond, on n'a pas tellement envie de marcher. Il se réjouit lorsqu'il reconnaît quelque chose, dans les rues silencieuses autour de l'hôtel de ville, un jardin fleuri de mauves, une fillette blonde qui fait rouler à l'aide d'un bâton un grand cerceau sur le trottoir. En début d'après-midi, il s'installe dans le jardin d'une auberge, commande une glace, commence à écrire une lettre à Max, s'interrompt, se sent comme abandonné. Heure après heure, il ressent plus fortement l'effet néfaste de cette première journée de solitude, écrira-t-il plus tard, mais pour le moment il reste simplement assis là, indifférent au lieu. Autour de lui, il y a des familles avec des enfants, on est mercredi, ce n'est pas l'affluence des grands jours, une grosse serveuse rapporte à un enfant en pleurs le ballon de baudruche qu'il a perdu, venant de toute part des voix, des bavardages, quelques éclats de rire, deux tables plus loin, deux couples qui parlent d'argent, il est question de valises. Récemment à la banque, dit la blonde, et là-dessus, ils s'esclaffent comme si les temps difficiles étaient une blague sans lendemain. Le docteur est presque réconforté par leur exubérance, il tâche de se rappeler à l'ordre, il est seul, mais c'est exactement ce qu'il a voulu, et d'ailleurs il n'est pas seul, hier soir encore il est allé au théâtre avec Tile et deux amies, *Les Brigands* étaient au programme.

À peine a-t-il quitté Berlin que le docteur perd courage. La ville était terrible mais ce qui l'attend est bien plus terrible encore. Il est dans le train et doit veiller à ne pas la perde, il la revoit debout dans sa chambre, à la fois offerte et fière, invulnérable, semblait-il.

Il tente de se cuirasser avec cette image. Elli et Valli auront fait leur rapport à la maison, il a encore maigri, le voyage a été un échec ; au printemps déjà, il a fait un voyage qui a été un échec, et c'est chaque fois une déception malgré tout. Ils vont le forcer à manger, sans parler du reste, ils ne vont pas le lâcher, et avec de légers hochements de tête, vers midi, en constatant qu'il n'est pas encore levé : il ne comprendra donc jamais que ce n'est pas une façon de vivre.

6

Elle ne savait vraiment pas comment c'est, à vingt-cinq ans, elle n'en avait pas la moindre idée. Dora ne peut que se surprendre elle-même, elle saute et rit, elle était donc si bête jusqu'à ce qu'elle l'ait rencontré, maintenant elle sait.

Elle ne pense pas trop à ce qui s'est passé avant. Bien des choses, pour la plupart sans importance, à commencer par son histoire avec Hans et, longtemps auparavant, l'après-midi à l'hôtel, avec Albert dont il n'y a rien à dire, et elle qui espérait au début vivre un jour avec lui et qu'il ne faisait pas que la bercer de promesses, comme elle l'a compris bien trop tard, non sans penser sur le moment qu'elle en mourrait de chagrin. En réalité, c'est à peine si elle se souvient de lui. À peine aussi si elle se souvient d'elle-même, à croire que le docteur a effacé sa vie d'avant. Elle ne sait pas comment cela a été possible. Ce ne sont pas tant les baisers, les embrassements qui comptent, se dit-elle, ni les sottes phrases que l'on prononce et qui sont peut-être quand même vraies, surtout maintenant qu'il n'est plus là et que toutes les phrases peuvent être prononcées : Je suis à toi, je ne m'en irai pas, si tu ne me renvoies pas je ne m'en irai jamais. Elle n'aime pas qu'il soit parti mais ce n'est pas insupportable. Si elle ne lui avait pas rendu visite au dernier moment, ce serait insupportable, mais là ce n'est pas le cas, ça pince et ça tiraille, c'est comme s'il y avait une douleur, mais il n'y a pas de douleur.

Elle n'en sait malheureusement pas plus que ce qu'il y avait dans le télégramme. Un coursier le lui a apporté mardi dernier, lorsqu'il était à Berlin.

Elle sait qu'il ne lui appartient pas. Ses mains peut-être, oui, pense-t-elle, les mots qu'il lui a chuchotés tandis que dehors le soir s'annonçait. Ce sont des phrases qu'elle sait presque par cœur. Elle sait par cœur la moitié de la soirée, les voix des enfants qui leur parvenaient encore au début, plus tard le silence, les scrupules du docteur, chaque journée avec elle était présente à son esprit jusque dans les moindres détails, chaque première fois, car avec toi tout est comme la première fois.

Son écriture est une surprise, à la fois déliée et tout en saillies. La lettre n'est pas très longue, sans titre, si bien qu'elle commence par chercher son nom, l'endroit où il évoque leurs adieux. Merveilleuse D. est-il écrit là, et plus loin : attends-moi à Müritz, je t'en prie, ce qui laisse presque à penser qu'il sera de retour dans quelques jours.

Au sujet de sa situation, il n'a pas grand-chose à dire, la famille l'a accueilli chaleureusement, mais quand même, quand même. Si je n'étais pas si mal en point, j'aurais fait demi-tour dès mon arrivée à la gare, j'aurais pris le premier train pour te rejoindre. Il évoque sa visite à Tile et, de façon très circonstanciée, sa prise de contact avec Friedenau. Il a passé, dit-il, deux après-midi à parcourir le quartier et s'y est senti presque heureux. C'était partout pays-de-Dora. Müritz est pays-de-Dora, et ce magnifique Friedenau ne l'est pas moins, et c'est ainsi que je voyage de jour et de nuit d'un pays à l'autre. Il n'a rien oublié. Mais il est des choses qui ne le frappent que maintenant, la délicatesse et le discernement dont elle a fait preuve, à croire qu'elle avait depuis toujours tout su de lui.

Vers minuit elle a emporté sa réponse à la boîte aux lettres, tenaillée par le doute jusqu'au dernier moment, car au fond elle n'a fait que balbutier. Ainsi Friedenau est pays-de-Dora ? Dans ce cas, cherchons quelque chose à Friedenau. Il se trouve que son correspondant vient de lui écrire, il est prêt à les aider mais a besoin de quelques précisions, le nombre de chambres, une indication de prix. Hormis cela, elle n'a pas trouvé d'autres précisions à lui donner. Elle aimerait bien qu'il lui décrive sa chambre, ce qu'il voit de sa fenêtre. Il lui semble qu'il en a parlé une fois, au début. N'y avait-il pas une église ? Quelque chose d'exotique, elle ne sait plus trop. Tu te rappelles, Isaïe ? Elle aimerait lui faire la lecture car avec les enfants, ce n'est pas pareil, rien n'est plus pareil depuis qu'il est parti, hier encore elle a passé un moment sous son balcon, la chambre est de nouveau occupée, une femme d'un certain âge a emménagé, mais en a-t-elle le droit ?

Elle n'attend pas. Elle profite de chaque occasion pour relire ce qu'il a écrit, elle parle avec lui, elle est inquiète mais pas au point d'être désorientée, et puis elle a les enfants, trois repas par jour à préparer, elle est assise dans sa cuisine, là il est toujours avec elle, l'après-midi aussi, à la plage où les enfants se moquent d'elle parce qu'elle n'écoute pas, parce qu'elle est toujours ailleurs en pensée.

Il lui a envoyé de l'argent, plusieurs billets dans une devise étrangère, elle ne s'explique pas pourquoi. Au premier moment, elle suppose qu'il s'agit d'une sorte d'avance pour la chambre, mais en lisant la suite elle comprend ce qu'il a pensé, l'argent est pour elle, au cas où il ne serait pas encore de retour dans quelques semaines, quand elle aura rempli son contrat à la colonie. Il ne faudrait pas qu'elle soit obligée de reprendre du travail à Müritz. On dirait qu'il lui a poussé des ailes et qu'il est convaincu de faire exactement ce qu'il faut, mais elle sait aussitôt qu'elle ne veut pas de cet argent. La matinée est déjà bien avancée, elle doit s'occuper du déjeuner mais n'en continue pas moins de penser à l'argent, elle le lui renverra aujourd'hui même, il ne faut pas qu'il y ait de malentendu, je t'en prie, comprends-moi, c'est un peu vexant, mais ce n'est vraiment pas nécessaire. Cependant, elle n'a pas envisagé l'éventualité que ça le devienne, elle a un permis de séjour jusqu'à fin août, et s'il n'est pas pas revenu d'ici là, oui, alors quoi ?

Paul, l'un des moniteurs, lui a demandé ce qui n'allait pas. Tu as des soucis ? Paul est étudiant, il l'aime bien, peut-être devrait-elle se confier à lui. Mais elle ne peut pas. Souci n'est pas le mot juste. Elle sait d'expérience comme il est facile de se blesser. Mais blesser n'est pas non plus le mot juste, car elle est presque contente qu'il puisse la blesser, oui, s'il pouvait la voir, elle lui dirait, regarde ce que tu as fait de moi, même cela je te le permets.

L'une des fillettes lui a apporté le courrier à la plage. Dora vient de sortir de l'eau, elle est assise dans le sable à côté de sa corbeille et voit la fillette avec la lettre, reconnaît de loin son écriture puis son nom à elle, comment il l'écrit, en oblique à travers la moitié de l'enveloppe, les premières lignes la rassurent, non pas parce qu'il s'excuse pour ce stupide envoi d'argent, un peu mollement d'ailleurs, à moitié convaincu seulement par les motifs qu'elle invoque pour ne pas l'accepter, mais parce qu'elle lui manque à chaque ligne qu'elle lui écrit, parce qu'il ne vit pas bien sans elle. Il n'a pas l'air heureux, pense-t-elle, mais la lettre est d'hier, elle n'est pas encore vraiment arrivée. Demain je vois Max, lit-elle, et pour cette raison c'est pendant un moment demain pour elle aussi, et c'est seulement en relisant qu'elle comprend que demain c'est aujourd'hui, ou même hier. Pas un mot sur sa chambre, à quelle heure il se lève, comment ça se passe avec les parents. Seule Ottla est citée dans un passage de la lettre, et une table à laquelle il est assis et d'où il peut voir par la fenêtre, mais ce qu'il voit n'est pas pour elle. Au lieu de cela il écrit : Lorsque je te caresse les cheveux en pensée, je suis heureux, pourtant ma tête fatiguée me dit que ce n'est pas vrai. Toute ma vie présente n'est pas vraie, mais elle n'en a pas moins lieu, tandis que la vie avec toi n'a pas lieu, mais elle est vraie, sans aucun doute.

7

Max l'a quitté très tard, peu après onze heures. Ils ont parlé pendant trois bonnes heures, avec une certaine retenue pour commencer, pendant la première demi-heure où il n'a été question que du docteur. Visiblement effrayé par sa mauvaise mine, Max lui a demandé combien il pesait, s'il toussait la nuit, s'il avait de la température, tous points sur lesquels le docteur, plus ou moins conformément à la vérité, s'est voulu plutôt rassurant. Cependant, il se sent faible, reste beaucoup couché pour cette raison, souvent jusqu'à midi, la moitié de l'après-midi aussi, il lit, relève le courrier, retourne au lit, tâche de manger, écrit peu, autant dire pas du tout, bref : il fait de son mieux. De Berlin, il a déjà été question dans ses lettres, de la colonie aussi, car depuis qu'il a été en contact avec la colonie, le docteur n'est plus le même.

J'ai fait la connaissance de quelqu'un, dit-il. Une femme de l'Est. Dora. Il s'est senti d'emblée en confiance avec elle, elle est très jeune, très juive, tout chez elle vient de loin, il met tout son espoir en elle car elle vit à Berlin. Dès que j'aurai repris des forces, je la rejoindrai à Berlin. Voilà comment il en parle. Cela paraît fou, estime-t-il. Tu ne trouve pas que je suis fou ? C'est comme un miracle. Mais l'ami a toujours cru à de tels miracles, pour Max la moitié de la vie est faite de miracles, et le seul à en douter a toujours été le docteur.

Voilà où il en est. Qu'est-ce que tu en dis ? Max peut seulement dire à quel point il se réjouit, il se réjouit pour le docteur plus qu'il ne le ferait pour quiconque au monde. Et comme pour le prouver, il le serre dans ses bras. Il voudrait savoir si le docteur n'a pas une photo d'elle, il espère faire très bientôt sa connaissance. Le docteur dit : Je ne savais pas qu'il pouvait exister pareille créature. Elle était très douce, à supposer qu'un tel qualificatif pût contribuer à la décrire, elle parlait couramment le yiddish et l'hébreu. Je pèse cinquante-neuf kilos, dit-il. Max, dit-il. Puis-je aller à Berlin avec cinquante-neuf kilos ? Bien entendu, il ne le peut pas. Il faut qu'il prenne patience, conseille l'ami. Berlin l'attendra. La ville est comme enfiévrée, dit Max, il tient cela de son Emmy, et le pire là-bas est à venir.

Il lit sa lettre debout à la fenêtre, soulagé de constater qu'elle ne lui en veut pas, et de fait, c'est tout juste si elle effleure la question de l'argent. Il croit presque la voir, assise sur la plage, en train d'écrire, comme s'il n'était lui-même pas loin. Tout est proche et familier. Lorsqu'elle écrit, à l'instant même un vapeur accoste le débarcadère, il voit aussitôt la scène, un essaim de dames portant des ombrelles bariolées, chacune accrochée au bras de son diligent conjoint, en tête les enfants tirés à quatre épingles, çà et là un chien, une gouvernante boutonnée jusque sous le menton, une joyeuse bonne d'enfants. Presque tout se présente devant lui : l'horizon laiteux, l'écume ondoyante sur la plage, nombre de choses, pourtant, sont déjà en voie de s'effacer, l'odeur de l'eau tôt le matin, les couleurs, les détails auxquels il n'a pas prêté suffisamment attention, une broche ancienne que Dora portait, ses chaussures, ses doigts de pieds, il y avait bien quelque chose à propos de ses doigts de pieds, mais quoi ? Elle a des yeux gris-bleu. Il sait son regard, mais des conséquences, de ce qui se prépare, il ne sait rien, même maintenant, à l'heure où il lit ce qu'elle lui a écrit, une femme de l'Est, âgée de vingt-cinq ans environ.

M. aussi avait dans les vingt-cinq ans quand il l'a rencontrée. Avant elle, F. avait dans les vingt-cinq ans et Julie guère plus. Il ne fait manifestement connaissance ces dernières années qu'avec des femmes d'environ vingt-cinq ans. Qu'est-ce que cela signifie pour un homme qui a entre-temps atteint la quarantaine. Qu'il est resté jeune ? Qu'il se refuse obstinément à devenir adulte ? Il réfléchit un moment à cela. Il s'avise que presque toutes étaient juives. La Suissesse n'était pas juive, M. non plus. Pour avoir rencontré M., il a arraché le cœur de la poitrine vivante de Julie. À présent, après tant d'années, il lui paraît incroyable qu'il ait été capable de faire cela.

Dora écrit qu'on pense à lui. Le sable pense à toi, l'eau, la maison de vacances, les tables et les chaises, les murs de ma chambre quand je ne dors pas la nuit et que je remarque comme tu manques partout.

C'est dimanche soir, le docteur est au lit et écoute les bruits de la rue, dans la cuisine attenante la voix de la mère, les pas du père, la sonnerie de la pendule, dans les intervalles où tout est silencieux son cœur au loin, dans ses tempes le battement du sang tel qu'il se l'imagine, pas vraiment fatigué, somnolent, sans pensées précises. Il ne peut que se féliciter que Dora ne soit pas là. De honte, il sauterait immédiatement du lit, et en fin de compte ce serait une bonne chose, car peut-être ne quittera-t-il plus son lit sans Dora. Il est couché dans le lit, et de la porte il voit en même temps comment il est couché, avec le regard de la mère qui apporte sans cesse quelque chose, en dernier lieu un gobelet de lait caillé parce qu'il n'a presque rien mangé à table.

Jusqu'à présent personne ne lui a posé de questions, que ce soit sur les semaines qu'il a passées à Müritz ou sur le proche avenir. La mère s'en est enquise incidemment, mi-compatissante, mi-agacée. Elle sait qu'il n'est pas rentré à la maison de bon cœur, qu'il ne se sent pas à l'aise, que les journées lui pèsent. Comme à l'accoutumée, il la sous-estime. Elle ne veut pas croire, par exemple, que son voyage a été un échec. Elle dit : J'espère que ton séjour en Allemagne t'a apporté quelque chose de positif. Quelque chose dont tu gardes un bon souvenir. Le docteur est surpris, il abonde aussitôt dans son sens, oui, des bons souvenirs, il en a gardé plein. Et elle : Alors, c'est bien. Je m'en réjouis. Sur le pas de la porte, elle se tourne encore vers lui. Le père se fait également du souci, tu sais. Chacun de nous.

Elle va sur ses soixante-dix ans, elle a l'air fatigué, on l'entend souvent soupirer, plutôt pour elle-même, elle se fait du mauvais sang pour tout et pour chacun.

Le contrat avec la maison d'édition, il l'a signé et renvoyé à Berlin il y a quelques jours. Il n'a eu qu'à inscrire son nom en bas du document, un premier pas qu'il n'approuve qu'à moitié mais qu'il a dû faire pour ne pas perdre la foi.

Dans les journaux, il est question chaque jour du mark qui n'en finit pas de chuter et d'enfoncer les Allemands dans un malheur dont ils sont eux-mêmes responsables. Le rythmne de la chute est infernal. Un litre de lait coûte 70 000 marks, une miche de pain 200 000 marks, le dollar vaut quatre millions. Mais combien, juste ciel, en coûtera-il pour louer une chambre, à supposer que cette chambre puisse jamais se trouver.

Ottla a envoyé une carte, elle se demande comment il va, si elle peut faire quelque chose pour lui. Le docteur ne sait trop que lui répondre. Il a commencé à lui écrire il y a quelques jours, il a fait allusion à Müritz, à ce qui lui est arrivé là, à ce que cela signifie pour lui. Il n'a pas envoyé la lettre. Ottla a autre chose à faire que de se préoccuper d'un frère perturbé et anémique. Elle ne doit pas se rendre compte à quel point il espère qu'elle pourrait le tirer de là, car tel est précisément son espoir, qu'elle surgisse dans l'embrasure de la porte et dise : Allons, viens, tu seras mieux n'importe où plutôt que dans cette chambre.

Dora voudrait savoir à quel genre de logis il a pensé. Veux-tu s'il te plaît m'écrire à ce sujet afin que mon correspondant berlinois sache ce qu'il doit chercher ? Chez elle, la routine a repris ses droits, depuis qu'il est parti elle manque d'entrain à la colonie. Encore cette semaine et la prochaine, et elle en sera quitte. Comment va le sommeil ? Est-ce que tu dors bien ? Quand j'ai été à la plage, je dors comme une marmotte, mais le plus souvent je n'en ai pas le loisir, il y a toujours quelqu'un qui veut quelque chose de moi, je passe le plus clair du temps à la cuisine qui se plaint chaque jour auprès de moi de ne pas t'avoir vu depuis si longtemps. Tu te rappelles, quand on allait dans l'eau ? S'il te plaît, viens bientôt. Tu viendras, n'est-ce pas, dès que tu auras une chambre ?

Le fait qu'elle croie à la chambre le réconforte. Il lui faudrait un lit, une table pour écrire. À part cela, il n'a besoin de rien. Un canapé serait agréable, un chauffage s'il vient à faire froid, de la lumière et de l'eau. Sur le moment, il y croit. C'est possible. Il l'a rencontrée. Donc c'est possible.

Ottla a délaissé pour une journée sa villégiature estivale. Uniquement pour lui, semble-t-il, Elli et la mère n'y sont pas allées par quatre chemins dans leurs lettres. Ottla l'a regardé brièvement et a décidé aussitôt qu'il devait partir d'ici, la campagne, de l'air frais, voilà ce qu'il lui faut. Il a commencé par faire des manières, bien qu'il soit reconnaissant à Ottla, soulagé aussi, mais en même temps un peu honteux parce qu'elle a ses deux fillettes et pense quand même à lui.

L'heure n'est pas aux palabres. Ottla est dans sa chambre, elle l'aide à faire ses bagages, lui pose la main sur le front, parle de son logement chez le commerçant Schöbl, lui demande d'emporter aussi des vêtements chauds, au cas où l'on aurait à affronter quelques jours de mauvais temps. Ils peuvent rester jusqu'à la fin septembre. Le docteur est effrayé parce que cela représente plus de quatre semaines, mais il se sent las, il a de la fièvre, aussi ne soulève-t-il aucune objection.

8

Elle se réveille parfois la nuit, en proie au doute : elle se demande s'il viendra, à quoi tient la certitude qu'elle a nourrie au fond d'elle-même durant tout ce temps et qui demeure présente, même maintenant, à cette heure où tout lui paraît soudain problématique, comme s'il n'était plus temps pour lui de prendre d'autres résolutions, par exemple parce que son état se serait aggravé, ou parce qu'il n'y croit plus, parce qu'il commence à l'oublier.

Les premiers jours elle a pensé qu'elle était pourvue pour toujours, mais les réserves sont subitement épuisées, les choses perdent de leur éclat, ses cheveux dans le miroir, son regard, sa peau devenue terne et douloureuse au toucher. Elle ne savait pas que son corps se souviendrait, yeux nez bouche, ses lèvres qui ne rencontrent plus les siennes, sous le nombril l'endroit qui s'est toujours signalé par un tiraillement. Sa voix lui manque, comment il la regarde, comment il l'a reconnue au premier coup d'œil naguère, à la plage, comment il a su aussitôt qui elle était, une fille de l'Est, tout bêtement amoureuse, mais en même temps autre chose aussi, du moins pour lui qui voit en elle quelque chose que personne d'autre n'a vu jusqu'alors. Elle ne se trouve pas spécialement jolie, mais à l'époque, à la plage, sous ses yeux, elle voulait être jolie, et plus tard aussi, sur la jetée, lorsqu'elle a senti comme il la désirait, comme il était d'accord avec son propre désir et ne voulait personne d'autre qu'elle.

À la police des étrangers, on lui a notifié que son permis de séjour ne serait pas renouvelé ; elle n'a pas d'emploi en vue, il faut donc qu'elle retourne à Berlin. À Paul, elle laisse entendre qu'elle ne voudrait pas quitter Müritz. Elle a promis à quelqu'un de l'attendre ici, peut-être se trouverait-il un hôtel pour l'employer à titre provisoire. À l'office de placement on ne lui a pas laissé beaucoup d'espoir, c'était la fin des vacances, beaucoup de gens rentraient chez eux, on ne recrutait pratiquement pas.

Paul croit deviner aussitôt qui elle attend. Elle ne dit ni non ni oui, ce qui est aussi une manière de répondre, mais pour finir elle admet : Oui, le docteur. Rétrospectivement, il semble à Paul qu'il a remarqué quelque chose depuis le début, une sorte de flamboiement, à table, quand le docteur parlait avec elle, comment il la regardait, comme personne ne regarde personne au monde. N'est-il pas un peu vieux pour toi ? Paul a un peu plus de vingt ans, un trentenaire est un vieux à ses yeux. Il n'empêche qu'il en parle en termes fort élogieux, le docteur est un homme qui sort de l'ordinaire, très doux, et prévenant avec ça, un écrivain, d'ailleurs la moitié de la colonie est tombée sous son charme.

Il a dit, reconnaît-elle, qu'il irait avec elle à Berlin.

Le docteur ? Et c'est pour cela que tu l'attends ? Tu ferais mieux de l'attendre à Berlin. Mais quand pense-t-il te rejoindre ?

Elle n'en sait malheureusement rien, mais si elle doit s'en aller d'ici, elle ne voudrait surtout pas que ce soit pour Berlin, elle ne veut retourner à Berlin qu'avec lui.

Il a rejoint sa sœur, en villégiature d'été. Hier, après la conversation avec Paul, elle a reçu une carte postale de lui, et à présent elle est désemparée. La sœur n'a pas été très satisfaite de sa mine, c'est pourquoi elle l'a emmené pour quelques jours à la campagne. Le nom ne lui dit rien. La localité s'appelle Schelesen. Ottla s'est montrée très directive, elle ne lui a pratiquement pas laissé le choix. Je ressemble à un spectre, a-t-elle dit. Veux-tu vivre avec un spectre à Berlin ? Hier, dans la cuisine, elle n'a eu qu'une pensée : Non, s'il te plaît, chéri, tu es parti dans la mauvaise direction, fais demi-tour, qu'est-ce que je vais devenir.

En la voyant ce matin, Paul s'est aussitôt enquis : Juste ciel, mais qu'est-ce qui se passe ? Mauvaises nouvelles ? Elle ne sait pas si la nouvelle est mauvaise ou si c'est juste une nouvelle, elle a lu et relu la carte, le passage avec le spectre, et maintenant, petit à petit, elle recouvre son calme. S'il doit en être ainsi, il ne reste qu'à faire avec. Il faut simplement qu'elle sache où elle séjournera dans les prochains temps. Elle pourrait rejoindre son amie Judith qui passe l'été dans un village près de Rathenow, peut-être y aura-t-il moyen d'être hébergée par elle jusqu'à nouvel ordre.

Paul dit : On devine que tu ne vas pas bien mais on voit comme tu es heureuse. Il l'aide à la cuisine, lui tient compagnie au jardin, va chercher le café et les gâteaux, lui fait des compliments, mais de manière à ce qu'elle se sente à l'aise, comme s'il parlait pour le docteur qui ne peut pas lui faire de tels compliments pour le moment. Il viendra, dit Paul. Il serait bien bête s'il ne venait pas et te laissait à dieu sait qui, et du coup elle y croit de nouveau. Elle se sent un peu lasse mais elle est d'humeur joyeuse, et quand bien même il n'y aurait eu que ces quelques jours, la jetée, la forêt, une première fois dans sa chambre, une seconde fois un peu plus tard. Et même sans la seconde fois, pourvu qu'elle sache qu'elle existe pour lui, pourvu qu'elle reçoive des lettres, des télégrammes, n'importe quel signe qui lui indique qu'il pense à elle.

Le lendemain, elle a un logement. Hans a envoyé un télégramme, le ton n'est guère cordial mais il semble qu'il ait trouvé quelque chose qui pourrait convenir, une grande chambre en encorbellement à Steglitz, avec salle d'eau et cuisine, dans une rue dont elle n'a jamais entendu parler. Sur le moment elle a peine à y croire, et puis quand même, et la voilà qui saute de joie presque jusqu'au plafond. Plus tard, elle apprendra la nouvelle à Paul. Pour ton docteur, écrit Hans. Il y a urgence. Il faut qu'elle se décide d'ici la fin de la semaine. À toutes fins utiles, un numéro de téléphone et aussi le nom de la propriétaire (madame Hermann) qui exige que le loyer soit payé à compter de la mi-août, à titre rétroactif. Pas de formule de salutation, rien que son nom afin qu'elle comprenne qu'il n'est pas dupe, car pourquoi se mettrait-elle en quatre pour un quidam qu'elle vient tout juste de rencontrer à la plage.

De sa chambre, il ne sait encore rien. Sa dernière lettre est d'avant-hier et, bizarrement, il n'en souffle mot, or s'il savait, il s'en féliciterait à coup sûr, au lieu de cela on le sent oppressé, comme s'il passait ses journées à livrer un combat dont l'issue demeure incertaine. Il est installé sur le balcon, au soleil, voit en lisant les journaux comment la situation à Berlin se dégrade de jour en jour, décide de renoncer à tous les journaux, les lit malgré tout chaque matin et s'effraye derechef.

J'ai parlé de toi à Ottla, écrit-il, elle sait que tu existes, ce qui s'est passé entre nous. Elle m'a regardé avec de grands yeux avant d'admettre qu'elle voyait très bien ce que je voulais dire, il lui est arrivé la même chose avec son mari Pepo. Et si tu nous rejoignais à Schelesen ? Il y a la place. La région te plairait, il a fait beau temps jusqu'à présent, et mes deux nièces sont ravissantes. Ils sont hébergés dans une petite pension, au premier étage au-dessus d'une épicerie, avec vue sur la rue du village. Le village n'est pas très grand, dans sa lettre il est question d'une sorte de vallée, de collines boisées où il se promène parfois, il y a aussi une piscine mais il n'y est pas encore allé. Elle le voit de préférence dans sa chambre, qu'elle imagine semblable à celle de Müritz, sur le balcon, en train de lire ou de promener un regard distrait sur le paysage qui est vallonné et boisé mais sans la mer, pas comme ici où l'on a toujours du sable entre les doigts de pieds.

Chéri, regarde bien, écrit-elle. Est-ce que tu me vois ? Je suis installée au jardin, à la longue table, et je tremble en pensant à Berlin. Je suis à moitié là, à cette table, et à moitié dans ta nouvelle chambre que j'imagine grande et presque toujours ensoleillée. Je ne sais pas où je vais, écrit-elle. Il y a du vent, tout flotte, tout vole, rien ne veut rester en place, cette lettre aussi veut s'envoler très vite, avec mille baisers, ta Dora.

Döberitz, c'est le nom du village, elle se le rappelle maintenant. Elle peut prendre le train dès demain, lui fait savoir Judith, il faut changer plusieurs fois, mais tu seras toujours la bienvenue. Judith elle-même n'est arrivée là que la semaine passée, elle reste jusqu'à fin septembre, il faut enfin qu'elle révise en vue de ses examens, l'été pourri se prête d'ailleurs parfaitement à ce genre d'activité. Je me réjouis de ta venue. Il n'y a malheureusement pas d'hommes ici, du moins je n'ai rien vu de tel, tout au plus quelques petits rustres mal dégrossis qui me lorgnent avec des yeux ronds, mais tu verras cela par toi-même.

Paul a l'air un peu déçu lorsqu'elle lui parle de l'invitation de Judith. Sans doute espérait-il secrètement qu'elle viendrait à Berlin, mais elle veut aller à Döberitz et commence déjà à prendre congé des uns et des autres là-bas, à la plage, sur le qui-vive, semble-t-il, à l'idée qu'elle pourrait oublier quelque chose, alors qu'on n'est jamais que jeudi. Paul fait grise mine mais le soir, lorsqu'ils dansent et chantent avec les enfants, tout paraît oublié. Elle n'a pas dansé depuis des lustres, Paul s'est laissé convaincre, et à présent ils dansent. Ils ne vont pas très bien ensemble mais ils dansent.

9

Depuis qu'il a loué la chambre, le docteur est redevenu plus optimiste. La propriétaire ne s'est intéressée qu'à l'argent, elle n'a même pas voulu savoir à quelle date il envisageait d'emménager. Le titre de son nouveau locataire l'a visiblement impressionnée, elle n'a pas cessé de lui donner du docteur et s'est empressée d'accepter que le loyer soit payé dans une devise étrangère, étant donné, a-t-elle dit, que sur le chapitre de l'argent c'était de toute façon la zizanie ici, à Berlin. Il a donc une chambre à Berlin maintenant. Il croit se rappeler à peu près où et comment elle est située et envoie un télégramme à Dora afin de l'informer que tout est réglé, presque soulagé sur le moment parce que la nouvelle vie paraît soudain à portée de main.

Elle écrit qu'elle ne peut pas rester plus longtemps à Müritz et qu'elle va s'installer provisoirement chez une amie. Peut-être est-ce une bonne chose, peut-être que non. Il a l'impression que le miracle s'estompe, il ne le ressent plus que dans ses lettres, lui semble-t-il. Il n'a jamais entendu parler d'un Döberitz. Il sait qu'il y a un vieil atlas dans la petite bibliothèque de la pension et n'a pas à chercher longtemps, la localité se trouve à moins de cent kilomètres à l'ouest de Berlin.

Les premiers jours, il ne se sent pas à l'aise à Schelesen. Schelesen appartient au passé, tout ici lui est douloureusement familier, le paysage doucement vallonné, les maisons et les villas qui signalent le caractère mi-rural, mi-touristique de la région, les chemins et les bois. C'est ici, dans ce patelin, qu'a commencé il y a des années sa malheureuse histoire avec Julie, dans la villa qui se trouve à l'entrée du village, et où Max et Félix ont aussi déjà logé dans le passé. Cette fois, il n'y avait plus de chambres libres à la villa. Il est content de ne pas devoir y séjourner, mais lorsqu'il passe par là un après-midi et se retrouve sur les marches du perron, il ne comprend plus du tout pourquoi, parce que c'est à peine s'il se rappelle encore celui qu'il a été autrefois. Les histoires s'effacent mutuellement, pense-t-il, les lettres, la félicité des baisers, les embrassements qui se succèdent et dont il ne subsiste rien, pas même l'ombre.

Il a écrit à son père dans cette villa.

Ottla est assez délicate pour ne rien remuer qui soit susceptible de le blesser. Elle parcourt ce paysage comme si elle avait passé la moitié de sa vie à ne faire que cela, s'entend à ne lui rappeler que les scènes qui les concernent, elle et lui, comment ils ont escaladé une fois, après minuit, la clôture de la piscine et barboté dans l'eau au clair de lune, les bêtises qu'on faisait parfois à table, les figures de pierre grimaçantes sur lesquelles on s'était amusé à grimper durant le premier été. Tu te rappelles, dit-elle en désignant une maison bâtie à flanc de coteau, juste là, en contrebas ; dans le pré jouxtant la maison on était tombés sur une chatte avec sa portée. Il en a un très vague souvenir. Une chatte avec ses petits, oui, mais sans les détails, sans les couleurs, sans l'émotion qui avait dû gagner Ottla sur le moment.

Il y a des années de cela, il lui a dit en plaisantant à moitié : Si je dois prendre femme un jour, j'en voudrais une comme toi. Ce sera difficile, avait-elle rétorqué, une comme moi, ça ne se trouve pas facilement. Mais cet échange a-t-il bien eu lieu à Schelesen, n'était-ce pas plutôt à Zürau, ou ailleurs encore ?

Il y a aussi eu des déceptions avec Ottla. Depuis qu'elle a des enfants, elle le regarde parfois comme de très loin. Elle a des nuits en pointillé, la petite Hélène n'a que quatre mois, mais c'est beau de voir quand elle l'allaite, comment elles sont en communion sans qu'une parole soit prononcée.

De loin en loin, il apprend encore quelque chose. Il attribue par exemple moins d'importance aux lettres, n'attend plus la réponse avec impatience. Lorsqu'une lettre arrive, il est tout content, la met de côté et dit : Tiens, tiens, une lettre de Müritz, n'en ai-je pas déjà reçu une hier ? Et si le facteur n'apporte rien, il n'est pas déçu, ne s'en prend pas à la poste comme il l'a si souvent fait par le passé, ne ressent pas non plus le besoin compulsif de se retirer dans sa chambre pour faire le point mais peut passer l'après-midi avec Ottla et les enfants, tranquillement couché dans le pré, au bord de la piscine.

Il n'a pas grossi jusqu'à présent. Il a hâte de recouvrer des forces, se promène, se surveille. Ottla dit : Fais-le au moins pour elle. Si tu l'aimes, tu dois le faire pour elle. Pourtant il ne s'est pas encore ouvert à Ottla de son projet. Il se le promet chaque jour mais une fois la décision prise, le courage lui manque, ou alors il a eu une nuit agitée, ou bien c'est Ottla qui a eu une nuit agitée parce que la petite a pleuré, parce qu'elle veut qu'on lui donne le sein à toute heure du jour et de la nuit.

Il l'a invitée à sortir avec lui. Ottla porte une robe légère, le temps est agréable, dans les jardins les dernières fleurs d'été sont écloses ; çà et là, on croise des gens qui font du bois ou qui se prélassent au soleil, certains les saluent au passage. Ils ne marchent pas très vite, en direction de l'est, et viennent de dépasser les dernières maisons. Et maintenant, le projet. Il n'est pas utile qu'il insiste sur les difficultés. Mais, dit-il, la décision est prise et il envisage les choses d'un cœur léger. Ottla acquiesce d'un hochement de tête. Elle soulève des questions de détail mais à part cela elle ne dit pas grand-chose. Le projet tient la route, elle le répète encore et encore. Je me réjouis, dit-elle. Oui, bien. Pourquoi pas. Tu peux compter sur moi, cela va sans dire. C'est vrai que tu as toujours été un peu fou, pas assez sans doute, sinon pourquoi serais-tu resté à la maison toutes ces années. Comme Max, elle voudrait faire la connaissance de Dora le plus tôt possible, il lui plaît qu'elle cuisine, qu'elle prenne son frère tel qu'il est.

Döberitz est un patelin endormi, écrit Dora, il y a une église, des estivants comme elle et Judith, des paysans, des vaches dans les prés, des maisons basses, une poignée de rues, un peu à l'écart la Havel où l'on peut se baigner. Le ton de la lettre est allègre, le temps n'est pas très engageant mais on ne manque pas de sujets de conversation, Dora a évidemment parlé de Müritz, du grand bonheur qui lui est échu là. Judith n'a pas caché qu'elle m'enviait, surtout parce que tu es un écrivain, elle te connaît de nom mais n'a encore rien lu de toi. Elle te plairait, elle lit du matin au soir. Est-ce qu'Ottla s'occupe bien de toi ? Elle le prie de saluer Ottla de sa part. La manière dont il lui a parlé d'elle fait qu'Ottla lui a tout de suite été sympathique. Lui as-tu fait part de notre projet ? As-tu de bonnes pensées pour moi ? J'ai rêvé de toi, tout à l'heure, sur le canapé où je me suis brièvement endormie, tu as fait de très belles choses avec moi, je ne peux hélas en parler que tout bas, rien que de belles choses.

En Allemagne, le cours du dollar est passé en trois jours de dix à trente millions de marks, une miche de pain coûte un million. Max a écrit qu'il se rendait à Berlin toutes affaires cessantes, manifestement les choses se sont envenimées avec Emmy, mais c'est une musique que le docteur ne connaît que trop, cette histoire l'ennuie, elle finirait presque par le mettre de mauvaise humeur, et c'est ce qu'il veut lui écrire sans tarder, avant leur rencontre qui doit avoir lieu demain en huit. Le père fête son anniversaire sous peu, aussi le docteur pense-t-il quitter Schelesen pour deux jours et faire par la même occasion un bout de chemin en direction de Dora, comme il se plaît à le penser, car à l'égard de son père il ne nourrit depuis toujours que des sentiments obscurément contradictoires. Le père ne remarquerait sans doute même pas qu'il est venu expressément pour lui. Ottla se moque de son frère. Tu ne voulais pas aller à Berlin ? Crois-tu donc qu'il approuvera ton projet parce que tu auras pris soin de lui souhaiter un bon anniversaire ?

10

Il lui écrit presque chaque jour. Judith est lasse d'étudier et déclare que la seule à travailler ici est Dora qui passe le plus clair de son temps à lui répondre. Il a continuellement des questions à poser, veut savoir ce qu'elle porte, quelle robe, quel chemisier, comment a été sa nuit, comment est arrangée la chambre où elle dort, ce qu'elles mangent, de quoi elles parlent, quelque chose à propos des gouttes sur sa peau, de ses cheveux mouillés lorsqu'elles reviennent d'une promenade au bord de la Havel. La plupart du temps, ses lettres sont calmes et claires. Elle aime quand il parle de ses yeux, de sa silhouette, quand il s'attarde à son côté, quand il l'embrasse. Il y a des nuits où il doute de jamais recouvrer la santé, il s'inquiète de la situation tendue à Berlin, aussi arrive-t-il à Dora d'être dépassée, il lui faut alors prendre quelque distance, le temps de se ressaisir.

Ce matin même, elle s'est livrée à une expérience. Il y avait deux lettres dans la boîte mais elle ne les a pas ouvertes. Elle les a mises de côté en se disant, ou en disant à Judith, pas maintenant, plus tard, c'est trop, chéri, je suis comme ivre, si tu savais l'effet que me font tes lettres. Elle ne les a pas non plus emportées en promenade. Il lui en a coûté de les laisser à la maison, et c'est pour cette raison, précisément, qu'elle les a laissées, mais au retour, deux heures plus tard, elle hâte le pas à mi-chemin, elle court, elle vole vers les deux lettres en souffrance, déchire les enveloppes et se met à lire, entend sa voix comme si c'était la première fois, après cent ans sa voix, pour la première fois.

Lorsque Judith fait la grasse matinée, Dora se plaît à déambuler dans les pièces basses de plafond. La maison lui a plu d'emblée. Elle appartenait à la tante de Judith, morte en février, elle est petite et démodée, tout y sent le bois et témoigne encore de la présence de la tante, qui a été comédienne dans sa jeunesse et s'est retirée à cinquante ans passés en ce lieu solitaire. Il y a des photos d'elle sur lesquelles elle a vingt ans à peine, un véritable tendron, jolie comme un cœur, un peu comme Judith, elle tenait alors le rôle d'Ophélie, ainsi que le révèle une inscription délavée au dos des photos. Plus tard, elle est devenue grosse, a passé sans y prendre garde l'âge de se marier et d'avoir des enfants et elle est devenue au tournant du siècle, à Döberitz, une sorte de paysanne, elle a eu des animaux durant plusieurs années, des poules, des oies, deux chèvres et aussi, jusqu'à sa mort, une cave pleine de fruits et de légumes en bocaux, du jambon fumé, de l'eau-de-vie, une réserve de pommes de terre.

Judith a dit qu'elle ne cuisinait pas, elle ne mange que du pain quand elle est ici, mais depuis que Dora lui a appris ce que coûte une miche dans la petite épicerie du village, elles ne vivent pratiquement que de ce qu'elles ont en réserve. Elles se préparent des plats simples à base de pommes de terre, des omelettes avec de la compote de pommes, de la purée au beurre noir, le soir un potage avec un œuf battu dedans, parce que Judith peut avoir des œufs à bon prix chez un paysan de sa connaissance.

Pendant quelques jours, elle est très exubérante. Tout est nouveau, elle a Judith, elle a les lettres, les longues promenades quand, par exception, il ne pleut pas. Au départ, elles n'ont pas lié connaissance, constate Dora. Quand Judith, il y a des mois de cela, a débarqué au Foyer populaire, Dora l'a trouvée un peu guindée, mais entre-temps elles sont devenues amies et se confient les choses les plus intimes. Judith a eu une liaison avec un homme marié peu avant de se réfugier à Döberitz. Elle a su d'emblée que c'était une impasse, mais il s'est montré très attentionné durant les premières semaines, l'invitant au restaurant, au théâtre, la gâtant plus que de raison, tandis qu'elle le berçait de belles paroles parce qu'elle se disait qu'elle lui devait bien cela.

Elle a fait sa connaissance en participant à l'un de ses séminaires. Il lui a adressé la parole, et à sa manière de la regarder elle a su aussitôt ce qu'il voulait d'elle. Judith, ce nom lui plaisait, bien qu'il ait dit un peu plus tard qu'il y avait en elle quelque chose de juif qui le dérangeait. Tu trouves que j'ai l'air juif ? Mon nom est juif. Et à part cela ? Mais il ne voulait pas en démordre. Au début, elle s'est bornée à en rire et à lui demander ce que c'était exactement que ce quelque chose de juif en elle qui n'avait pas l'heur de lui plaire, et bien entendu il n'a fait que répondre à côté. C'était, a-t-il dit, quelque chose qu'il sentait. Toute ma manière d'être était juive, ma façon de bouger, de parler, un certain sans-gêne. Et cela au cours de notre première nuit et ensuite, de plus en plus souvent. Les Juifs, a-t-il dit, étaient le malheur de l'Allemagne, en sa qualité d'historien il savait de quoi il parlait. Tout cela déjà pendant notre première nuit. Judith n'est pas contente d'elle-même ; elle a été bête, elle aurait dû le savoir.

Dora n'a pas eu spécialement affaire à des gens qui sont contre les Juifs. De loin en loin, dans la rue un mot blessant, au restaurant un échange de propos qui n'était pas censé parvenir jusqu'à ses oreilles. Une fois, un garçon a craché devant elle, il n'avait pas dix ans. Elle lui a couru après et l'a sommé de s'expliquer. Pauvre Judith. Mais Judith ne se trouve pas pauvre, elle a tiré depuis pas mal de temps ses conclusions des expériences qu'elle a pu avoir et veut aller en Palestine dès qu'elle aura achevé ses études. Peut-être que ça ne rime à rien de continuer d'étudier, ils n'ont pas besoin de juristes allemands, là-bas, en Palestine, encore moins de femmes juristes. Il leur faut des gens qui cultivent les champs, des jardiniers et des paysans, il leur faut des femmes qui mettent au monde des enfants, de sombres enfants juifs aux cheveux bouclés. À présent, elle rit parce qu'elle n'arrive pas à s'imaginer tout cela. Et toi ? demande-t-elle à Dora qui ne peut pas non plus se l'imaginer, jusqu'alors elle n'y a d'ailleurs jamais pensé, et maintenant qu'elle y pense, elle trouve cela à la fois merveilleux et incompréhensible.

Judith s'est accordé une journée de liberté. Il fait encore chaud, aussi ont-elles filé après le petit déjeuner, en direction de la Havel dont elles n'avaient pas plus tôt rejoint le bord qu'elles étaient déjà dans l'eau. Judith raconte qu'elle a été assiégée ici même, l'été dernier, par un groupe de jeunes paysans qui l'ont lorgnée comme s'ils n'avaient jamais vu une fille nue. Mais aujourd'hui elles sont seules, il n'y a que des libellules et quelques mouches pour leur tenir compagnie, dans le ciel différents oiseaux, le milan rouge, dit Judith qui s'y connaît évidemment aussi en oiseaux et rêve de rencontrer un homme comme le docteur.

Tu as de la veine, dit Judith. Et en plus de ça, tu es belle, un peu plus ronde que moi, sans aspérités. Il n'est pas désagréable d'être examinée par Judith, de l'entendre dire, là, cet endroit je l'aime bien, et celui-là aussi, en même temps qu'elle lui passe la brosse dans les cheveux comme si elles étaient des sœurs.

Le soir, elle emporte ses lettres au lit, les glisse sous l'oreiller, il y a tant de pures merveilles là-dedans. Il rêve très souvent de sa nouvelle chambre, de leur premier soir, il la soulève et l'emporte, ce qu'il est incapable de faire en réalité, mais en rêve c'est un jeu d'enfant. Du reste, tu es étonnamment légère, je te porte d'une seule main, tu es très petite et tu reposes au milieu de ma main, les yeux fermés, comme si tu dormais, mais tu ne dors pas, bien au contraire.

Il ne peut toujours pas dire quand est-ce qu'il quittera ce Schelesen. Ce matin même, au réveil, elle a pensé, dans quelques jours, on peut les compter sur les doigts de la main, mais à midi arrive une lettre dans laquelle il lui apprend qu'il est hors de question de voyager. Maintenant seulement, elle ressent ce qu'il lui en coûte d'attendre, elle éclate en sanglots, pas très longtemps car elle a tôt fait de remarquer qu'elle ne croit pas elle-même à ses sanglots. Il est malade, il a constamment de la température. Berlin, écrit-il, lui paraît totalement hors d'atteinte. Si je t'avais auprès de moi, ce serait un saut de puce, mais tout seul avec moi-même, dans la pitoyable disposition d'esprit où je suis ces jours derniers, le voyage de Christophe Colomb n'est rien en comparaison. Encore une semaine au moins, conclut-il. Il a mendié comme un enfant, mais Ottla s'est bornée à dire encore et toujours : une semaine.

À présent il lui arrive de craindre le pire. Il ne lui est pas agréable de penser qu'elle le connaît à peine, que l'on pourrait s'être trompé chacun sur le compte de l'autre et avoir à constater, dans les premiers jours ou les premières semaines à Berlin, que tout cela n'a été qu'une grossière erreur. Si elle n'y prend garde, elle en arrive à penser de la sorte, vaguement incrédule en même temps, parce qu'elle ne peut pas dire d'où lui viennent ces pensées affligeantes, à croire qu'il ne s'agit pas du tout des siennes mais plutôt de quelque chose qui s'insinue lentement en elle et disparaît ensuite progressivement.

C'est encore une fois l'été, les tout derniers jours, mais la lumière n'est déjà plus la même, en bas, à l'endroit où elles se baignent, les roseaux scintillants, le murmure des bouleaux. Elle tâche de se persuader que de telles pensées sont normales. Judith dit aussi qu'elles sont normales. Il a quarante ans, il a vécu quinze ans de plus qu'elle. Elle a affaire à un homme malheureux, lui a-t-il confié sur la jetée. Elle se rappelle parfaitement comme elle s'est étonnée, car il a été si manifestement heureux de l'avoir rencontrée, et cela depuis le tout début, dès que je t'ai vue dans ta cuisine, comme il se plaît à le dire.

11

Pendant quelques jours il n'y croit pas, comme s'il devait commencer par cesser de croire pour que tout devienne possible. Il a écrit à Max et à Robert qu'il y avait une légère augmentation de poids, sur Dora pas un mot, en revanche de vagues considérations sur les perspectives berlinoises, sans doute les avait-il surestimées dans la griserie des premiers contacts avec le foyer.

Sa plus grande joie, pour le moment, ce sont les enfants, le petite Hélène sur ses genoux au petit déjeuner, ou dans ses bras quand il la promène au jardin et parle avec elle, toujours les mêmes phrases, regardez-moi cette fillette, comme elle est mignonne, mais elle est fatiguée, la petite fille, c'est l'heure d'aller dormir. Ottla a l'air épuisé, il lui arrive de perdre patience quand la petite Vera, qui vient d'avoir deux ans, pleurniche parce qu'elle se sent délaissée, c'est pourquoi il s'occupe plus souvent de Vera qui commence d'ailleurs à parler, pour ainsi dire du jour au lendemain, lui semble-t-il, à croire que les mots étaient depuis longtemps là, en elle, et qu'elle ne faisait à présent, en cette fin d'été, que les libérer les uns après les autres. Le docteur ne sait pas s'y prendre avec les enfants, leur présence ne lui est pas assez familière, mais Ottla prétend que les enfants l'aiment, peut-être parce qu'il est lui-même encore une sorte d'enfant.

Vers midi, il va se baigner avec Ottla et les enfants, il fait une chaleur étouffante, dans les trente degrés. Pour la première fois depuis des semaines, il n'a pas de température, aussi va-t-il dans l'eau sans attendre. Il nage longtemps, longueur après longueur, avec la claire conscience de ce qu'il fait, comme s'il ne devait plus jamais se rendre à la piscine, comme si c'était la dernière fois qu'il nageait.

Pepo, le mari d'Ottla, est rarement là. En général, il ne vient qu'en fin de semaine, tout étonné, semble-t-il, de retrouver ce qui est pourtant sa vie même, ses deux filles, une jeune femme qui dort peu la nuit et lui est reconnaissante pour chaque heure qu'il passe auprès d'elle. Cette fois il ne reste qu'une nuit, se plaint copieusement de son travail au cabinet, non sans qu'il apparaisse à l'évidence que le cabinet est son refuge. Il dit bonjour aux enfants, embrasse distraitement Ottla, salue le docteur d'un signe de tête, passe la main dans les cheveux de la petite Hélène, s'enquiert de Vera qui a pris la fuite à son arrivée. Ce serait donc là sa vie ? On voit à sa mine qu'il n'y croit pas. Ottla est plus ou moins aveugle à cet égard, elle le plaint, ne cesse de se lever pour lui apporter quelque chose, tâche de lui faire partager ses préoccupations, Hélène a souri plusieurs fois hier, mais à quatre heures du matin elle s'est réveillée et a braillé sans raison deux heures durant.

Sauve qui peut, dit Pepo qui n'a pas non plus beaucoup dormi cette nuit, il est resté penché sur des documents jusqu'à minuit et demi. Je suis complètement ailleurs, dit-il tandis qu'Ottla s'est retirée pour faire la toilette des petites, et puis il déteste tout cela, la campagne, le silence, ces maudites guêpes. Ils n'ont pas grand-chose à se dire, peut-être parce que Pepo devine que le docteur le perce à jour, non sans sympathie, comme s'il était arrivé au beau-frère un malheur qu'il aurait pu connaître, lui aussi, en d'autres circonstances.

Le docteur sait qu'il n'aura jamais d'enfants. Durant ses années avec F., il a maintes fois envisagé cette éventualité et décidé que non. Ou bien est-ce la vie qui a décidé pour lui ? Écrire ou avoir femme et enfants, a-t-il pensé ; ou rester seul ou vivre comme ses parents et ses sœurs. Il aurait été capable de procréer. Il a consulté un médecin qui le lui a confirmé, le problème ne tenait pas à cela. Il tenait à sa peur de ne pas trouver la femme qu'il lui fallait, au fait qu'il attirait les femmes puis les repoussait en leur faisant peur avec sa peur, de crainte aussi qu'elles l'empêchent d'écrire. Pourtant il y a longtemps qu'il n'écrit plus, de nombreuses semaines en tout cas, excepté les lettres à Dora et de brèves missives aux amis qui lui paraissent de plus en plus lointains.

L'écriture de Dora ne cesse de rapetisser. En outre, il a du mal à la déchiffrer, on dirait qu'elle écrit dans une voiture qui bringuebale ou la nuit, sans lumière, dans le noir, quand la nostalgie lui serre la gorge. Elle n'en peut plus, écrit-elle. Je ne devrais pas te dire cela, mais la vérité est que je suis à bout. Je deviens laide sans toi, je me dispute avec Judith qui s'impatiente parce que je suis si distraite, si sans toi. Je trébuche sans cesse, je me coupe avec le couteau, je ne sais plus ton nom, ton anniversaire, tes baisers. Je t'en prie, viens, écrit-elle.

Le docteur est seul au jardin et trouve sa plainte justifiée. Elle a le droit de se plaindre, et pas seulement le droit mais le devoir. C'est aussi un avertissement, un cri qui lui rappelle que le miracle n'est pas invulnérable.

Il veut s'en aller dans deux jours. Ottla ne veut pas non plus rester davantage. Pepo est en ville mais il se propose de venir la chercher, ils voyageront donc tous ensemble.

Vis-à-vis des parents, Ottla lui conseille un pieux mensonge. Ils sont installés au jardin, il ne fait pas spécialement chaud, mais les enfants dorment et ils ont une demi-heure devant eux. Il doit dire, pour quelques jours, avec un minimum de bagages, cela passera peut-être plus facilement. Tu te réjouis ? Elle trouve qu'il n'en a pas l'air. Il a peur. Il se réjouit et il a peur, surtout de la ville qu'il ne se sent pas de taille à affronter, qui plus est en pleine crise. Il ne sait plus exactement comment sont les traits du visage de Dora, comment est son nez. Il sait sa bouche, son regard, sa voix de loin, quand elle dit qu'elle est presque devenue folle, j'ai failli en mourir, et en plus, je ne sais même pas où se trouve exactement ce maudit Schelesen.

Pour la quatrième fois cet été, il fait ses bagages. Faire ses bagages ne lui pèserait pas trop s'il n'y avait pas le voyage. Le voyage même ne vaudrait pas la peine qu'on en parle, mais cette fois ce n'est pas n'importe quel voyage, cette fois, c'est sa vie qui doit prendre un autre cours.

Le docteur sait qu'il doutera jusqu'à la dernière seconde, dans la nuit, jusqu'au moment de monter dans le train, un peu hébété parce qu'il n'aura guère dormi et aura rédigé puis déchiré encore et encore le télégramme de rétractation à l'intention de la logeuse de Berlin. Il peut tout se représenter, le regard de la mère, les hochements de tête du père. Pourtant, le matin venu, il se lèvera et s'en ira, il ne répondra ni aux questions ni aux objections et se fera conduire à la gare. Les combats, il peut les voir, c'est pour cette raison uniquement qu'on peut espérer qu'il les gagnera.

12

Il règne sous les arbres, au bord de la rivière, une fraîcheur quasi automnale. Sans veste, elle aurait froid, mais elle a tout de même voulu revenir une dernière fois ici, sans Judith qui révise du matin au soir et rêve de l'été prochain, quand ils se retrouveront tous à Döberitz, espère-t-elle, Dora avec le docteur et Judith avec dieu sait qui, peut-être aura-t-elle rencontré d'ici là l'homme de sa vie.

Dora s'arrête un long moment, elle pense au docteur, sent dans la poche de sa veste la dernière missive qu'elle a reçue de lui, le télégramme par lequel il lui annonce qu'il arrive enfin. La matinée est déjà bien avancée, sans doute est-il depuis longtemps installé dans le train, seul dans un compartiment, bien qu'il ait écrit qu'il voyagerait en compagnie d'Ottla. Les pensées de Dora se résument à cela. L'essentiel est qu'il soit en route. Elle remarque qu'elle commence à se réjouir, d'une manière nouvelle, songeuse, comme après un examen réussi de justesse. C'est à peine si elle ressentait encore sa présence en elle ces jours-ci, mais maintenant il est de nouveau très proche. Dans la nuit, elle a rêvé que le train dans lequel il voyageait avait eu un accident. Elle l'a cherché au bord d'un talus où gisaient des corps sans vie, sous des couvertures, comme pour les protéger du froid, mais il n'était pas parmi ces corps.

Elle est assise dans la cuisine, près de la fenêtre, et se le représente en train de le leur dire, comment il prend congé d'eux, comment ils le scrutent. S'ils l'aiment, pense-t-elle, ils doivent deviner qu'il va les quitter, le soir lorsqu'ils sont tous à table et qu'il commence à leur mentir. Si elle était auprès de lui, ce serait sans doute plus facile, pense-t-elle. Ou bien serait-ce au contraire beaucoup plus difficile ?

Judith dit : Mais bon Dieu, il a quarante ans, ils se feront une raison. Tu m'as bien dit qu'il avait quarante ans, non ?

C'est leur avant-dernière soirée, Judith a acheté une bouteille de vin et paraît épuisée. Elle a sous-estimé l'étendue des connaissances qu'elle était censée acquérir, s'aperçoit hormis cela qu'elle voudrait surtout ne pas avoir à se séparer de Dora et continue à parler de l'été prochain, il faut qu'elles se voient aussi à Berlin, au cas où ton docteur te laisserait tomber. Tu vas vivre avec lui ? Tout de suite ? Bizarrement, ils n'ont jamais parlé de cela, Dora n'en sait rien, ils n'ont qu'une chambre, en outre il est peut-être difficile de vivre avec quelqu'un, jour après jour, dans un espace si restreint, pourtant il n'est rien qu'elle désire plus que cela.

Dans la nuit de samedi à dimanche, elle ne dort pratiquement pas. Tantôt elle voit le télégramme qui lui annonce qu'il y a contrordre, tantôt elle n'a pas le moindre doute. Malheureusement, elle a aussi des soucis d'argent. Judith a dit qu'elle lui payerait son billet, ne fais pas d'histoires, ce n'est que de l'argent, et de l'argent, ses parents en ont en masse.

Le matin, au petit déjeuner, elle croit savoir qu'il est en route pour Berlin. Il a annoncé qu'il lui ferait signe dès son arrivée, dans la soirée. Judith doit constamment la mettre en garde. Sois patiente, dit-elle. Le soir tombe, le crépuscule se fait nuit, et toujours pas de nouvelles. Pourquoi ne l'appelles-tu pas ? Dora n'y a pas pensé. Elle pourrait l'appeler, il y a un numéro de téléphone, Hans le lui a envoyé il y a des semaines de cela. Rien que quelques phrases, il ne lui en faudrait pas plus pour la tranquilliser.

Malheureusement il lui a dit à quel point il hait le téléphone.

Les détails lui importeraient peu, il lui suffirait d'entendre sa voix, son souffle de loin, à l'autre bout du fil, ou même, rien qu'un grésillement dans la ligne qui lui apprenne qu'ils sont reliés, le simple fait que.

L'avant-dernier jour, Hans se tient soudain devant la porte. Dora est en train d'étendre le linge dans le jardin, à l'arrière de la maison, aussi ne le remarque-t-elle pas tout de suite, c'est seulement au moment où elle se baisse brièvement qu'elle aperçoit quelqu'un dans le pré. C'est effectivement Hans, qui a écrit il y a quelques jours qu'il comptait venir la chercher, et comme elle n'a pas répondu, il a tout simplement suivi son idée. Hans ? Ah bon.

Attends. J'ai fini tout de suite. Il fait grise mine, l'observe tandis qu'elle suspend une dernière paire de bas ; il porte un pantalon taché et une chemise pas très propre.

Dora sait tout de suite qu'il va falloir qu'elle s'explique, qu'il est venu la chercher pour parler de Berlin, des choses du passé, mais c'est un sujet qu'elle ne voudrait pas aborder ici, au jardin. Elle lui propose une petite promenade, le conduit, après avoir dépassé l'église, en direction de la rivière, dans un coin qu'elle-même ne connaît pas. Hans ne dit pas grand-chose. Il trotte à côté d'elle, veut savoir comment elle va, n'a rien contre non plus quand elle propose de s'asseoir sur un tronc, au bord de l'eau, là ils parlent enfin, pas très longtemps, presque comme un couple, comme si elle lui devait cela. Elle le remercie pour la chambre, le docteur aussi lui est très reconnaissant de son aide, depuis hier il est à Berlin. Elle lui explique en gros ce qui est arrivé, ça lui fait de la peine, le projet voilà en quoi il consiste, mais sûrement a-t-il déjà à peu près tout deviné. Tu veux vivre avec lui, s'enquiert Hans, à quoi elle répond : C'est ce que je souhaite. Car il m'est très cher.

Lorsqu'ils sont de retour, le soir s'annonce. Hans l'a longuement entretenue de son travail au port, il s'agit d'un emploi provisoire, mais c'est mieux que rien. Il aide à décharger les marchandises, porte de lourdes caisses, des sacs et des tonneaux. Quand il touche son salaire, le soir, il doit se dépêcher afin d'obtenir encore quelque chose en échange de son argent car le lendemain matin déjà, il ne vaut plus rien. À table aussi, ils parlent longtemps de

Berlin, Judith a acheté plein de choses pour fêter leur départ, la soirée se prolonge jusqu'à deux heures du matin.

Et voilà, dit Judith, ainsi s'achève notre été, et là-dessus elle résume ce qu'il y a à dire sur le pauvre Hans, le gros bêta qui dort en bas, sur le canapé, et qui était d'ailleurs pompette au moment d'aller se coucher. Oui, dommage, dit Judith, je crois que tu me manques déjà, bien que ton train ne parte que demain après-midi. Quant au train du docteur, son heure de départ et d'arrivée figure dans le télégramme qu'elle a reçu vers midi. J'ai rendez-vous avec Max, écrit-il, et je t'attendrai sur le quai à 18 h 42. Sur le moment elle a pensé, pourquoi si tard, mais à présent elle est presque contente qu'ils se retrouvent le soir, ils vont avoir le trac, ils vont se demander s'ils sont encore ce qu'ils ont été à Müritz.

Lorsqu'ils entrent en gare, elle a oublié Hans. Le train avance encore assez vite, on ne voit pas grand-chose, mais ensuite, à mesure qu'il ralentit, elle distingue des silhouettes, deux ou trois fourgons à bagages, quelques couples, des hommes penchés sur des valises, un enfant perché sur les épaules de son père. Ils sont installés en queue du train, aussi n'est-il pas surprenant qu'elle ne l'ait pas encore repéré, elle attend calmement à la porte du wagon que les passagers devant elle soient descendus, enfin la voilà sur le quai, mais elle ne le voit toujours pas. Hans est laissé pour compte. Elle se tourne vers la gauche, en direction de la sortie, et maintenant seulement, elle le découvre, assez loin, à première vue plus mince que jamais, pas tout à fait un inconnu. Elle lui fait signe, il fait signe à son tour, sourit, hésite un instant, va à sa rencontre. A-t-il vraiment hésité ? Non, cela n'a lieu que tout de suite après et pourtant, presque au même moment, celui où elle se retrouve devant lui, ne sachant trop comment le saluer, osant à peine le toucher, sauf brièvement, d'un léger mouvement de tête contre son épaule. Tu attends depuis longtemps ? Il secoue la tête, le train est arrivé ponctuellement, à la minute près, et à cet instant il se rend compte qu'elle est accompagnée. Hans a déposé les bagages sur le quai. Voilà Hans, dit-elle sans un regard pour Hans et en résistant à l'envie d'ajouter que c'est sans importance. Hans n'est qu'un quelconque Hans, un copain, et pas même cela, juste quelqu'un qui l'a accompagnée. Docteur, dit Hans, enchanté. Il lui tend la main pour le saluer et, en même temps, pour prendre congé, car à peine lui a-t-il serré la main qu'il fait volte-face et file vers la station de tramway.

Elle ne saurait dire à quoi elle s'est attendue. Franz, dit-elle. Laisse-moi te regarder, rétorque-t-il, il hoche la tête, nous revoilà donc. Elle se sent défaillir, mais à présent il la prend dans ses bras, là, au milieu du quai, tandis que sur leur droite et leur gauche les derniers voyageurs se pressent vers la sortie. Enfin, dit-il, on va prendre un taxi. Dans le taxi, il dit encore une fois, enfin, laisse-moi te regarder, comme s'il retrouvait soudain la mémoire, il dit aussi quelque chose à propos de sa chambre, elle est très belle mais il craint qu'elle ne le ruine.

Dora ne se rappelle pas quand elle a pris un taxi pour la dernière fois. Il leur faut attendre quelques minutes, mais ensuite ils sont en route, le chauffeur s'emporte contre lui-même pour avoir choisi de passer par la place de Potsdam, il peste encore tout au long de la première moitié de la rue de Potsdam, jusqu'à ce que la circulation devienne enfin plus fluide, les premières villas avec jardin apparaissent puis on arrive à Friedenau, juste devant eux se profile l'hôtel de ville de Steglitz, l'instant d'après ils sont arrivés. Dora n'a pas cessé de le tenir par la main. Elle ne trouve pas grand-chose à dire, d'ailleurs ses mains, la silencieuse pulsation de ses artères ont pris le relais des mots. Ses doigts parlent. Prenez votre temps. C'est ce qui pouvait leur arriver de mieux, d'avoir enfin le temps, elle n'a besoin pour commencer que de sa main. Sont-ils déjà chez eux ? Elle n'a même pas remarqué qu'il a ouvert la porte d'entrée de la maison, la rue non plus, elle n'y a guère prêté attention, et les voilà donc devant cette porte.

Elle a presque oublié comment ça se passe, mais ils se reprennent à chuchoter. Il la fait entrer dans le logement et la première chose qu'elle voit, c'est un vestibule court et sombre. Mais elle n'a pas besoin de plus que ce vestibule, combien de fois n'a-t-elle pas rêvé de cet instant. Je suis là, chuchote-t-elle. Toi, dit-elle. Tout récemment encore, c'était presque insupportable, mais plus maintenant.

Afin de se familiariser avec les lieux, elle commence par tout palper : les affreux rideaux, les coussins sur le canapé, les meubles, longuement le piano qui doit malheureusement être enlevé dans les prochains jours. Elle examine le poêle et l'armoire, s'installe à son bureau. Dans la cuisine, elle ouvre et ferme plusieurs fois le robinet de l'évier. Je n'avais pas remarqué ça hier, dit-elle, là, regarde, il y a même un casse-noix, des casseroles, des poêles à frire, tout ce que le cœur peut désirer.

Ils ont passé hier un temps fou dans ce drôle de vestibule, à croire qu'il était leur but ultime depuis des semaines, elle et lui en manteau, dans cet espace de quelques mètres carrés. Durant la moitié de la soirée elle n'a cessé de penser : Il va me renvoyer maintenant, lorsque nous aurons fini de manger, lorsque je ne m'y attendrai plus.

Elle l'a quitté très tard, mais à présent, le lendemain matin, elle est de nouveau là. Ils prennent le petit déjeuner, ils vont faire les courses ensemble, ravis, badins, mais non sans observer une certaine retenue. Ils rient à la vue des nombreux zéros sur les billets de banque, oublient la moitié des achats, reviennent sur leurs pas. Il lui raconte comment ça s'est passé chez ses parents, sa dernière nuit chez eux, elle a dû être éprouvante, jusqu'au dernier moment il n'a pas su s'il allait effectivement partir.

Dans l'ensemble, il se montre très prudent. Plutôt par rapport à lui-même que par rapport à elle, c'est du moins l'impression qu'elle a, car s'il n'y avait qu'elle, il n'aurait pas lieu d'être prudent. Elle n'a pas encore repris ses esprits, mais cela lui plaît, elle tâche de saisir ce qui leur arrive, le voit là, à son bureau, tout près d'elle, et ne saisit toujours pas.

Le deuxième jour, dans l'après-midi, Emmy leur rend visite. C'est une personne très agitée et Dora n'est pas très à l'aise avec elle, Emmy devait être là à cinq heures mais arrive avec une demi-heure de retard, hors d'haleine, comme si elle avait couru tout le long du chemin. Elle sort tout juste d'une répétition, dit-elle, mais pour une raison ou pour une autre elle se met toujours en retard, Max connaît la chanson. Et là-dessus, elle se met à parler de Max, du bonheur et des peines qu'elle connaît avec lui, comme c'est terrible quand il s'en va, elle n'arrive tout simplement pas à s'y faire, pour elle c'est chaque fois comme si le monde s'écroulait. Max l'a évidemment priée de leur transmettre ses salutations, tout récemment encore il s'est longuement entretenu avec le docteur au café Josty. Connaissez-vous le Josty ? Dora ne le connaît que de nom. Mais au fait, où est-il donc, notre docteur, s'enquiert Emmy, et du coup Dora s'interroge également. Tout à l'heure encore, il était occupé à écrire, mais lorsqu'elles vont voir à côté, elles constatent qu'il s'est endormi sur le canapé, les jambes à moitié repliées afin d'y trouver place, le visage tourné contre le mur, totalement immobile.

DEUX

Rester

1

Les premiers jours se passent comme dans un demi-sommeil, l'après-midi sur le canapé, quand il ne sait pas bien d'où viennent les bruits, de la rue en contrebas, ou de la cuisine, ou encore de plus loin, d'en dedans, une sorte de battement, une voix qui ressemble à celle de Dora, mais ce n'est peut-être qu'une illusion, quelque chose qui repose au fond de lui-même et qu'il peut rappeler parce qu'il l'a déjà entendu.

Quand il est réveillé, tout est agréablement inconnu, derrière les fenêtres, la respiration paisible du faubourg, le silence dans les parcs où ils se promènent ensemble. La plupart des choses sont encore nouvelles et surprenantes, le visage de Dora le matin, son odeur, comment elle est assise, en tailleur sur le canapé, lorsqu'elle lui lit un passage de la Bible. Oui ? Tu veux ? Tu te sens bien ici, avec moi ? Les premiers jours, lorsque les questions ne sont pas des questions.

Il est à Berlin, et il a cette jeune femme. Il peut la toucher à tout moment, mais il ne fait souvent que la regarder, ravi par un détail de son corps, l'inflexion de son cou, le balancement de ses hanches quand elle traverse la pièce. Tout est pour lui, semble-t-elle dire, quoi qu'il veuille d'elle, il peut l'avoir.

Pendant un certain temps, ils vivent comme sous cloche, plutôt indifférents à ce qui se passe dehors : le formidable renchérissement qui les concerne pourtant, l'agitation générale, la banqueroute morale. Son seul sujet de tracas est la propriétaire. Mercredi, quand elle lui a remis les clés, il n'a pas fait la moindre allusion à Dora, or on s'est déjà croisés à plusieurs reprises, une fois même on est entrés en conversation, on s'est présentés, l'échange a été cordial, mais il pressent que cela peut changer du jour au lendemain.

À Emmy il dit dans les premiers jours : En fait, je ne suis pas encore tout à fait là. Par exemple, c'est la deuxième fois seulement que je m'aventure en ville. Ils se sont donné rendez-vous à la gare Zoo, devant le bureau de change, on se bouscule au portillon, la somme qui lui est délivrée est absolument colossale, convertie en monnaie américaine elle représente pourtant à peine vingt dollars. Emmy dit : Vous n'auriez pas pu venir à un plus mauvais moment, on ne voit pas comment les choses pourraient encore s'aggraver. Mais elle paraît joyeuse, dit au sujet de Dora quelques mots qui font plaisir au docteur, lui parle de Max avec qui elle a eu hier une conversation téléphonique. L'air vicié indispose le docteur. À peine est-il ici, au centre-ville, qu'il se met à tousser. Emmy le regarde d'un air soucieux et l'entraîne rapidement en direction de l'Aquarium, on y est au calme, dans une agréable pénombre, presque comme au cinéma. Les animaux sont loin, derrière les vitres. Il y a des poissons de toutes les couleurs et de toutes les tailles, des méduses luminescentes pour lesquelles Emmy n'éprouve que dégoût et, quand on s'avance un peu plus, les requins. À leur vue, Emmy prend peur, mais c'est une peur qui peut aussi être feinte. Le docteur lui met le bras autour de l'épaule comme pour la protéger, après tout, pourquoi pas. Elle sent bon, pense-t-il, mais de manière fugace seulement, tandis qu'il la retient dans son bras, elle aurait sans doute pu entrer en ligne de compte, elle aussi, dans une autre vie, encore qu'il ne la connaisse que superficiellement.

Il a déjà écrit aux parents. La réponse est venue d'Elli qui se fait du souci à distance, parce que à distance les choses paraissent exagérément dangereuses, alors que sur place elles sont pratiquement entrées dans les habitudes. Et pourtant, le contraire est vrai aussi. Il suffit d'ouvrir les yeux ou de lire les journaux locaux, dans les vitrines de l'hôtel de ville, le *Steglitzer Anzeiger* qui est devenu sa lecture quotidienne. La plupart du temps, il ne fait que survoler les pages. Le matin même, il a été pris d'un véritable délire de chiffres, mais ce n'est malheureusement pas tout, la leçon du jour reste à venir. Alors qu'il se repose sur un banc, au Jardin botanique, sous un soleil radieux, un groupe de jeunes filles passe devant lui ; cela commence comme une aventure amoureuse. Une jolie blonde élancée, coquette, encore une gamine, le gratifie d'un sourire, sa petite bouche en cœur s'entrouvre et dit quelque chose qui lui est manifestement destiné. Tels sont les faits, semble-t-il. Il lui adresse en retour un large sourire, et tandis qu'elle s'éloigne et tourne plusieurs fois la tête dans sa direction, il lui sourit encore jusqu'au moment où il réalise enfin ce qu'elle a dit. Elle a dit, *Juif.*

La photo pour laquelle il pose début octobre au magasin Wertheim est destinée aux parents. Son prix est à faire peur, mais à part cela, il n'y a pas de quoi pavoiser non plus. La pointe droite de son col de chemise présente un vilain faux pli, ce qu'il n'est hélas plus temps de corriger. Mais s'il ne se sent que fort rarement à son avantage en photo, il doit admettre que celle-ci le choque. Il a l'air d'un bachelier attardé. Un air sinistre. Les oreilles décollées, les grands yeux ô combien méditatifs. De Dora, pas l'ombre. Pourquoi diable ne sourit-il pas ? Bon, d'accord, il semble bien qu'il sourie un tout petit peu, une trace légère, un faible éclat se font jour, pourrait-on dire, et perdureront avec un peu de bonne volonté sur le chemin du retour, dans le tramway, jusqu'au moment où il se retrouvera dans le silence de Steglitz.

Ottla a envoyé un paquet avec du beurre, elle voudrait savoir comment il va, tâche de se représenter comment ça se passe, les premiers jours avec cette femme. On la sent légèrement sceptique, toute forme de vie commune a toujours pesé au docteur, en outre lui et Dora ne se connaissent que depuis très peu de temps. Est-elle chez toi en ce moment ? Tu es gentil avec elle, tu la traites bien au moins ? Ce qui laisse à penser que Dora pourrait avoir besoin d'être protégée contre lui. Mais rien n'est moins nécessaire, il n'y a pas la moindre ombre au tableau. Et oui, elle est chez lui, pas en continu mais assez souvent pour qu'il s'habitue à elle, un rythme s'instaure, qui va de soi, comme s'il n'en avait jamais été autrement.

Elli a écrit et lui a fait des reproches. Elle estime que c'est pur caprice de sa part d'être allé à Berlin, met en doute son sérieux et sa franchise, et associe comme d'habitude à des questions de poids les préoccupations qu'il lui inspire. Il s'accorde avec elle sur un certain nombre de points. Il n'a pas grossi à Müritz, pas plus d'ailleurs qu'à Schelesen, où il a commencé par prendre du poids avant de le reperdre et où il a décidé, juste avant qu'il ne soit à jamais trop tard, de prendre le train à destination de Berlin, ce qu'il referait sans hésiter s'il le fallait. Ne comprend-elle donc pas cela ? N'a-t-elle pas fait la connaissance de Dora ? Il n'a guère envie de lui écrire. Pas de cette manière, en tout cas, comme s'il lui fallait se justifier, qui plus est aux yeux d'Elli, elle qui a été présente dès le début et a pu voir quel bonheur lui apportait la jeune femme.

Il les a priés d'envoyer de l'argent, dans de simples lettres, de toutes petites sommes, des miettes qui font que le cordon ombilical ne peut pas être coupé pour l'instant.

Le temps est malheureusement très instable. Les derniers jours, il n'a pratiquement pas cessé de pleuvoir. Le docteur n'a pas pris froid à proprement parler mais il ressent l'effet de la ville qui est tout sauf bénéfique, il s'est surmené, regrette de s'être fixé pour but la Steinmetzstrasse où il rend visite à Pua, et ce d'autant plus qu'elle ne se réjouit pas spécialement de le revoir. Il n'a pas fait de notables progrès en hébreu dans les derniers mois. Elle l'accueille presque froidement, prend des nouvelles de Dora, davantage par politesse que par intérêt véritable. Dora ne parle-t-elle pas très bien l'hébreu ? Il songe aux adieux chaleureux qu'on a échangés à Müritz, désappointé qu'il en soit si peu resté, cela ne remonte pourtant qu'à début août. Sur le chemin du retour, dans le tramway, il se sent singulièrement vidé, il se couche tôt, vers onze heures la toux vient comme sur commande, anodine qualitativement parlant, comme il l'écrira plus tard à Max, fâcheuse en quantité.

Le lendemain, il quitte à peine le lit. Il se lève comme d'habitude à sept heures, se recouche deux heures après ; dans son demi-sommeil, il laisse passer l'heure de la collation et du repas de midi avant de s'extraire enfin du lit vers cinq heures de l'après-midi. Dora lui témoigne une sollicitude touchante mais extrêmement discrète, de manière à ce qu'il n'ait aucune raison de se sentir honteux. Elle lui interdit d'aller en ville par temps de pluie, persiste à vouloir se charger des courses, le tout sur un ton badin qui n'est pas tout à fait nouveau pour lui. Ottla lui parle parfois ainsi lorsqu'elle se fait du souci pour lui, en signe de solidarité.

Je ne te surveille pas comme il faut, dit Dora, je suis trop souvent absente. En réalité, ils se voient presque chaque jour. Elle est toujours là, semble-t-il, ou alors absente au moment opportun, pendant la visite du docteur Weiss, qui est venu pour le voir et prend soudain congé trois heures plus tard, non sans s'être montré nerveux, exagérément allègre tout au long de leur tête-à-tête, sauf pendant la demi-heure que Dora a passée avec eux.

Ses journées ne se déroulent pas encore suivant un rythme bien établi. Désœuvrées, elles s'écoulent insensiblement, il rédige son courrier, mais sans plus. Il doit sortir souvent pour changer de l'argent, on mange, on a des choses à se dire, on apprend à se connaître. Rien n'est vraiment difficile. On ne se reconnaît pas toujours d'emblée, il y a des susceptibilités, des obstacles qu'il faut éliminer au fond de soi-même, cette merveilleuse créature n'y est assurément pas pour grand-chose. Parfois il en tire de la fierté, il voudrait alors la montrer à tout le monde, regardez ce que j'ai là, comme si elle était son butin. Hier, pendant la visite de Weiss, il a très fortement ressenti cela lorsqu'elle est venue leur apporter quelque chose, lorsqu'elle a passé un moment avec eux.

Ils vivent donc plus ou moins en couple. La chambre n'est pas très grande, si les choses continuent à évoluer de la sorte, ils devront chercher un appartement, mais pour l'instant il est tout à fait satisfait comme cela. Le soir, quand elle s'en va, il n'éprouve ni soulagement ni peine. Elle laisse souvent traîner des choses pour lui, un foulard, une bague qu'elle a retirée pour laver la vaisselle, un cheveu sur le coussin du canapé, un soupçon de son parfum dans l'entrée, une trace de sa voix tandis qu'il s'abandonne au silence du soir.

Il veut rester au moins jusqu'à la fin de l'année.

Quand le temps le permet, il prolonge sa promenade, souvent jusqu'au Jardin botanique où l'on peut observer dans les serres les fleurs et les plantes les plus rares. Il pleut, mais il n'a pas encore fait froid jusqu'à présent, on peut sortir en veste, sans doute plus pour très longtemps. Il a besoin de choses pour l'hiver, un manteau, des habits, du linge, une robe de chambre, peut-être une chancelière. Max pourra éventuellement lui apporter certaines affaires, ou alors il prendra le train et ira les chercher lui-même. Aux parents, il a dit en partant qu'il ne s'absenterait que quelques jours, or cela remonte déjà à des semaines, il a mauvaise conscience, mais pas trop, du reste, s'il leur rendait visite, il redeviendrait instantanément le fils, et cela, il voudrait à tout prix l'éviter.

2

Au début, tout se déroule selon les vœux de Dora. Il y a eu cette nuit blanche, mais la toux n'est pas revenue depuis et elle va faire davantage attention à lui dorénavant. Il fait toujours frais, il pleut, le soleil brille pendant quelques heures puis il se remet à pleuvoir. Le dollar vaut quatre milliards de marks, ils doivent économiser, mais elle se sent jeune, elle vit avec cet homme qu'elle connaît depuis trois mois à peine et qui lui laisse toute liberté. Elle va et vient à sa guise, gagne un peu d'argent frelaté en échange de quelques heures de travail au Foyer populaire, parle avec Paul, rencontre Judith. Tous deux s'extasient sur sa bonne mine et l'interrogent, ils voudraient savoir comme c'est. Est-ce que c'est comme tu l'as rêvé ? À ce sujet, il y aurait évidemment beaucoup à dire, mais elle se borne à hocher la tête, elle rayonne comme si elle se rappelait tout juste quelque chose, un détail qui lui aurait échappé jusqu'alors, après tout cela ne regarde personne.

Pendant un certain temps, elle se sent observée dès qu'ils sortent ensemble de la maison, elle a l'impression qu'ils portent sur eux toutes sortes de traces qui les trahissent, une lueur particulière, une odeur qui ne se serait pas dissipée, sur la peau une empreinte, pendant quelques heures, là, sur le cou, à l'endroit où il a posé ses lèvres.

Elle apprend beaucoup de choses dont elle n'avait pas idée. Hormis la volaille, il ne mange pas de viande depuis des années. Il mastique à n'en plus finir, suivant en cela la méthode d'un médecin, il a de singuliers horaires de veille et de sommeil. Il a l'air fatigué, autour de ses yeux il y a des ombres, cela vient des mauvaises nuits au sujet desquelles elle se demande s'il les passe à écrire ou s'il ne trouve pas le sommeil, ou bien s'il commence par écrire et ne parvient pas à s'endormir ensuite. Quand elle est dans sa propre chambre, la nuit, elle se remémore la journée écoulée, leurs conversations sur la Palestine, une plaisanterie qu'il a faite pendant les courses, comment il s'est levé pendant le repas et l'a enlacée par-derrière. Ce qu'ils se disent s'évanouit rapidement. De ses caresses également, elle ne garde que des réminiscences, une vague qui monte et qui descend, les soupirs, de temps à autre un chuchotement, le tout sans ordre précis. Elle ne se connaissait pas vraiment jusqu'alors. Elle lui dit cela à chaque occasion, elle ne se connaît que depuis qu'elle l'a rencontré. Tout dormait en elle, tout était pour toi, sauf que je ne te connaissais pas. Ou plutôt : Je te connaissais, malheureusement je ne savais pas où je te trouverais, et c'est alors que je t'ai trouvé là-bas, à la plage.

Le père de Dora dirait que ce n'est pas du tout un Juif. Il ne respecte pas le sabbat, il ne connaît pas les prières, et tu veux que je vous donne ma bénédiction ?

La logeuse n'a pas non plus l'air contente d'eux. On remarque comment elle fronce les sourcils lorsqu'on vient à se croiser tard dans la soirée, quand c'est depuis longtemps l'heure de dormir, ou le matin tôt, quand la question se pose immanquablement : la jolie demoiselle resterait-elle par hasard la nuit ?

Un beau matin, elle vient avec deux déménageurs pour enlever comme prévu le piano. Il est neuf heures et demie, ils sont en train de prendre leur second petit déjeuner, et la seule chose gênante est que madame Hermann trouve cela gênant et le clame haut et fort : il semble bien, lance-t-elle au docteur, qu'elle ne se soit pas fait assez clairement comprendre le jour où il entré dans la maison, mais tout va manifestement à vau-l'eau depuis la fin de la guerre, et d'autres réflexions de ce genre. Les déménageurs ne se soucient heureusement que du piano. Ils ont dans les trente ans, des Berlinois pur sucre qui jurent par habitude, des costauds qui soulèvent l'instrument et l'emportent avec une surprenante facilité. Franz est admiratif. Lorsqu'ils sont en bas, dans la rue, il se tient à la fenêtre et les suit des yeux, il voit comment ils se meuvent, comment ils rient ensuite avant de disparaître avec leur piano, si bien que l'incident avec la propriétaire est vite oublié.

Bien qu'ils ne puissent pas se permettre cette dépense, ils se sont acheté une grande lampe à pétrole. La petite ne dispensait pas assez de lumière, ils étaient pratiquement sans cesse dans l'obscurité, les jours deviennent de plus en plus courts, à partir de cinq heures il fait nuit noire. Dora aime cette saison sombre, les longues soirées après le travail au Foyer populaire, ils ont beaucoup de temps. Avec la nouvelle lampe, cependant, c'est la croix et la bannière. Elle a coûté une petite fortune mais n'éclaire pas bien, du moins en présence de Franz, elle ne fait que fumer et puer. Il pourrait difficilement se montrer plus maladroit avec elle, mais c'est cela, précisément, qui les fait beaucoup rire. Il adresse des compliments à la lampe pour l'amadouer, vante et chante sa lumière, hélas en vain. Manifestement, la lampe ne l'aime pas. Il quitte la chambre. Dora doit dire à la lampe qu'il n'est pas là, peut-être marchera-t-elle mieux, mais qu'est-ce qui peut bien lui passer par la tête, à cette lampe de malheur, et voyez-vous ça, dès qu'il est sorti elle obéit au doigt et à l'œil.

Elle n'a guère remarqué jusqu'à présent qu'il est écrivain. Il écrit des lettres, des cartes postales. Est-ce cela, être un écrivain ? Une fois, il reçoit une lettre qui lui cause du tracas, il dit, un relevé des livres vendus. Il a l'air oppressé, accablé même, la moitié de la journée, mais pas davantage. Elle le laisse tranquille l'après-midi, en souci d'un souci qui n'est pas le sien, comme s'il lui fallait simplement attendre qu'il se tourne de nouveau vers elle, la première phrase, à table, le premier sourire.

Un soir, ils décident d'aller au cinéma. Jusqu'alors, ils ont passé toutes leurs soirées à la maison, mais, parce qu'il a reçu le matin même une lettre avec cinquante couronnes, l'argent ne doit exceptionnellement pas poser de problème, il y a d'ailleurs des cinémas à tous les coins de rue, même à Steglitz, des affiches représentant des scènes à couper le souffle, des hommes et des femmes de toute beauté et ô combien riches de promesses. Mais le projet tombe finalement à l'eau. On est en route et on commence à hésiter, on fait la queue devant la caisse et on se frappe le front au dernier moment. Sans l'ombre d'un regret. Dora dit qu'elle voudrait encore se promener, faire un peu de lèche-vitrine dans Steglitz peu éclairé. Ah Franz, dit-elle. Le cinéma risque-t-il de leur fausser compagnie ? Dora estime que non. On ira une autre fois, dit-elle, plus tard, lorsqu'il y aura autre chose au programme, mais elle ne se soucie pas de savoir quand.

Si elle devait raconter sa vie, elle ne noterait que de petits riens car le bonheur, estime-t-elle, est le plus grand quand il est fait de toutes petites choses, elle est heureuse quand il lace ses chaussures, quand il dort, quand il lui passe la main dans les cheveux. Il s'occupe beaucoup de ses cheveux. Il l'a déjà peignée, il l'a lavée, et elle a trouvé cela à la fois beau et singulier. Ses cheveux, dit-il, sentent la fumée et le soufre, l'herbe aussi, parfois la mer. Il dit qu'il n'en aura jamais fini avec elle. S'il devait un jour en avoir fini, il tomberait mort instantanément, et c'est pourquoi je suis immortel, au fond.

La ville connaît les premiers troubles liés aux difficultés de ravitaillement. Les boulangeries sont particulièrement visées, les gens veulent du pain, ils sont attroupés en grand nombre dans la rue. Venue en visite l'après-midi, accompagnée d'un jeune peintre, Tile a vu une telle scène de ses propres yeux, à vrai dire entendu davantage que vu, la rumeur de la foule comme hébétée sous l'effet de la faim, les cris isolés lorsque quelque chose venait à bouger derrière les portes barricadées du magasin et que tout le monde clamait à l'unisson, du pain, du pain.

Tile n'a pas l'air particulièrement contente pendant cette visite. Elle s'est manifestement attendue à voir Franz seul, et ce n'est que sur le seuil de la porte, en voyant Dora, qu'elle comprend que ces deux-là forment un couple, homme et femme, tandis qu'elle n'est qu'une jeune fille, une connaissance de cet été qui desserre à peine les dents trois heures durant. À ce qu'il semble, elle n'a emmené le peintre que par souci des convenances, on n'a pas grand-chose à se dire, et puis quand même : le peintre participe en ce moment à une exposition à Lützowufer, une poignée d'aquarelles, des marines, des paysages aquatiques avec des dunes, des amoncellements de nuages sous différents éclairages. Et Tile ? Oui, elle danse, s'avère-t-il, mais cela continue de poser problème avec les parents. Franz dit qu'il croit fermement en elle, et elle enchaîne en l'interrogeant sur son travail. Est-il en train d'écrire un nouveau livre ? Franz paraît réfléchir un moment puis il dit, non, un nouveau livre, pas qu'il sache.

Son métier n'a jamais été d'écrire. Il a travaillé dans cette compagnie, quelque chose en rapport avec les assurances, à présent il est pensionné, il y a quelques livres qu'elle ne connaît pas et dont elle n'a pas besoin pour l'aimer. S'ils allaient en Palestine, dit-il, son écriture ne leur servirait à rien, il lui faudrait apprendre quelque chose, un travail avec les mains, quelque chose qui soit vraiment utile aux gens.

Quand j'écris je suis insupportable.

Les jours suivants, ils jouent au jeu de la Palestine, comment ce serait, lui et elle dans un pays rien qu'avec des Juifs. Le temps serait évidemment magnifique, ils pourraient ouvrir un restaurant, à Haïfa ou à Tel Aviv, c'est toujours à peu près le même rêve. On devrait ? Qu'en penses-tu ? Il faudrait évidemment qu'elle fasse la cuisine, le serveur, ce serait lui, un serveur comme le monde n'en a jamais vu, rien que d'y penser ils éclatent de rire tous les deux, difficile d'imaginer plus maladroit que lui. Un petit local donnant sur la rue, de manière à pouvoir servir à l'extérieur. Juste quelques tables, ainsi se représentent-ils les choses, ce qui ne veut pas encore dire qu'ils y croient.

De même, ils ne croient que brièvement à l'école d'horticulture de Dahlem. Franz a raconté qu'il a tâté autrefois du métier de jardinier, mais à l'époque il n'était pas encore si faible. Il rencontre quelqu'un qui connaît l'école et la lui déconseille fortement, le travail y est pénible, en outre il est peu probable que l'on prenne un homme de son âge, il y a tellement de gens qui cherchent du travail. Franz a l'air d'autant plus peiné que la déception, comme à l'accoutumée, tient à sa propre personne, il a ressenti cela tout récemment encore, en présence des deux types qui ont emporté le piano.

Un jour, au parc, il font la connaissance d'une petite fille. Elle est plantée au milieu de la pelouse, esseulée, pleurant à chaudes larmes, aussi lui adressent-ils la parole. Elle a du mal à s'exprimer tellement elle pleure, elle a perdu sa poupée, là, quelque part dans le parc. Au début, on ne comprend pas un mot, la fillette éplorée tend le bras dans diverses directions, elle a manifestement déjà cherché sa poupée dans tout le parc. La pauvre petite doit avoir dans les six, sept ans, jamais, jamais plus elle n'aura une si jolie poupée. Elle l'a vue pour la dernière fois hier après-midi. Il semble que la poupée s'appelle Mia, ou bien est-ce le nom de la fillette ?

Peu à peu, la petite se calme. Bien, écoute-moi. Je sais où est ta poupée. C'est Franz qui parle. Il se penche vers la fillette, s'agenouille devant elle dans l'herbe et improvise une histoire. Ta poupée m'a envoyé une lettre, si tu veux je te l'apporterai demain. La fillette le regarde d'un air perplexe. Une lettre ? Comment est-ce possible ? Ce n'est pas possible, évidemment. De ma poupée ? Comment s'appelle-t-elle donc, ta poupée ? La fillette dit qu'elle s'appelle Mia. C'est précisément d'une poupée nommée Mia qu'il a reçu une lettre, ce matin même. L'écriture n'est pas facile à déchiffrer, mais elle est de la main de Mia, c'est certain. Franz lui laisse du temps, l'encourage d'un sourire, la scène, il faut en convenir, est assez touchante. D'abord hésitante, la fillette paraît se faire à l'idée que c'est chose possible. Elle commence à y croire. On se met d'accord, rendez-vous est pris pour demain après-midi. Franz est toujours agenouillé devant elle, dans l'herbe, il lui demande si elle viendra à coup sûr, d'une manière singulièrement solennelle, presque sévère, comme naguère, à Müritz, comme si sa vie en dépendait.

3

En quatre semaines, il a progressivement trouvé ses marques. Bien qu'il n'écrive guère, il déploie une surprenante activité, veille sur Emmy avec une sollicitude inquiète, lui téléphone presque chaque jour, la reçoit dans sa chambre où il se met en quatre pour la faire rire afin qu'elle ne pense pas continuellement à Max qui va assister au mariage de son frère au lieu de venir la voir à Berlin, une déception énorme pour Emmy.

Il est constamment amené à jouer les médiateurs, ou à consoler quelqu'un, ou à se justifier. Il écrit à Max qui se plaint de ne pas recevoir de nouvelles, au directeur de la Compagnie qui pourrait arguer de son séjour prolongé à Berlin pour procéder à quelque retenue sur sa pension. La semaine passée il a invité Dora au restaurant végétarien de la Friedrichstrasse, il voudrait aller au cinéma, au théâtre, au lieu de quoi il y a maintenant la fillette du parc. Il s'étonne de l'importance que cette affaire revêt à ses propres yeux, il ne compte pas le temps qu'il lui consacre, prend conseil auprès de Dora, lui soumet tout ce qu'il écrit à ce sujet, les aventures d'une poupée.

Pendant un certain temps ils ont en quelque sorte un enfant. La poupée a couru du parc à la gare, de là elle est allée à la mer. Elle n'a malheureusement pas d'argent, mais la chance lui sourit car elle fait la connaissance d'un petit garçon qui paye le billet de train à sa place. Pendant quelques jours, elle est à la mer, ensuite elle trouve la mer ennuyeuse, elle voudrait traverser l'océan, se faufile de nuit à bord d'un bateau dont elle croit qu'il va en Amérique, mais c'est malheureusement en Afrique que le bateau accoste. On en est là après trois lettres.

Ils sont régulièrement attendus au parc l'après-midi. La fillette vient seulement d'entrer à l'école, aussi ne sait-elle pas encore lire, mais elle a un nom, Katja, et elle leur explique que cela vient de Katharina. Il fait beau temps, on s'installe sur la pelouse pour lire la dernière lettre dans laquelle il est écrit qu'il n'y a pas de souci à se faire, comme poupée aussi il arrive qu'ont ait envie de voyager, elle pense être de retour au plus tard à Noël.

Hormis ces lettres, il n'a rien produit depuis des semaines, pratiquement rien non plus tout au long de l'année 1923, quoique : on a toujours quelque chose à écrire, il y a différents cahiers, le journal, des feuilles volantes sur lesquelles il note une chose ou une autre. Dans une lettre à Max, il fait état du *travail* qu'il poursuit ici, à Berlin, en réalité il n'y a que des bribes, des esquisses pour un nouveau roman, des amorces de récits, des fragments, de temps à autre une petite chose qu'il parvient à mener à bien et qu'on jette au feu à la première occasion.

Katja demande : Et si elle préfère rester en Afrique ? Et en effet, il est devenu entre-temps douteux que la poupée veuille revenir, elle est tombée amoureuse dans la lointaine Afrique, d'un prince, semble-t-il, pour autant qu'on en puisse juger car il n'en est question qu'à demi-mot, ma foi, ce sont des choses qui arrivent. Katja demande : Est-ce qu'elle aime le prince plus que moi ? Elle a du mal à l'admettre, les larmes lui montent aux yeux, mais au bout du compte il semble qu'elle pourrait en prendre son parti, elle a entendu parler de cela, dans les contes il y a des princes, en Afrique aussi ?

Pendant quelques jours, c'est un réel plaisir de voir comme la petite se réjouit et n'oublie pas un détail, comme elle se cuirasse peu à peu contre la mauvaise nouvelle qui finit par tomber, le jour où la poupée reconnaît qu'elle ne rentrera pas de sitôt. Le prince, rends-toi compte, a demandé ma main ! Elle a vingt-quatre heures pour se décider, mais elle n'en a pas besoin, elle veut épouser le prince. Dora aurait préféré une autre fin. On pourrait acheter une nouvelle poupée et dire que c'est l'ancienne, Mia a changé pendant le voyage mais c'est toujours l'ancienne Mia. Non ? Le docteur trouve que non. Il faut aussi que cela serve de leçon. Dans la dernière lettre il écrira que la poupée est très heureuse. Si la fillette avait mieux veillé sur elle, sa poupée n'aurait jamais fait la connaissance du prince. Et donc, est-il bon que tu ne n'aies pas mieux veillé sur moi, oui ou non ? De la même manière, il pourrait dire : Si je n'avais pas contracté la tuberculose il y a des années, je me serais peut-être marié et je ne serais pas à Berlin avec toi maintenant. Et donc, est-il bon que j'aie contracté la tuberculose, oui ou non ?

Ils ont tout ce qu'il leur faut. Ils sont ensemble, ils ont du temps, rien d'autre ne compte. Leur unique souci est le loyer élevé, pour une seule chambre, dans un quartier magnifique, d'accord, mais pour une seule chambre. Tous les deux ou trois jours, la logeuse frappe à la porte et annonce un nouveau montant. Fin août, il se chiffrait à quatre millions, dans l'intervalle le loyer a atteint cinq cents milliards tout rond. Il y a eu des tensions à cause de la facture d'électricité, il y a des tensions à cause de Dora. Au fond, il préférerait ne pas partir d'ici, mais il a quand même parcouru les annonces et s'apprête à déménager. Un soir, la décision est prise, d'ici la mi-novembre il faut avoir trouvé autre chose, si possible dans le quartier. Il dit qu'il veut deux chambres. En cas de besoin, pour t'éviter d'avoir à ressortir tard dans la soirée, quand tu es trop fatiguée, quand je ne te lâche pas, pour n'avoir pas à traverser la ville tous les soirs, par les temps qui courent. Dora aime ces temps qui courent. Peu lui importent les chambres, les dames Hermann de ce monde, la ville même, sans doute, lui importerait peu. Elle se réjouit simplement parce qu'il a dit : deux chambres. Elle lui fait face, épanouie, à l'endroit même où elle se tient souvent, le flanc légèrement pressé contre la table, resplendissante de vie.

Comme si la décision de déménager leur avait insufflé un nouvel élan, ils se risquent en ville dès le lendemain, se rendent ensemble à l'Académie juive de Berlin, au cœur du quartier des Granges. L'inconvénient du coin verdoyant où ils vivent c'est d'être si éloigné des Juifs. Le docteur aimerait étudier, il sait si peu de choses des usages, des lois, des prières. Dora aussi aimerait étudier, pourtant elle sait tout cela depuis son enfance et n'éprouve d'ailleurs aucune gêne à lui dire qu'elle prie le soir dans sa chambre, elle observe le sabbat, respecte les règles, connaît les Écritures qui ne sont pour lui qu'un recueil d'histoires délivrant un message qui lui passe au-dessus de la tête.

Il continue à s'intéresser au théâtre, mais *Un ennemi du peuple*, avec Klöpfer dans le rôle-titre, se joue à guichets fermés, quant au Schillertheater, il est inabordable ; aussi ne verra-t-il pas non plus Kortner mais uniquement le visage éploré d'Emmy qui l'a accompagné et dont les exigences envers Max grimpent aussi vite que les prix. Il faut que Max se décide enfin, ce qui sous-entend, il faut qu'il quitte sa femme : le voir seulement une fois toutes les quatre semaines à Berlin ne lui suffit tout simplement pas. Lorsqu'il évoque ce que Max considère comme son *devoir*, elle se fâche tout rouge, mais le reste du temps elle est plutôt mesurée, relate leur dernier entretien téléphonique qui lui a mis du baume au cœur, parle de ses répétitions, on lui propose de chanter dans une église, un concert de musique sacrée. Il ne trouve pas ce projet très intéressant mais cela ne change rien au fait qu'il a plaisir à la regarder, il aime son parfum, ses brusques humeurs câlines, lorsqu'elle prend sa main et ne la lâche plus, comment elle le dévisage, à croire qu'il y a là, tandis que la première se lamente, une seconde Emmy qui a tout autre chose en tête. Peut-être devrait-il se formaliser qu'elle l'embrasse au moment où l'on se sépare, mais il se dit ensuite, que veux-tu, c'est une comédienne, après tout, chez les comédiens ce n'est ni plus ni moins qu'une habitude.

D'ailleurs, comme femme, au fond, elle n'est pas son genre.

Il s'est toujours senti attiré par des femmes sombres, des femmes dotées de voix graves, rauques, ce qui n'est pas du tout le cas d'Emmy. Dora a cette sorte de voix, M. également, il les garde en mémoire bien qu'il soit notoirement difficile de se rappeler la voix de quelqu'un.

Avec cette jeune femme à son côté, il n'éprouve étrangement aucune crainte, et ce bien que les prix grimpent vertigineusement, rien que la semaine dernière ils ont sextuplé, tout coûte environ cent fois plus qu'avant la guerre. Mais ils ont un nouveau logis. Il a eu de la chance, car l'annonce dans le *Steglitzer Anzeiger* n'a tout d'abord pas retenu son attention, mais ensuite tout est allé très vite, il a suffi de passer un coup de fil, de convenir d'un rendez-vous pour visiter les lieux, et l'affaire était conclue.

Le logement se trouve pratiquement à côté, à deux rues de là, dans une petite villa avec un joli jardin, comme il l'écrit aux parents, deux pièces bien aménagées au premier étage dont l'une, la pièce à vivre, est aussi ensoleillée que la chambre qu'il occupe encore actuellement, tandis que l'autre ne reçoit que le soleil du matin. Il y a une troisième pièce contiguë qui est occupée par la propriétaire. Mais ce n'est qu'un petit désagrément et il espère qu'on s'en accommodera facilement. Il a même été question de Dora, il n'a en tout cas pas caché qu'il vivait plus ou moins avec une femme. Ma foi, on verra bien comment ça se passera, soi-disant que la pièce en question ne serait utilisée que pour dormir car madame Rethmann est médecin et travaille du matin au soir dans son cabinet à Rheineck.

C'est le plus beau logement qu'il ait jamais eu.

Dora se réjouit à l'idée qu'on aura la lumière électrique et un chauffage en état de marche, dans sa chambre de la Miquelstrasse ils n'auraient fait que geler cet hiver, les portes et les fenêtres ferment mal, le gaz ne fonctionne pas bien, sans parler des ennuis continuels avec madame Hermann. Ils trouvent qu'ils ont beaucoup de chance. Dora doit sortir bientôt, elle a rendez-vous avec Judith, mais auparavant il faut qu'elle lui dise quelque chose. Bon, tu veux que je te le dise ? Elle n'est plus coiffée tout à fait pareil, et le voilà penché sur les cheveux de Dora, il leur parle à mi-voix, sur le moment il ne voudrait pas la laisser partir, mais peu après il s'y résoud quand même, peut-être cela lui permettra-t-il de mener encore quelque chose à bonne fin dans la soirée.

4

Le dernier visiteur de la Miquelstrasse est Max qui apporte une valise pleine de vêtements d'hiver. Elle ne sait trop que penser de cet inconnu si cordial. Peut-être a-t-elle entendu trop d'histoires sur son compte, peut-être est-elle plutôt du côté d'Emmy.

Lorsqu'elle les rejoint, tous deux sont assis à la table et parlent de politique, de quelque chose qui est arrivé tout récemment. À Munich, apprend-elle, il y a eu une tentative de putsch qui a heureusement échoué. Ils parlent de l'homme qui a fomenté le putsch, un antisémite enragé, de ce que signifie pour les Juifs le simple fait qu'un tel homme existe. Pendant deux, trois minutes, elle se tient dans l'embrasure de la porte et suit la conversation non sans éprouver un soupçon de jalousie, mais l'instant d'après le malaise est dissipé comme par enchantement, Franz est terriblement fier de pouvoir enfin la lui présenter, Max lui tend la main avec un parfait naturel et dit : C'est donc vous, Dora.

Il est beaucoup plus âgé que Franz, lui semble-t-il, comme qui dirait un homme arrivé, très respectable, marié, un peu ennuyeux, trouve-t-elle, quelqu'un qui connaît le monde, les villes, les femmes, qui a tout vu, tout essayé, dans bien des cas avec mauvaise conscience, à ce qu'il semble, et avec une propension à dramatiser les choses. Elle tient cela de Franz qui s'est exprimé un jour d'une manière critique dans ce sens. On passe un moment ensemble, on parle prix, théâtre, le nom d'Emmy est également cité, mais le sujet Emmy a manifestement déjà été traité. Plus tard, on partage une collation, on bavarde, on en vient à parler de Müritz, comment ils se sont connus, toute l'histoire en long et en large.

Ainsi s'écoule la soirée. Max s'en va vers onze heures, en bas, dans la rue, il dispense encore quelques conseils à Dora. Je me réjouis pour vous, dit-il. Vous vous occupez si bien de lui, je vous en conjure, continuez comme cela, ce n'est pas toujours facile avec Franz, mais c'est l'homme le plus merveilleux que je connaisse. Oui, dit-elle, je sais, mais en réalité elle pense : Que sais-je, au fond, et d'autre part : Que sait donc cet homme, que sais-tu de ses mains, de sa bouche, tu ne sais rien du tout.

C'est le meilleur ami de Franz.

Au sujet du nouvel appartement il n'a pas dit grand-chose. N'est-il pas trop cher ? Franz aurait bien voulu le lui montrer, mais le temps a manqué pour cela, Dora ne le visite d'ailleurs que quelques jours plus tard et le trouve presque plus beau que ce que Franz lui en a dit. La logeuse a l'air sympathique, la quarantaine environ, un peu sévère dans sa tenue grise, affectant une réserve non dénuée de distinction. Mais l'argent du chauffage, elle voudrait quand même l'avoir d'avance. La somme demandée pour le charbon leur cause un choc, elle est pratiquement équivalente au loyer. On remarque que Franz réfléchit un court moment, voilà ce qu'il en coûte d'être un étranger, mais peu après elle leur montre la facture, juge elle-même son montant démesuré, adresse un mot gentil à Dora qu'elle prend pour sa fiancée, personne ne la détrompe.

Et maintenant ? L'après-midi s'achève, on pourrait marcher un peu et se réjouir que le monde ne soit pas uniquement peuplé de dames Hermann, et c'est d'ailleurs à peu près ce que dit Dora, et aussi quelque chose à propos de la chemise de Franz qu'elle ne lui connaissait pas, comme elle lui va bien et comme il est bel homme. Ils sont aux anges durant toute la soirée, l'argent s'est évaporé mais ce n'est que de l'argent, l'essentiel est qu'ils soient débarrassés de madame Hermann. Peut-être écrira-t-il quelque chose à son sujet, dit Franz. Ah bon, vraiment ? Elle s'étonne, jamais encore il n'a fait allusion à ses projets d'écriture. Elle s'est souvent demandé de quoi il pouvait être question dans ses écrits et il s'avère à présent qu'il y est question de leur vie à Berlin.

Lorsque madame Hermann leur donne congé, ils sont tout de même surpris. Soi-disant qu'il y aurait eu des plaintes, dans la maison même, dans le voisinage aussi, prétend-elle, qu'on lui épargne la peine d'en dire plus, elle n'est pas prude, mais ça ne marche malheureusement pas comme ça, même chez nous, à Berlin. Elle ne s'adresse qu'à Franz, traite Dora comme quantité négligeable, la veille au soir déjà, elle s'est bornée, en guise de salut, à émettre un bruit de bouche censé leur faire remarquer comme elle était en colère. Encore dehors à cette heure ? Dora en a été contrariée la moitié du temps sur le chemin du retour, et voilà qu'elle remet ça le lendemain matin, à l'heure du petit déjeuner, entre chez eux d'autorité et leur fait une scène. Sa voix est assez criarde, elle a manifestement pensé qu'on lui résisterait, mais comme Franz ne réagit pas, elle se détourne rapidement et se retire dans sa chambre.

Pendant un moment, Franz est scandalisé, il ne se rappelle pas avoir jamais été traité de cette façon bien qu'il ait déjà eu affaire à bon nombre de logeurs. Ils s'y connaissent en chambres et en maisons, constatent-ils, Franz a eu une bonne douzaine de logis, sans parler des hôtels, pensions et sanatoriums. Dora aussi a souvent changé d'adresse, cinq fois rien qu'à Berlin durant les trois dernières années. Elle se souvient à peine de la maison des parents, à Pabianice, en revanche elle se remémore parfaitement la grande chambre qu'elle a occupée à Bedzin peu après la mort de sa mère. À Cracovie, après avoir faussé compagnie à son père, elle a habité dans une cave, par le soupirail elle voyait les gens déambuler sur le trottoir ; à Breslau elle a eu une chambre à proximité des abattoirs, un peu plus tard, une autre près de la gare. Franz a un peu de mal à la croire d'emblée lorsqu'elle parle de certains lieux où elle a vécu :

le premier hiver sous une tonnelle à Pankow, la chambre minuscule au-dessus d'un dancing et celle, plus minuscule encore, près du métro aérien. On finit par connaître pas mal d'endroits, constatent-ils, pourtant ni l'un ni l'autre n'ont beaucoup voyagé, Franz, en particulier, beaucoup moins qu'elle ne l'imaginait, en fait il n'a été qu'en Italie, un peu en Suisse, en Allemagne et en Autriche. Elle voudrait aller à Londres ou à Paris. Tu viendras avec moi à Paris ? Elle a oublié qu'il y a déjà été, il y a cent ans avec Max, mais ça ne compte pas, si seulement il le pouvait, dit-il, il n'hésiterait pas un instant à partir avec elle.

Le soir, chez elle, elle tente de se le représenter à l'âge de vingt-cinq ans. À ce moment là, elle était encore une petite fille, elle allait à l'école, et pourtant : tout se serait passé comme à Müritz. En quelque lieu qu'elle l'eût découvert, par exemple dans un café avec des amis, elle aurait tremblé et espéré, et jamais plus elle ne l'aurait oublié. Franz le dit de la manière suivante : Si je t'avais rencontrée plus tôt, beaucoup de choses auraient été différentes, mais je ne pouvais pas te rencontrer plus tôt que l'été dernier, à Müritz. Plus tôt, je n'étais pas prêt. Tout devait arriver comme c'est arrivé, ce n'est qu'au moment où c'est arrivé que j'ai pu t'avoir et te rejoindre à Berlin et vivre comme nous vivons à présent.

Le lendemain ils changent de logement. C'est davantage une promenade qu'un déménagement, comme si l'on quittait une chambre d'hôtel pour en rejoindre une autre, à l'extrémité opposée du couloir. Dora est là dès le matin, elle l'aide à emballer ses affaires, l'envoie déjeuner en ville, pendant ce temps elle transportera son barda dans l'autre appartement. Deux allers-retours sont nécessaires. Dehors il fait froid mais le soleil brille timidement, un groupe d'enfants la suit des yeux, ils veulent savoir où elle va.

Dans le nouvel appartement, elle se familiarise d'abord avec les lieux, examine la grande pièce puis la petite, s'en retourne dans la grande où se trouve le canapé. Elle range ensuite le linge et les vêtements de Franz dans l'armoire, y suspend ses complets, descend acheter ce qu'il faut pour le dîner. Elle se change, se fait une beauté puis, dans sa nouvelle robe, elle commence à l'attendre. Il est bien plus de six heures quand elle l'entend enfin à la porte. Il a rencontré une connaissance qui l'a invité à son domicile, ils n'ont pas vu le temps passer. Il est confus de ne pas l'avoir aidée du tout, remarque aussitôt les fleurs, ses affaires rangées dans les deux armoires, la nouvelle robe. Dora a l'air si fraîche, trouve-t-il, en quelque sorte comme neuve, à moins que cette impression tienne à l'environnement inconnu, à la lumière électrique, il va falloir qu'il commence par s'habituer à tout cela. Et à toi aussi, dit-il. Ou bien non ? Mon Dieu, à Müritz, elle a passé des journées entières à se dire, comment pourrais-je l'oublier, espérons qu'il n'est pas marié, comment faire pour le revoir ? Et à présent, elle est là, à côté de lui, dans le nouveau logement, un peu nerveuse, non pas vraiment nerveuse, fébrile plutôt, mais à la manière d'une jeune fille.

En amour, il est compliqué, mais c'est toujours beau avec lui, elle se sent bien, elle n'est pas pressée. Une fois, il y a peu de temps, elle lui a dit : Tu n'as pas besoin d'être si prudent avec moi. Tout étonné, il a répondu : C'est avec moi que je dois être prudent ; j'ai l'air de te ménager, mais en fait, c'est moi que je ménage.

À vingt ans passés, il lui est arrivé d'aller chez les prostituées. Elle ne sait pas pourquoi il lui confie cela, si c'est grave pour elle, en quoi cela pourrait la concerner. L'une d'entre elles était encore presque une enfant, si bien qu'elle donnait, au moins dans une certaine mesure, l'illusion de l'innocence ; elle portait des bas troués et ne cessait de rire, c'est pourquoi il s'en souvient. Des autres, il ne se rappelle que la terreur qu'elles lui inspiraient. Pendant quelques années, dit-il, ensuite plus jamais. C'est le soir, il est allongé sur le canapé, les yeux clos, comme endormi. Elle n'a pas l'impression que cette confidence change quoi que ce soit, paradoxalement elle trouve cela touchant, elle a l'impression de le reconnaître tel qu'il était à l'époque, terriblement jeune, comme elle l'était elle-même avant de le rencontrer, jeune et ignorante.

Elle est allée chercher quelques affaires dans sa chambre de la Münzstrasse, des habits, du linge, des chaussures. Elle emporte sa trousse de maquillage, le rouge à lèvres, une boîte de poudre entamée, des livres pour les soirs où il est assis à sa table. Il écrit à présent chaque nuit, jusqu'au matin. Quand il se glisse auprès d'elle, elle se réveille brièvement et elle est heureuse, les premiers jours, lorsqu'il dort encore, à côté d'elle dans le lit étroit où elle persiste à croire qu'elle l'a sauvé.

À Müritz déjà, il a été question du sommeil qui le fuyait depuis des années et de cette histoire de fantômes qu'elle n'a peut-être pas bien saisie ou qu'elle a prise trop à la légère. Lorsqu'elle sera auprès de lui, a-elle pensé, ils ne se montreront plus, mais à présent elle commence à comprendre que l'adversaire est plus fort. Les fantômes naissent-ils de ses soucis ? Au début, c'est ce qu'elle croit. Ils ont très peu d'argent, les temps ne leur sont pas propices ; les manifestations se succèdent en ville, elles ont récemment donné lieu à des affrontements entre policiers et chômeurs, il y a eu des blessés. Mais ce n'est pas cela. Ce n'est pas non plus sa maladie, semble-t-il. Ils savent tous deux qu'elle est juste endormie, elle peut se réveiller à tout moment, mais les fantômes, il les connaît depuis beaucoup plus longtemps. Ils disparaissent parfois, le laissent un moment en paix puis se ravisent. Elle dit qu'elle n'aime pas les fantômes. Pourquoi justement toi ? Elle voudrait l'aider, va faire du thé à la cuisine bien qu'il lui dise que c'est peine perdue, elle ferait mieux de dormir, mais il finit par consentir à ce qu'elle reste avec lui, sur le canapé, jusqu'à ce qu'il ait surmonté l'épreuve.

Jamais elle n'a imaginé qu'elle vivrait un jour ainsi. Toute jeune elle avait mille projets, à dix-sept, dix-huit ans, quand on commence à se demander comment ce sera plus tard, quel homme on rencontrera, si l'on aura des enfants. À seize ans, elle est devenue sioniste. Elle a commencé à jouer au théâtre, s'est brouillée avec son père qui ne se remettait pas de la mort de sa femme. À vingt ans, sous le coup de la colère, elle l'a fui une première fois, une seconde fois à vingt et un ans. Il y a donc quatre ans seulement ? Elle a toujours voulu faire du théâtre, devenir comédienne comme Emmy, enfin tout de même pas comme Emmy, pour l'amour du ciel, mais se glisser dans la peau de personnages singuliers, dans des textes singuliers, de préférence yiddish ou hébreux, sans oublier les classiques, Kleist que Franz prise par-dessus tout, un peu de Shakespeare aussi. Tel est le rêve. Il a perdu un peu de son éclat, elle devra le ranimer un jour, si toutefois il devait encore avoir quelque importance à ce moment-là, car avec Franz, à l'heure qu'il est, il n'en a aucune.

Elle raconte à Judith comment c'est quand il écrit. Très beau, en fait, un peu étrange, quasi religieux, a-t-elle presque envie de dire, mais elle ne sait pas bien. Elle l'a observé une fois par la porte entrebâillée. Le travail paraissait pénible, l'attente moins, bien que l'attente fasse partie du travail, mais ce soir-là il écrivait, écrivait, elle avait l'impression qu'il maniait le maillet et le ciseau, que le papier était de la pierre, quelque chose, en tout cas, qui ne se laissait pas faire, et puis quand même, si, et dès lors tout a eu l'air presque facile, ce n'était plus seulement un tourment mais plutôt comme s'il nageait au large de la côte, a-t-elle pensé, de plus en plus loin, en haute mer.

Il lui arrive aussi d'être en colère. Alors il s'enferme dans le silence, dans une glaçante impassibilité, d'autant plus glaçante que sa colère est grande. Jusqu'à présent, elle pensait que cela ne lui arrivait jamais, mais depuis ce matin il est hors de lui. Les parents lui ont envoyé un chèque libellé en marks d'un montant de 31 billions, ce qui signifie malheureusement qu'il faudra du temps pour le tirer et qu'il aura perdu dans l'intervalle un tiers de sa valeur. Le soir venu, il en est encore à bougonner. Il écrit très longuement à Ottla qui projette de leur rendre visite à Berlin, paraît se calmer mais se fâche de nouveau, c'est tout de même un monde, non, de quoi vous couper l'appétit. Les parents ont cru bien faire, dit-elle, ils ne connaissent pas la situation, s'ils en mesuraient la gravité ils seraient morts de peur.

Longtemps après dix heures, il décide de se remettre au travail, l'histoire de leur ancienne logeuse, et le revoilà déjà d'humeur à plaisanter. Difficile de faire attendre une madame Hermann, dit-il, elle le harcèle comme un enfant qui réclame du chocolat. Ensuite Dora n'entend plus rien. Elle veille, elle lit, s'attend un peu à ce qu'il l'appelle, mais il n'appelle pas, elle reste seule, on dirait qu'il l'a oubliée.

5

Il y a longtemps qu'il ne lui était pas arrivé d'écrire une histoire à laquelle il croit à moitié et dont il sait qu'il la terminera, d'ailleurs elle est pratiquement achevée. Elle n'est pas très longue, quelques pages seulement, mais il semble qu'il sache encore faire cela, il a même songé à en donner lecture, ce qui a toujours été bon signe chez lui. Il travaille, il se sent fort, il a même pu écrire enfin à M. au sujet d'une lettre d'elle, brûlée par inadvertance, et d'une autre de lui, également brûlée, de ce qui s'est passé depuis juillet. Il retrouve aussitôt le ton qu'il a toujours eu avec elle, ce qui signifie malheureusement qu'il ne s'exprime pas de manière très précise. Il lui est arrivé quelque chose de grandiose, écrit-il pour commencer, et d'évoquer la colonie, le vague projet initial de se rendre à Berlin plutôt qu'en Palestine, le fait qu'il lui est depuis toujours impossible de vivre quelque part seul, mais à cet égard aussi il a trouvé à Müritz une aide d'un genre tout à fait inattendu. Et donc, il est à Berlin maintenant, depuis la fin septembre déjà, pas seul manifestement, quoique la suite suggère le contraire.

Il vit presque à la campagne, dans une villa avec jardin, le logement est le plus beau qu'il ait jamais eu. La nourriture est passable, écrit-il, son état de santé, oui, bon, et vers la fin, vite encore une courbette devant les esprits aériens, il emploie même le mot peur, et à une place assez éminente, il faut bien le dire, car c'est par le mot peur, comme s'il fermait pour toujours une porte derrière lui, qu'il termine sa lettre. Il a mis deux soirées entières à l'écrire. Il est content que M. ne connaisse pas sa nouvelle vie, qu'elle demeure à Vienne, il semble qu'elle ait été récemment en Italie, très loin de Steglitz, pour ainsi dire hors de portée.

Plusieurs gros et petits paquets sont arrivés ces jours-ci, soigneusement numérotés afin que l'on puisse s'assurer qu'il ne s'en est perdu aucun, ce qui est malheureusement assez fréquent. La mère a envoyé une bouteille de vin rouge, une paire de pantoufles, quatre assiettes, une énorme bouteille de sirop de framboise fait maison ; en plus de cela, comme d'habitude, du beurre, et même un pain complet moulé, bien que sa préférence aille désormais au pain berlinois. Ottla doit venir demain. Il lui a envoyé une liste des affaires dont il a le plus besoin, trois torchons de cuisine seraient les bienvenus, ainsi que deux nappes et la chancelière qu'il a déjà réclamée à plusieurs reprises et qu'il attend avec impatience car il a toujours froid aux pieds quand il écrit.

Il ne doute pas un instant du succès de cette visite, et de fait, à la différence de ce qui s'est passé avec Max, Dora et Ottla sympathisent d'emblée, malheureusement leur rencontre ne durera que quelques heures car la sœur de Franz doit rentrer le soir même. Si Ottla avait encore des inquiétudes au sujet de la vie de son frère à Berlin, elles sont aussitôt balayées. Elle est enchantée par l'appartement et par le quartier verdoyant, il lui semble en outre que son frère ne se porte pas si mal, on voit, dit-elle, que vous allez bien tous les deux, même si les conditions extérieures sont hélas difficiles. Grande est leur joie à la vue des choses qu'elle a apportées, on a même pensé à un réchaud à alcool, Dora surtout s'en réjouit, mais aussi Ottla qui l'aide à la cuisine où il les entend longuement parler ensemble sur un ton confidentiel.

Sur le chemin de la gare, en fin d'après-midi, Ottla lui dit qu'elle le comprend. Dora est différente de nous, mais c'est précisément ce qui t'attire chez elle, n'est-ce pas ? Elle est de l'Est, à quoi bon vouloir taire ce qui saute aux yeux, n'empêche que nous avons des points communs, estime-t-il, le sens pratique que tous deux ont reçu en partage, et aussi leur façon de rire. Le père ne verrait que l'Est. Pour la première fois, sans doute, ils n'ont pas parlé du père, quatre heures durant pas un seul mot n'a été échangé à son sujet, c'est qu'ils vivent à présent leur propre vie, chacun à sa manière, la sœur avec Joseph et les filles, et lui-même avec Dora, ici, à Steglitz.

À sa propre surprise, il continue d'écrire sans relâche. Dans la nuit qui suit le départ d'Ottla, il commence une nouvelle histoire dont il ne sait pas où elle le mènera, en tout cas pas à Berlin, il y est question d'un animal dans son terrier. Depuis plusieurs jours, il dort moyennement bien, mais il écrit, il vit avec cette femme, ils sont ensemble dans ce logement, mais il écrit malgré tout. Il a lu à Dora l'histoire-de-madame-Hermann, plusieurs passages l'ont fait rire, pourtant le sujet de l'histoire n'est pas du tout madame Hermann, mais cela, Dora ne le sait pas.

Il lui suffit de tourner légèrement la tête pour ne plus regarder qu'au-dedans, or quelque chose, dirait-on, a changé du tout au tout, aussi étonnant que cela paraisse. Il n'a toujours eu qu'à tourner la tête pour y arriver, lui semble-t-il, et voilà que tout à coup il regarde au-dehors où se trouvent Dora et l'expérience de la communauté à laquelle il l'associe.

Il a déjà souvent écrit des histoires d'animaux, certaines traitent des créatures les plus viles, l'une d'entre elles a pour sujet un cafard, ailleurs il est question d'un singe, d'une taupe géante, d'un vautour. Chiens et chacals y sont représentés, on y rencontre incidemment des léopards, le chat qui mange la souris.

La nouvelle histoire commence ainsi : C'est moi qui ai agencé le terrier et il semble que ce soit une réussite. De l'extérieur, en effet, seul un grand trou est visible, mais en réalité il ne mène nulle part, après quelques pas seulement on se heurte à un bloc de pierre naturelle.

Quoi d'autre ? La première neige est tombée, il fait très froid, très peu de soleil, de loin en loin seulement, il y a des jours qu'il n'a pratiquement pas mis le nez dehors.

Les Berlinois sont affamés, des dons alimentaires affluent en provenance de toute l'Europe, il ne suit tout cela que de loin, de temps à autre un détail que lui rapporte Dora quand elle rentre des courses ou qu'elle a rencontré des amis. On s'est habitué au spectacle des mendiants, malheureusement c'est la moitié de la ville qui mendie à présent dans la rue, les gens sont accablés, en proie à un désespoir mêlé de résignation, la situation reste tendue dans le quartier des Granges depuis les débordements antisémites de novembre. Dora dit que le Foyer populaire juif est condamné, elle voudrait faire quelque chose, pas seulement de la soupe pour les plus pauvres d'entre les pauvres, mais quelque chose pour que ça change.

Doit-on écrire sur le monde ou le changer ?

Il a expliqué à Robert pourquoi il n'écrit pratiquement à personne, moins expliqué d'ailleurs que constaté le fait, tout simplement. Il n'écrit pas à la famille, pas davantage à Max, les amis sont à moitié oubliés, pourtant il n'a pas mauvaise conscience, si fort est le sentiment que le temps lui est compté.

Et pourtant, alors même qu'il est sous pression et se demande s'il sera de taille à lui résister, il dispose de plus de temps qu'il n'en a jamais eu. Le bonheur, c'est peut-être cela, pense-t-il, cette forme de dissipation, le soir dans la chambre faiblement éclairée, quand ils se lisent des textes, Dora des passages de la Bible en hébreu, lui quelque chose de Grimm ou une histoire tirée de *L'Écrin* de Hebel, celle du mineur qu'il aime par-dessus tout. À ces moments-là, il a l'impression de disposer de tout le temps du monde, ce qui signifie que le temps n'a pas été gaspillé, quand bien même il aurait décidé de se rendre à sa table de travail dans quelques minutes et serait finalement quand même resté assis à côté de Dora, et aussi compliqué que continue de lui paraître ce genre de situation flottante, lorsqu'elle se serre contre lui ou lorsqu'elle croise les jambes, ce mélange d'attente et de crainte.

Quelques jours et nuits durant, il fouille dans son terrier et voit avec étonnement comme tout est simple.

Le matin, lorsqu'il se prépare, chemise et cravate, dans la petite salle de bains devant la glace, lorsqu'il fait sa toilette et se rase et s'habille ensuite, le costume sombre, toujours tiré à quatre épingles, on dirait qu'il a rendez-vous avec elle en ville, dans un café où ils prendront leur petit déjeuner, en réalité elle est là depuis un bon bout de temps, dans une robe, un chemisier qu'il connaît.

Il se demande quand il a appris tout cela. Ou bien sait-on parfaitement faire certaines choses au moment précis où elles sont exigées de vous ?

Les soirées aussi restent surprenantes car le moment vient où il faut retirer ses vêtements, on se prépare pour la nuit, l'espace est partagé, on n'est pas seul, mais ce n'est pas plus gênant que ça, au contraire, car c'est exactement ainsi, a-t-il pensé, qu'il faudrait vivre un jour.

6

Pendant quelques semaines, elle est aux anges. Certaines choses l'étonnent, les après-midi qu'il passe au lit, ses histoires étranges, quand il lui explique qu'à tel ou tel endroit il a pensé à elle, cette place où l'animal stocke ses provisions, la place forte, c'est toi, dit-il, mais avec la meilleure volonté du monde elle ne voit pas le rapport. Cela n'altère en rien son bonheur. L'hiver est rude, en ville les gens meurent de faim, c'est un sujet de conversation qui revient fréquemment, ils peuvent s'estimer heureux d'avoir ce qu'ils ont. Elle ne pense guère plus loin, en grande partie parce qu'elle se l'interdit, les questions puériles du genre, qu'est-ce qu'il adviendra d'elle ici, dans cet appartement qu'elle ne voudrait plus jamais quitter.

Ottla lui a raconté comment la vie change quand on a des enfants. Elle lui a demandé sans détour, lorsqu'elles étaient toutes les deux à la cuisine, mais toi, tu en penses quoi ? Parce que Dora ne s'attend pas à cette question, elle ne peut que balbutier, oui, au fait, tout est si nouveau, et par les temps qui courent, elle ne sait pas. Ottla l'a regardée d'un air soucieux, l'une et l'autre savent que tout dépend de Franz, il est malheureusement malade, s'il n'était pas malade il voudrait sûrement avoir des enfants avec toi. Vous en avez parlé ? À quoi elle ne peut que répondre non et évoquer dans la foulée leur rencontre avec la fillette à la poupée, parce qu'ils n'ont évidemment jamais parlé enfants, mais dans un certain sens, quand même, si, à l'époque, pendant quelques jours, dans le parc. Ottla a beaucoup aimé l'histoire, elle la trouve très belle et veut consoler Dora, qui sait ce qui peut encore se passer entre vous deux, tu es jeune, peut-être qu'il guérira ou qu'on découvrira un médicament, sait-on jamais. Ottla l'a prise dans ses bras, comme une sœur, a-t-elle pensé, consolée de quelque manière, et toute surprise d'avoir besoin de cela, d'être traitée comme une sœur par quelqu'un.

Début mars elle aura vingt-six ans.

Elle a parlé avec Franz de la chambre qu'elle loue en ville et ils sont tombés d'accord, elle ne la gardera pas, c'est une dépense inutile, elle va donner son préavis pour s'installer chez lui à la mi-mars. Elle n'a jamais aimé cette chambre, le vieux lit où elle a sangloté après qu'Albert l'a plaquée, les tapis qui sentent le moisi, les meubles fatigués. Un jour, elle y a amené Hans, ce qui a été une grave erreur. La situation a été des plus embarrassantes, ils n'ont pas su de quoi parler, or il n'était pas venu pour parler ; de guerre lasse, il a fini par quitter la place et n'y a jamais remis les pieds.

Le déménagement de Dora n'entraîne aucun changement notable dans leur quotidien. Elle continue d'aller tous les deux jours au Foyer populaire où la situation se dégrade de semaine en semaine car on manque pratiquement de tout, d'argent comme de denrées alimentaires, les pauvres Juifs du quartier ne savent plus comment s'en sortir. Franz l'encourage. Quelqu'un doit se dévouer, dit-il, personne ne peut faire cela mieux qu'elle, mais elle doute, elle se sent faible, ballottée entre Franz et les enfants.

Il n'est pas encore arrivé au bout de son histoire. Mais ça avance, chaque soir à dix heures, dix heures et demie au plus tard, il s'assied à sa table, et sans aucune concertation elle s'installe à présent parfois auprès de lui, lit un livre ou reste simplement là à l'observer, son rythme, les pauses qu'il marque avant de reprendre le fil. Une fois elle s'endort, et lorsqu'elle se réveille, il est assis à côté d'elle, totalement changé, épuisé, comme après un travail excessivement pénible. Il y a une lueur dans son visage, quelque chose qui la tracasse un moment, mais plus ensuite. Dehors, il fait presque jour. Tu es réveillé ? Oui, dit-il, et je t'ai trouvée là. Manifestement, il n'en revient pas, il est terriblement ému, chuchote comme si c'était au fond totalement impensable, être là avec elle, dans une chambre.

Depuis que je te connais, je suis un autre homme.

Il lui lit presque chaque jour quelque chose, ils sont constamment ensemble. Il leur arrive même de prier ensemble, et elle s'étonne chaque fois qu'il soit si peu instruit. Mais c'est sans doute cela, précisément, qui est si beau, sa manière de dire les prières à côté d'elle, cette ferveur un peu empruntée, on dirait un écolier qui s'égare en pensée tout en ânonnant les premières lettres de l'alphabet. Il s'emporte contre lui-même, il a l'impression d'avoir tout faux, mais juste et faux ne veulent rien dire, il s'agit simplement de réciter les prières. On se crée un espace, dit-elle. Tout est silencieux. C'est seulement quand tout est parfaitement silencieux qu'elle entend parfois la voix, très loin, plutôt claire, pas sombre en tout cas, singulièrement jeune, si bien qu'il n'est pas difficile de lui adresser une prière. M'entends-tu Seigneur ? dit-elle. Je t'en prie, exauce-moi. Il doit simplement savoir qu'elle est là et qu'elle ne lui demande rien d'impossible.

Pendant un certain temps elle est singulièrement émotive, ne peut s'empêcher de fondre en larmes en constatant qu'Ottla a envoyé deux nappes et quelques essuie-mains, appréhende soudain l'hiver. Pourtant la première neige n'est déjà plus qu'un souvenir, la pluie a pris la relève, ils ont chaud et sont bien éclairés, il n'y a donc pas de raison. Franz est très affectueux. Il écrit, mais pas tous les jours, il la prend dans ses bras, vante ses talents culinaires, s'installe volontiers avec elle à la cuisine, comme naguère à Müritz.

Pressentiment n'est pas le mot juste. Mais pendant quelques jours, elle n'a pas l'esprit en paix, elle tourne en rond, tout occupée à mesurer confusément à quel point ils sont vulnérables, lui et elle, jusqu'à ce que ces craintes s'estompent progressivement d'elles-mêmes.

Franz écrit sans relâche depuis des jours et des jours, il a l'air épuisé mais satisfait. Le travail n'est pas achevé, le dénouement lui donne du fil à retordre mais il voudrait quand même lui lire ce qu'il a fait. Cette fois encore, elle est fascinée par son élocution, elle écoute davantage sa voix que l'histoire dont le sens, en grande partie, continue de lui échapper. Est-ce que cet animal n'est autre que Franz ? Tantôt elle ne voit que l'animal, tantôt elle croit comprendre qu'il ne fait que raconter sa vie ici, à Steglitz, de manière détournée, certes, mais pas suffisamment tout de même pour qu'elle passe à côté du point crucial. Il a dit qu'elle était la place forte. L'animal a peur, il travaille jour et nuit, de temps à autre il s'arrête pour manger, il dispose en effet d'un stock énorme de provisions, le terrier tout entier sent la viande, et la viande c'est moi, pense-t-elle, effrayée, puis vient le passage où il se jette dessus, et c'est quelque chose de terrifiant.

Elle est encore perturbée le lendemain. Dehors la tempête fait rage depuis des heures, Franz s'est couché, c'est pourquoi elle a tout le temps d'y penser. Elle se sent nue, sans défense, blessée aussi, mais étrangement, ça lui plaît.

Elle est la viande, mais pas comme pour Albert qui l'a carrément jetée. Le fin mot de l'histoire lui échappe. En soi, elle est effroyable. A-t-il vraiment constamment peur ? Car c'est avant tout une histoire sur la peur. Les animaux ont-ils peur ? Elle a ri à certains passages et espère que Franz ne lui en veut pas. Il a dit tout de suite que non, il a même paru s'en réjouir, bien que les passages en question soient les plus terribles.

La toux, dit Franz, est évidemment toujours là. Elle dort là-dedans comme les fantômes, il ne faut surtout pas la réveiller, peut-être même ne faut-il pas en parler, on risque de l'attirer hors de sa cachette, et il ne sera pas facile, ensuite, de s'en débarrasser.

Ils ont pris le petit déjeuner ensemble, Dora porte la robe de chambre de Franz, elle est assise sur ses genoux. Dora dans la robe de chambre de Franz, c'est nouveau, mais également qu'il lui soit permis d'ajouter un post-scriptum de sa main au bas des lettres de Franz, si bien que tout le monde est au courant et demande des nouvelles d'elle, Max et Ottla, bien sûr, qui leur ont rendu visite ici même, mais aussi ce Robert dont elle sait seulement qu'il a séjourné dans un sanatorium, en même temps que Franz, il y a des années de cela. Seuls les parents ne savent rien d'elle. Lorsqu'il écrit aux parents, tout laisse à penser qu'il vit seul à Berlin. Il ne voudrait pas qu'ils se fassent du souci, dit-il. Ce n'est que s'ils n'ont pas de souci à se faire qu'ils le laisseront tranquille, et il se plaint donc des prix qui sont pratiqués à Berlin pour faire laver son linge, leur parle du temps qui n'a pas été si mauvais que ça jusqu'alors, sec et pas trop froid, peu de brouillard, maintenant, bien sûr, il pleut, mais modérément.

7

L'histoire attend toujours son dénouement, elle s'achève provisoirement sur un pat : il y a la viande et le terrier, il y a le bruit de l'ennemi que rien ni personne ne pourra arrêter. Si quelqu'un lui disait, tu tomberas vraiment malade tel ou tel jour, et s'il tombait alors vraiment malade, cela ne l'étonnerait pas. C'est plutôt le contraire qui serait étonnant, quoique le contraire se soit déjà produit, il arrive que l'on survive à la tuberculose, dans quelques rares cas elle s'est pour ainsi dire dissoute dans l'air. De fait, il a déjà entendu citer de tels cas, autrefois, au sanatorium, quand il n'était pas encore personnellement un patient atteint d'une maladie pulmonaire ni même, à proprement parler, un patient tout court.

Dans les bras de Dora, il lui arrive d'y croire. Ou plutôt : il oublie qu'il n'y croit pas, au fond, car en réalité il y pense sans cesse, il tend l'oreille, écoute au-dedans de lui, même dans ses bras où, par chance, il y a encore d'autres bruits.

Du jour au lendemain, l'hiver est là pour de bon. Dans les rues, on a de la neige jusqu'aux chevilles, il fait froid et gris, et pour la première fois depuis des semaines, comme par un fait exprès, il a de nouveau de la température. Pas beaucoup, mais tout de même. Dora l'envoie aussitôt au lit, question écriture l'élan des dernières semaines est brisé, il se sent bête et vide, feuillette distraitement un journal que Dora a apporté, ronge son frein toute la sainte journée, si bien qu'elle s'inquiète, mais non, la toux ne s'est pas déclarée. En accord de quelque manière avec l'année finissante, il sent ses forces le quitter, à l'heure où, au-dehors, tout se fige peu à peu, comme sous l'emprise de la mort.

La nuit s'écoule sans incident. La journée du 24 commence comme celle du 23 s'est achevée, il a un peu de température mais pas de toux, il est allongé sur le canapé, près du poêle, pendant que Dora fait encore quelques emplettes en prévision des fêtes. La fièvre se déclare dès qu'elle est sortie. Il est pris de frissons, il est brûlant, en même temps il claque des dents. Dora, quand elle revient, prend peur, elle téléphone à un médecin, un professeur dont la réputation s'étend à tout le quartier et même au-delà, celui-ci envoie son assistant, un homme d'une trentaine d'années qui ne diagnostique rien de spécial. On ne peut qu'attendre, dit-il. Restez au lit, conseille-t-il, et là-dessus il énonce le montant de ses honoraires, une somme fabuleuse.

Comme il n'a que de la fièvre, Franz voudrait se lever, mais pour faire plaisir à Dora, il reste au lit et écrit une nouvelle lettre à M., un peu plus plaintive que ne le justifie son état, mais c'est l'usage entre eux. Bien qu'il ne manque de rien pour le moment, il évoque ses maux de toujours qui sont venus le retrouver et l'abattre ici, à Berlin, tout lui coûte une peine affreuse, chaque trait de plume, et voilà pourquoi il n'écrit pas, il attend de meilleurs temps, ou de pires, au demeurant bien et tendrement gardé – c'est la formule qu'il emploie en songeant à Dora – jusqu'aux limites de ce qui est possible ici-bas. Il n'y a pas grand-chose de plus à dire. Dehors il neige, les flocons dansent depuis des heures devant la fenêtre, ce qui est très plaisant à regarder, on se croirait revenu au temps de l'enfance.

Le quatrième jour, la fièvre est passée. Dora voudrait qu'il reste couché bien qu'il estime que c'est exagéré. Elle paraît encore très éprouvée, ça se voit quand elle sourit, quand elle lui apporte à manger ou qu'elle est assise sur le lit et lui confie qu'elle a eu la peur de sa vie, il la comprendrait s'il avait vu à quoi il ressemblait. À la mort, dit-il, et elle, là-dessus, de secouer violemment la tête, pour l'amour du ciel, non, et de fondre ensuite en larmes, car c'est exactement ce qu'elle a pensé.

Il fait un froid de loup, des fleurs de glace s'épanouissent sur les fenêtres mais tout paraît rentré dans l'ordre. Il y a deux jours que la température est retombée et Dora peut à présent lui avouer qu'elle a téléphoné à Elli, à côté, dans la pièce de séjour, au plus fort de la poussée de fièvre, tandis qu'il était incapable d'avoir une idée claire et se demandait confusément pourquoi elle le laissait si longtemps seul. Dora a mauvaise conscience parce qu'elle ne lui a pas demandé son avis, elle sait qu'elle ne doit pas appeler la famille de Franz, mais elle était si bouleversée de le voir dans cet état qu'elle ne savait plus à quel saint se vouer. Ne le prends pas mal, dit-elle, mais il est à mille lieues de le prendre mal, plutôt soulagé, en fait, car il a horreur du téléphone. Dora ne voudrait-elle pas téléphoner à sa place à l'avenir ? La seule sonnerie suffit à l'effrayer. À chaque fois, il a la peur au ventre, et le plus souvent pour rien, parce qu'on ne sait pas quoi se dire, ou alors parce qu'on s'embrouille, comme l'autre fois avec Elli, on se coupe la parole, on passe du coq à l'âne, on s'enquiert d'une chose ou d'une autre, quel temps fait-il chez vous, est-ce que tu as bien dormi, que devient ta toux, des choses que l'on passerait en revue en toute tranquillité si l'on se trouvait en présence l'un de l'autre.

La lettre qu'il se doit à présent d'écrire à Elli commence ainsi : J'ai aussitôt envisagé le pire, par exemple qu'elle était sortie pour acheter une moitié de pigeon ou je ne sais quoi, en fait elle était au téléphone. Il écrirait tout autrement à Ottla, mais avec Elli il a toujours le sentiment de devoir prévenir ses reproches, en outre il ne faut surtout pas qu'elle remarque qu'il se fait un sang d'encre à cause des prix qui ne cessent de grimper et se demande déjà s'il ne devra pas quitter Berlin. Pour le moment, prétend-il, ce n'est qu'une idée en l'air, les alternatives possibles seraient Schelesen, Vienne ou le lac de Garde, mais il n'y pense pas sérieusement. Du reste, la situation s'améliorera à coup sûr après le nouvel an, écrit-il, les prix, dit-on, doivent baisser de moitié, peut-être même de deux moitiés, ajoute-t-il en manière de plaisanterie, on gagnera de l'argent en bayant aux corneilles, et de souligner pour finir que Dora a réussi, en marchandant au téléphone, à réduire de moitié les honoraires du médecin.

Est-ce qu'il déteste le téléphone parce qu'il ne sait pas mentir de vive voix ? Par lettre, il est plus facile de biaiser, de suggérer simplement des choses qui doivent être formulées plus directement, plus crûment au téléphone. Sa demande concernant le crachoir, par exemple, il n'aurait pas pu la faire par téléphone. La chose est un peu compliquée, elle concerne Mademoiselle dont il sait qu'elle aime bien offrir quelque chose pour Noël. Quoique Noël soit déjà passé, il s'adresse pourtant à Elli afin qu'elle la prie, en son nom à lui, de bien vouloir lui commander un nouveau couvercle chez Waldeck & Wagner, le récipient et la garniture de caoutchouc sont toujours là, il n'a pas eu à s'en servir dans les derniers temps, c'est seulement au cas où.

Du jour au lendemain, on ne trouve plus d'alcool à brûler. Dora en a demandé dans différents magasins, mais en vain, aussi cuisine-t-elle maintenant sur des moignons de bougies, c'est à la fois malaisé et un peu ridicule, mais elle s'en débrouille. On se brûle presque la langue tellement le manger est chaud, n'empêche que c'est une difficulté de plus. Il y a une éternité qu'ils n'ont rien entrepris, c'est à peine s'ils ont de quoi affranchir les lettres, pas question dans ces conditions de s'offrir le moindre extra.

Des vœux pour le nouvel an, on n'en manque pas ; la plupart sont hors d'atteinte et ce n'est même pas la peine d'y penser. Dora voudrait surtout ne plus jamais connaître une frayeur comme celle de la semaine dernière ; passer la nuit de la Saint-Sylvestre au lit, avec lui, voilà ce qu'elle voudrait. Il est bien plus tard que minuit, Dora a du mal à garder les yeux ouverts tellement elle est fatiguée, elle a froid aux pieds, mais elle a chaud partout ailleurs, sous la couverture où il la tient enlacée. Vers deux heures du matin, elle s'endort, ce qui tient du miracle car le vacarme, au-dehors, comme il l'écrira plus tard aux parents, est proprement infernal et dure encore des heures, malgré le froid glacial : le ciel plein de fusées, musique et clameurs dans tout le quartier.

Être ensemble, comme maintenant, ça ne durera pas éternellement. Parfois il peut la voir, seule, sans lui, telle qu'elle sera dans une dizaine d'années, à trente-cinq ans, lorsque la beauté s'assombrit peu à peu, mais devient en même temps transparente et, dans un certain sens, définitive. Elle ne sera pas toujours svelte, plutôt ronde, s'il ne s'abuse, mais le regard restera : la douceur, la vitalité, la vraie foi.

Un jour, il rêve de F. Et s'il pense à elle, pour la première fois depuis des semaines, c'est uniquement parce qu'il en a rêvé. Il sait qu'elle est mariée et qu'elle a des enfants, par ouï-dire, car après la rupture des fiançailles ils ont cessé très vite de correspondre. Lui écrire encore, mais pour lui dire quoi ? Qu'il a enfin reçu en partage la vie qu'elle n'était pas prête à mener avec lui ? Du rêve, il se rappelle seulement qu'il y était question de mobilier, de l'aménagement d'un vaste salon ; de fait, ils ont eu très souvent des différends portant sur des sujets de ce genre.

À Ottla, il écrit qu'il se verrait bien à Merano. Mais pour le moment, il restera encore à Berlin où les prix, comme prévu, ont pas mal baissé depuis le nouvel an, le ticket pour se rendre Potsdamerplatz coûte un tiers de moins qu'avant, le litre d'alcool à brûler presque moitié moins. En dépit des hésitations de Dora, ils sont allés en ville, le temps n'est pas trop mauvais et ça fait du bien de se retrouver parmi les gens, on peut s'assurer que tout est à sa place et les prix, comme on dit, sont intéressants, dans un restaurant populaire, par exemple, l'escalope viennoise avec garniture d'asperges est à 20 couronnes tout rond. Oui, le froid est vif, écrit-il le soir même, mais sous sa courtepointe de duvet il fait chaud, au parc même il arrive que l'on puisse se réchauffer un instant au soleil, et avec le dos contre le radiateur, on est tout à fait bien aussi, en particulier quand, en plus, on a les pieds fourrés dans la chancelière.

8

Ce qui lui fait le plus plaisir, c'est que les parents aussi savent enfin qu'il y a une Dora, officiellement pour ainsi dire, ils savent que Dora et Franz vivent ensemble. Elle était déjà un peu vexée d'être tenue à l'écart, Franz hésitait à leur en faire part, mais à présent ils sont au courant, elle fait de petites apparitions dans les lettres qui vont et viennent, elle a un nom, elle est la femme qui est à son côté et à laquelle on témoigne même une certaine gratitude ; bonne fée, c'est ainsi que les parents l'ont nommée dans leur dernière lettre, presque comme dans le conte.

Question appartement, les nouvelles sont mauvaises. Ils ont parlé avec la logeuse, en fait uniquement parce qu'ils ont songé à renoncer à l'une de leurs deux chambres par mesure d'économie, or il s'avère maintenant qu'ils devraient aussi louer la troisième car madame Rethmann a besoin d'argent, elle en demande un prix fou. Oui, malheureusement, dit-elle, et Franz veut savoir quand, à quoi elle répond, pas du jour au lendemain, d'ici le 1er février, a-t-elle pensé, mais il pourrait y avoir une solution de rechange, suite à un décès l'une de ses connaissances cherche de nouveaux locataires, elle va lui en parler.

Contrairement à ce qui s'était passé en novembre, ce nouveau revers leur fait l'effet d'un coup de tonnerre dans un ciel bleu. Franz prend la chose très mal, il se sent traqué, ne se plaît plus dans l'appartement, doute de Berlin, de leur vie, peut-être vaudrait-il mieux partir. Mais pour aller où ? Il lui a parlé de Merano où il a séjourné il y a des années, mais elle ne s'y voit pas, il n'y a d'ailleurs lui-même été qu'en visite, seul, plus ou moins en vacances. Dans ce cas, plutôt le lac de Garde qu'il connaît également pour y avoir séjourné ? Le lac de Garde, dit-il, est presque aussi grand que la mer, mais italien, avec de petits villages colorés tout autour et des montagnes au loin. À Merano aussi, il y a des montagnes partout, elle a peur de ces montagnes, jamais elle n'aurait pensé que sa vie pût être à ce point chamboulée d'un jour à l'autre.

Elle tient conseil avec Judith. L'amie a déjà appelé à plusieurs reprises et insisté pour qu'elles se rencontrent, il y a du nouveau. Non, pas un homme, parce que Dora a demandé : C'est un homme ? Ma foi, peut-être, a dit Judith, mais pas comme tu penses. Elles se retrouvent dans un café de Moabit qui appartient à un oncle de Judith, et avant même qu'elles aient passé commande, Dora apprend le fin mot de l'histoire : Judith part pour la Palestine, fin mai, au plus tard cet été. L'homme dont il s'agit s'appelle

Fritz, il n'est pas trop vieux, trente-six ans, médecin de son état, sioniste de longue date. Ils ont pour destination un kibboutz au bord de la mer. À part cela, il n'y a rien entre eux, mais il lui a demandé de l'accompagner, elle a quelqu'un avec qui faire le voyage. Tu ne veux pas venir avec nous ? Dora lui parle de Merano, elle ne sait pas si Merano lui conviendra. Judith dit : Si vous pouvez aller à Merano, vous pouvez tout aussi bien aller en Palestine. Mais c'est totalement exclu, de quoi vivraient-ils là-bas, sans parler de l'état de Franz, où aller dans ces conditions, Dieu seul le sait.

Il neige encore et encore, elle pense à Judith qui part en Palestine tandis qu'elle ne cesse d'arpenter des montagnes en pensée. Franz est très renfermé, il voudrait savoir enfin comment se réglera la question de l'appartement, mais la connaissance de madame Rethmann est partie en voyage, on se rencontre sur le palier, on se salue et chacun passe son chemin. Un jour, dans l'après-midi, elle se présente à la porte en compagnie d'un homme, soi-disant un locataire potentiel, mais qui n'a pas l'air spécialement intéressé. Il lance un regard en coulisse à Franz qui est étendu sur le canapé pendant que madame Rethmann vante les avantages de ses trois chambres et fait comme si elle était très malheureuse de devoir laisser partir de si merveilleux locataires.

À présent, ils sont quand même un peu comme l'oiseau sur la branche. Tantôt il est pensable qu'ils restent, tantôt ils se voient contraints d'adopter la solution de rechange que leur a fait miroiter madame Rethmann. Mais ne feraient-ils pas mieux de quitter Berlin ? De nouveau il est question de Merano, et Dora tâche de se faire à cette idée. Merano, pourquoi pas, mais Franz met alors Vienne sur le tapis, ce qui, à franchement parler, ne laisse pas de la surprendre, car à Müritz il n'a fait que dénigrer Vienne, à l'entendre, il avait beau s'agir d'une ville, Vienne n'en était pas moins impensable à tous points de vue.

Depuis la fièvre il n'a guère écrit. Il s'assied à sa table, le soir, mais on remarque qu'il n'est pas satisfait, le travail l'angoisse, il y use ses forces plutôt que d'en puiser de nouvelles. Elle voudrait parfois l'en dissuader, elle le met en garde, pas aussi tard qu'hier, je t'en prie, car hier il y a de nouveau passé la moitié de la nuit. Elle l'a entendu quand il l'a rejointe, elle aurait aimé lui poser quelques questions, mais elle n'ose pas, même le lendemain matin, au petit déjeuner, lorsqu'elle est assise sur ses genoux, dans sa robe de chambre, et que nul ne sait ce qu'il adviendra d'eux.

Elle n'a jamais bien compris l'histoire avec cette M., ce qu'il lui en a dit, si peu que ce soit. Peut-être n'a-t-il pas prononcé le mot : détruit, mais ils ne se sont pas fait du bien, il a passé beaucoup de temps à l'attendre, à espérer chacune de ses lettres et à se mettre martel en tête, jusqu'au moment où la séparation s'est produite d'elle-même sous le coup de leur épuisement respectif. Elle a vu traîner une ou deux lettres, une écriture sur une enveloppe, elle n'y a prêté qu'une attention distraite, il y a des semaines de cela.

S'il devait encore tomber malade, elle ferait comme la dernière fois, n'hésiterait pas un instant à appeler un médecin. Hier, pendant le repas du soir, elle a eu soudain un pressentiment de cette nature, il avait l'air fatigué et fiévreux, et sa température était en effet élevée. Depuis lors, ils la prennent de nouveau à intervalles réguliers. Le matin aussi, il a de la température, elle monte et descend alternativement jusqu'à midi, toujours autour de 37,5.

Comme si cela ne suffisait pas, madame Rethmann leur annonce que la décision est prise, définitivement, ils doivent avoir quitté les lieux le 1er février, et il ne faut hélas pas compter non plus sur l'appartement de rechange, il est déjà loué. Ma foi, tant pis, du reste, ils s'attendaient à cela sans vouloir se l'avouer, Franz va jusqu'à y voir matière à plaisanterie, de cette façon au moins, dit-il, ils finiront par connaître Berlin comme leur poche, mais cela sonne un peu faux, comme si tout lui était soudain égal, même les noms de Merano et de Vienne ne sont pas prononcés.

Cependant, les paquets qui arrivent à domicile sont un motif de plaisir toujours renouvelé, tantôt c'est un morceau de beurre, tantôt ce sont des affaires pour la maison, en règle générale des envois d'Ottla ou de la mère, une fois aussi, à l'instigation de Max, un colis en provenance de la Ligue des femmes tel qu'en reçoivent alors nombre d'étrangers en détresse séjournant en Allemagne. Franz aurait aimé une tablette de chocolat, des choses que l'on ne peut pas avoir à Berlin, au lieu de cela il n'y a que de la banale semoule, du riz, de la farine et du sucre, du thé et du café, si bien que l'enthousiasme n'est pas vraiment débordant. On pourrait faire un gâteau, dit Dora, et elle sait déjà pour qui : pour les enfants de l'orphelinat juif où elle a travaillé comme couturière l'an passé. Elle y est accueillie comme un ange. Le gâteau est mangé en un clin d'œil, mais les enfants ne veulent plus la laisser partir. Des visages marqués par la faim, tristes, avec de grands yeux noirs. Je me suis prise à chanter, raconte-t-elle le soir à Franz. Ils ont chanté ensemble, ils ont prié, les larmes ont coulé au moment des adieux, comme s'ils savaient qu'ils ne la reverraient pas de longtemps.

Pour Franz, de telles sorties ne sont plus d'actualité. Je suis un animal totalement domestique, plaisante-t-il. A-t-elle jamais songé qu'il pourrait en être réduit à cela quand ils étaient à Müritz ? À la plage, je devais presque passer pour quelqu'un de sportif. Je nageais, je faisais sans peine la navette entre ma corbeille de plage et l'eau, plus tard nous allions sur la jetée, je me suis promené avec toi en forêt, deux fois en l'espace de quelques jours, et maintenant, regarde un peu ce que je suis devenu. Il voudrait qu'elle rencontre d'autres gens, il ne faut pas qu'elle pense ne pas pouvoir le laisser seul, quand il dort, par exemple, il n'a pas du tout besoin d'elle. Tu m'écoutes ? Lorsqu'il lui parle ainsi, on dirait un petit garçon, elle acquiesce en silence, secoue la tête, elle va y réfléchir.

Elle ne voudrait plus jamais dormir sans lui.

Par mesure d'économie, ils ne chauffent plus que la chambre à coucher. On se retrouve presque comme dans la Miquelstrasse, il est étonnant de voir comme on peut se contenter de peu de place, en fait ils n'ont que le lit, la petite table, la chaise et l'armoire aussi, mais à part cela, uniquement le lit, ils s'y installent même pour manger, si bien qu'ensuite on a des miettes partout.

9

Hormis la température, il n'est pas facile de dire comment il va vraiment, si ce n'est qu'il a mauvaise concience à cause d'Emmy, il est censé la détourner de nouvelles possibles escapades, hélas cela dépasse ses forces. Il n'a pas motif à pavoiser. Certes, il dort, il a de quoi manger, il a Dora, mais l'un dans l'autre il se sent quand même diminué, le travail est au point mort, du gribouillage nocturne de ces dernières semaines il n'est pas sorti grand-chose. Il a peur de retomber malade, mais il peut énumérer ses craintes, et c'est ce qu'il fait dans une longue lettre à Max où il les cite en passant, comme s'il ne s'agissait que de détails : il faudrait que le sol sous ses pieds soit consolidé, que soit comblé l'abîme qui s'ouvre devant lui, chassés les vautours autour de sa tête, apaisée la tempête au-dessus de lui, eh bien, écrit-il, oui, si tout cela avait lieu, alors ça pourrait aller un peu.

S'il y a des visiteurs, il les reçoit maintenant dans son lit, le couple Kaznelson passe ainsi la moitié d'une après-midi à son chevet au début du mois tandis que la visite chez l'amie de Dora, Judith, n'a pas duré plus d'une demi-heure. Le plus souvent, c'est déjà trop pour lui, d'autres fois il se sent pousser des ailes, il voudrait sortir de l'appartement, ne pas passer continuellement à côté de tout, ce soir, par exemple, il aimerait assister à une lecture publique d'extraits des *Frères Karamazov*. Mademoiselle Bugsch, de Dresde, et la comédienne Midia Pines l'y ont convié, elles sont là depuis le début de l'après-midi et on ne s'est pas ennuyé une seconde. La sombre petite Midia, en particulier, capte l'attention du docteur, il est question des grands Russes, de la différence entre Tolstoï et Dostoïevski, de l'art de lire, on a même des projets pour finir la soirée en beauté, on voudrait aller en ville après la lecture, et au bout du compte, ce sont précisément ces projets qui lui démontrent à l'évidence qu'il fera mieux de rester à la maison. Il a trop présumé de ses forces. Tout le monde est surpris, pour ne pas dire consterné, on s'emploie à le convaincre, il tente alors de se lever et la question, là-dessus, est définitivement tranchée.

Ainsi qu'il apparaît par la suite, Franz semble avoir effectivement raté quelque chose. Dora est revenue très impressionnée et ne parle plus depuis lors que de cette Midia. Il est sept heures passées. Le premier petit déjeuner est prêt sur la table de nuit et il l'écoute du mieux qu'il peut, car ses pensées ont tendance à s'égarer, on dirait presque qu'il est jaloux des gens enthousiastes parmi lesquels elle s'est trouvée, de l'heure qu'elle a passée à la taverne où l'on n'a pas tari d'éloges sur Midia. Dommage qu'il y ait tant de choses qui ne se laissent pas vraiment raconter, regrette Dora, mais en même temps elle est rayonnante, tout au long de la soirée, dit-elle, elle n'a cessé de penser à lui tandis qu'il était là, dans son lit, exaspéré par un appel d'Elli, car peu après que tout le monde était parti, le téléphone a sonné, au bout de fil c'était Elli qui lui a débité son sempiternel chapelet d'inquiétudes.

Ils n'ont toujours pas de logement en vue.

Dora a passé une annonce : Monsieur d'un certain âge cherche deux chambres, de préférence à Stegliz, mais ils ont inclus Zehlendorf cette fois, si bien que la ville risque de s'éloigner encore davantage. Parfois il se sent comme en prison. Il y a des semaines qu'il n'est pas allé à l'école juive, il n'a pas non plus rencontré Emmy, n'a fait que lui téléphoner brièvement, ce qui était pire que de la rencontrer car elle s'est montrée plutôt distante, a parlé presque froidement de ses larmes, des pleurs qu'elle a si souvent et si longtemps versés à cause de Max, mais à présent, du jour au lendemain, la page était tournée, une bonne fois pour toutes.

Quand il est assis à sa table, il se demande ce qu'il fait encore là et se console à la pensée d'un nouvel appartement. Il ne comprend pas bien à quoi cela tient, faut-il mettre en cause le manque de forces, l'excès de calme dont il est si malaisé de venir à bout, toujours est-il qu'il n'a qu'une envie, c'est de tout brûler.

Depuis peu, c'est le redoux. La neige de janvier a pratiquement fondu, elle n'a sûrement pas dit son dernier mot, mais en attendant le soleil brille, et cela change la donne. Il se rend au parc, s'assied sur le banc où la jeune fille, naguère, l'a traité de Juif ; il est très vite épuisé, il faut bien l'admettre, et c'est pourquoi il fait une pause sur le banc qui se trouve un peu plus loin, et sur le suivant aussi. Dans les vitrines de l'hôtel de ville, il découvre à la une que Lénine est mort, vraisemblablement depuis plusieurs jours déjà. Il s'effraie de constater qu'ils prennent si peu connaissance de ce genre d'événements, mais de manière fugitive seulement, parce que ça lui convient parfaitement, au fond, et peut-être maintenant plus que jamais.

Il ne s'est jamais vraiment intéressé à l'argent.

Suite à l'annonce, le téléphone sonne fréquemment, mais les offres paraissent pour la plupart douteuses, d'autres sont inaccessibles, en outre il continue d'avoir de la température, si bien qu'il ne peut le plus souvent pas visiter les lieux. De façon tout à fait déraisonnable, ils s'intéressent à un appartement pour lequel Franz devrait dépenser les trois quarts de sa pension, ils prennent le train de banlieue qui les dépose deux stations plus loin, ils espèrent un rabais qu'ils n'obtiennent évidemment pas. Mais l'appartement est un véritable bijou, bien plus beau que celui qu'ils occupent, deux chambres plus une pièce en rez-de-chaussée dans une villa de Zehlendorf, noyée dans la verdure, comme il l'écrit à la famille, avec jardin, véranda, lumière électrique et chauffage central. Nous sommes fous, dit Dora. Mais c'est précisément ce qui semble leur plaire, d'autant plus que le téléphone continue de sonner. Le dernier appel a lieu après dix heures, une voix affable qui consent à tout et propose une visite le lendemain matin, une certaine Frau Dr Busse. Busse ? Il a déjà entendu ce nom. Il le cherche dans l'annuaire téléphonique, l'homme est écrivain ; autant qu'il lui souvient, il ne peut pas souffrir les Juifs.

Pendant la visite, il apparaît que la dame est veuve. Son mari, précisément l'écrivain auquel Franz a pensé, est mort il y a des années de la grippe espagnole. La dame semble fâchée un moment que le docteur ne le sache pas, c'était pourtant dans tous les journaux, pas seulement dans ceux de Berlin. Enfin, bon. Les deux chambres chauffées par des poêles sont passables, trouve-t-il, plutôt ensoleillées pourvu que le soleil veuille bien se montrer, elles sont au premier étage, aussi devrait-on s'y sentir tout à fait chez soi, et dans un environnement encore plus campagnard qu'à Steglitz. Le loyer n'est pas démesuré mais néanmoins très élevé. Heidestrasse, 25-26. De la fenêtre, on a une belle vue, et ils pourront aussi profiter du jardin le moment venu, au printemps, quand le pire, comme on peut l'espérer, sera derrière eux.

Dans aucun des logements qu'ils ont occupés jusqu'à présent ils ne seront restés plus de dix semaines.

Pendant quelques jours l'ambiance oscille entre épuisement et espoir. Les deux visites l'ont mis un peu trop à contribution, mais à part cela il va plutôt bien, il ne tousse pas, sa température est constante, tout est très calme autour de lui, mais aussi au-dedans de lui où il n'y a aucune véritable pensée, aucune phrase précise, aucune idée d'aucune sorte.

En guise d'adieu, ils parcourent le quartier comme si c'était la dernière fois, bien que rien ne les empêche d'y revenir à tout moment. Au Jardin botanique, un vieux renard arrive à leur rencontre, il s'arrête parmi un groupe de pins et les regarde tranquillement, sans nulle crainte, comme pour les saluer. C'est ça, Steglitz, dit le docteur, et Dora dit qu'elle s'est beaucoup plu à Steglitz, elle y a été plus heureuse que nulle part ailleurs.

Max a appelé, il est venu en ville pour parler avec Emmy. Il passera les voir dans l'après-midi, Emmy et lui ont eu des mots, ils ne peuvent pratiquement plus se parler, quelque chose est encore là quoique déjà détruit, il a besoin de se changer les idées, Franz et Dora l'y aideront, a-t-il pensé. Personne ne sait que lui conseiller. Dora a déjà emballé la plupart de leurs affaires, une pause ne fera pas de mal, on prend le thé accompagné de biscuits, après quoi on passe à une longue lecture d'extraits des deux dernières histoires. Dora a souhaité cela, elle se réjouit parce qu'elle connaît tout ce qui est lu tandis que Max reste assis parfaitement immobile sur sa chaise et observe ensuite un long silence, et dit quelque chose de très beau au sujet des constructions souterraines.

10

Le jour du déménagement il est malade. Il a de la fièvre, il est brûlant, mais de même qu'en décembre, sans autre symptôme, singulièrement enjoué, pas surpris du tout, plutôt agacé de ne pas pouvoir l'aider et d'être là, cloué dans son lit, à s'étonner qu'il y ait tant de choses à transporter, visiblement leur ménage s'est considérablement accru depuis septembre.

Le temps n'est pas propice à un déménagement. Il pleut et, en plus, il y a grand vent, mais elle ne se plaint pas, d'autant qu'elle n'est pas seule, une jeune fille de Müritz, Reha, s'est déclarée disposée à lui prêter main-forte, elles se sont rencontrées récemment et ont parlé des temps anciens, si bien qu'il n'a pas été difficile de lui demander de l'aide. Il y a un bon bout de chemin à parcourir depuis la station de train, il faut un quart d'heure à pied et elles sont lourdement chargées, aussi s'arrêtent-elles de temps à autre pour souffler, mais Dora presse le mouvement, elle est inquiète à cause de ce nouvel accès de fièvre, sans parler de cette façon bizarre qu'il a de sourire, comme s'il savait des choses dont elle n'a même pas idée. Elles font deux fois l'aller-retour, si bien qu'en début d'après-midi il ne reste que quelques bricoles à emporter. Comme Franz doit rester le moins possible dehors par ce temps, on décide de faire le dernier trajet en taxi, la plaisanterie coûte une petite fortune mais ensuite, au moins, le tour est joué. C'est la dernière fois, dit Franz, et Dora pense aussi que c'est la dernière fois, ici à Berlin il n'y n'aura pas d'autre appartement.

Et de nouveau, des heures s'écoulent entre espoir et appréhension. Mais c'est beau de veiller sur lui, de voir s'il dort enfin, car il dort de temps à autre et elle embrasse alors son front brûlant, ou bien elle se tient simplement là et le regarde respirer doucement, sa poitrine qui monte et descend. Il ne peut et ne doit sortir à aucun prix de la maison. Ils ont une invitation à une soirée de lecture donnée par Ludwig Hardt, il y a aussi des textes de Franz au programme, c'est pourquoi ils auraient aimé s'y rendre, mais dans ces conditions, il ne faut même pas y penser. Franz se décommande, il écrit une courte lettre que Reha est chargée de porter à l'intéressé, l'hôtel de Hardt se trouve en ville, loin de chez eux, et Dora ne voudrait pas laisser Franz seul si longtemps.

Mais ça ne marche pas comme prévu. La lettre n'est manifestement pas parvenue à son destinataire, en tout cas il n'y a pas de réponse, et il faut donc écrire une seconde lettre. Cette fois, c'est Dora qui la transmettra, elle se rend sur place le soir même et assiste à la lecture publique donnée par l'homme célèbre. À l'issue de la manifestation, elle a du mal à l'approcher car il est entouré de gens, on lui pose des questions, on le complimente pour sa façon de lire, la singulière histoire du singe qui devient homme. Elle se présente à lui : elle est Dora et elle a un message pour lui. Par distraction, elle ne dit que son prénom, Franz est malheureusement malade, mais elle a pris grand plaisir à cette soirée. À présent seulement, il comprend de qui il s'agit, lit la lettre, regrette que Franz n'aille pas bien, il aurait beaucoup aimé lui rendre visite, malheureusement il doit repartir demain matin par le premier train.

Franz est déçu mais pas trop, il y a des années qu'il n'a pas entendu ni vu Hardt. Au sujet de son histoire, Dora ne trouve pas grand-chose à dire. Le singe, dit-elle, lui fait de la peine. N'est-ce pas terrible qu'il ait dû devenir comme nous ? Elle se demande comment on peut inventer de pareilles histoires. Pierre-le-rougeaud, rien que le nom. Ce que ses parents pensent de ce singe ? Ils ont également suivi cette lecture, ils ont écrit à ce sujet, mais contrairement à Berlin, où la salle était archipleine, il semble qu'à Prague ils aient été pratiquement les seuls auditeurs.

Il n'est rien que Franz redoute davantage que la visite de sa mère. La température va et vient, on peut vivre comme cela, mais pour l'amour du ciel, sans la mère, car comment fera-t-on quand elle sera là, à tourner en rond dans l'appartement. Par malheur, il semble que l'on nourrisse depuis un certain temps des projets de cette nature, il y a aussi un oncle qui voudrait venir sur place pour se faire une idée de la situation, il a envoyé une grosse somme destinée aux dépenses exceptionnelles, pour cette seule raison déjà il n'est plus guère possible de faire obstacle à ces projets. Franz gémit, c'est un cauchemar pour lui, car quand ils seront là, ils mettront tout en œuvre pour lui faire quitter Berlin, tandis que Dora voit aussi le bon côté des visites annoncées, après tout il s'agit de la mère de Franz, on ferait enfin connaissance et on pourrait discuter de vive voix de ce qu'il y a de mieux à faire.

Écoute-moi, dit-elle. Pendant quelques jours, encore et encore. Le soir, au lit, quand il dort, quand elle croit en elle-même. Écoute-moi. Ce n'est pas grave, quoi qu'il advienne, toutes ces phrases bêtes qu'elle ne peut hélas que chuchoter, pourquoi tout est déjà décidé, depuis toujours, du moins au-dedans d'elle, quoi qu'il t'arrive.

Peu avant le déménagement, il a écrit à une tante qui vit dans une localité du nom de Leitmeritz et qui n'a répondu que maintenant, d'ailleurs de manière fort peu aimable, manifestement parce qu'elle croit qu'il veut emménager chez elle avec Dora. Pourtant il n'a fait que la prier de se renseigner un peu autour d'elle, peut-être se trouverait-il dans le coin quelque chose pour eux, deux, trois chambres meublées dans une villa, si possible avec entrée séparée.

À part cela, il ne se passe pas grand-chose.

Il est couché au soleil, fenêtre ouverte, dans le fauteuil à bascule, et écrit à ses parents qu'il espère pouvoir prochainement se risquer sur la véranda.

Il est couché dans son lit et feuillette ses cahiers, secoue la tête sur la moisson des dernières semaines qui s'avère très maigre. Elle ne peut pas vraiment le consoler. Il se reproche d'avoir fait trop peu d'efforts, toutes ces longues heures passées au lit. Mais tu es malade, dit-elle. Tu étais déjà malade en décembre, l'aurais-tu oublié ? Mais il n'en démord pas, affirme qu'il a gaspillé la moitié de sa vie. Pourquoi ne s'en est-il jamais soucié ? Comme un enfant, dit-il. Mais les enfants vont dans le monde, ils quittent leur lit alors que moi, je fais tout le contraire : au lieu d'aller dans le monde, je me réfugie de plus en plus souvent sous toutes sortes de couvertures.

Il a communiqué à la famille leur nouveau numéro de téléphone, à condition qu'il n'ait pas à répondre lui-même.

Il est mince, chaque fois qu'il se lève on peut voir comme il est faible. Elle a pratiquement renoncé à cuisiner, elle achète des fruits ; elle lui apporte du petit-lait, sa bouche, parfois un journal.

Les uns après les autres, tous appellent, d'abord c'est Elli, ensuite Ottla puis la mère. Le téléphone est en bas, dans le hall, si bien qu'on n'est pas à l'aise pour parler, elle est transie, se met à grelotter quand elle y reste longtemps. C'est encore avec Elli qu'elle a le plus de facilité. Dora n'est pas très intime avec elle, aussi peut-elle se permettre d'embellir la situation, certes, tout n'est pas rose, le nouvel appartement est un peu sonore, pas tout à fait aussi agréable que le précédent. Il fait froid, on ne sort guère de la maison, admet-elle, mais oui, Franz va bien, pour le moment il est au lit, il a de la température, dit-elle, alors qu'en réalité il a une fièvre de cheval. À Ottla, en revanche, elle avoue qu'il a une forte fièvre. Franz a maigri, il est affaibli, elle fait son possible. Et Ottla, là-dessus : Comme c'est triste, vous étiez si heureux. Et elle cherche à réconforter Dora, en décembre la fièvre est passée toute seule, mais on est quand même très inquiet pour Franz, Berlin ne lui vaut rien, ce n'est pas un reproche, Dora n'est pas en cause, bien au contraire, elle a d'emblée été le bonheur de sa vie.

Le soir, quand elle est assise près de son lit, occupée à coudre ou à le regarder simplement dormir, elle se demande qui il est. Est-ce qu'il est ce qu'elle voit, un homme brûlant de fièvre avec qui elle vit, qui l'embrasse, qui lui fait la lecture, la drôle d'histoire du singe, de temps à autre une lettre, quand il écrit à ses parents et s'évertue à les rassurer. Il s'est tourné vers le mur, elle ne peut donc pas voir son visage, mais elle sait qu'il y a là, depuis peu, quelque chose qu'elle ne connaît pas, une lueur, lui semble-t-il, mais différente de celle qu'elle a observée naguère, la nuit où il l'a réveillée. Cette fois, c'est la maladie, croit-elle. La maladie, elle a pourtant pris soin jusqu'à présent de ne pas trop y réfléchir, un peu comme s'il s'agissait d'une ancienne bien-aimée de Franz, quelque chose qui fait partie de lui et dont elle n'a pas à être jalouse. Elle n'arrive pas à saisir correctement sa propre pensée, ne peut même pas dire qu'elle a peur, elle constate simplement le fait et se garde d'en tirer des conclusions hâtives.

11

Il y a évidemment des choses qui lui manquent, mais moins cruellement qu'il ne l'a pensé, les promenades, qui prendraient d'ailleurs figure d'expéditions avec toute cette neige, le mouvement, la lumière. La ville est depuis des semaines aussi éloignée que la Lune. Une fois n'est pas coutume, il se lève, car Rudolf Kayser, de la Neue Rundschau, est arrivé chez eux, dans la Heidestrasse enneigée, et n'en croit pas ses yeux. Que l'on s'effraie à sa vue, le docteur ne s'en formalise plus depuis fort longtemps. Il est couché sur le canapé, tend la main à un Kayser visiblement sous le choc et fait une remarque au sujet de la nuit passée, elle ne lui a pas été vraiment profitable, et les jours précédents ne l'ont pas été non plus. Pourtant, il s'efforce de paraître à son avantage, il sourit, il est content, au fond, parce qu'on lui veut du bien. Dora, comme d'habitude, a préparé une collation, il admet qu'il ne pourrait pas survivre à Berlin sans Dora, lui fait presque une déclaration d'amour en présence de cet inconnu qui lui apparaît comme le messager d'un monde disparu. La conversation va bon train, on parle de livres, de théâtre, de connaissances communes, mais comme s'il s'agissait de choses désormais hors de sa portée. À la longue, cela lui déplaît franchement, est-il donc déjà si mal en point ? Dora évoque les hauts et des bas de ces dernières semaines, l'épisode avec les moignons de bougies. Vu les circonstances, pense le docteur, il faut éviter de parler travail, mais Kayser aborde le sujet de but en blanc, le docteur se dérobe, ça n'en vaut pas la peine, mais son attitude ne fait qu'aggraver les choses car Kayser se met alors à prononcer son éloge, mentionne les quelques textes qui ont été publiés, se montre étonnamment bien informé, cite avant de partir le passage du chauffeur où le jeune Rossman aperçoit la statue de la Liberté, et prend congé en leur adressant ses meilleurs vœux.

Comme toujours après une longue visite, il reste au lit le lendemain, ce qui veut dire qu'il ne se lève pas le matin pour aller se raser, à la salle de bains, devant le miroir dans lequel il scrute un moment son visage. Il a presque l'air d'un enfant maintenant, on ne peut pas dire précisément ce qui se passe, il est malade, mais c'est surtout l'expression de son visage qui est remarquable, on dirait qu'il a réussi, au mitan de sa vie, à ressembler finalement à un élève de première un peu retardé, et qu'ayant atteint ce stade, il se développe maintenant à rebours jusqu'à redevenir un enfant.

Ce que Dora pense, il ne le sait pas. Elle ne lui dit pas ce qu'elle voit quand elle le regarde, sans doute parce que ce n'est que trop frappant, parce qu'elle croit devoir éviter de l'inquiéter, comme si ce qui n'était pas énoncé n'existait pas. Ses costumes, par exemple, ne lui vont plus, il nage dedans, dans son linge de corps aussi, il y a trop de place. Ses chaussures de ville devraient encore lui aller. Mais quand donc lui ont-elles servi pour la dernière fois ? Même sa tête paraît avoir rétréci ; quant à ses oreilles, il sait qu'elles pousseront encore quand il sera vieux. Mais il ne deviendra pas vieux. Il pense cela depuis qu'il a la capacité de penser. Il mourra jeune, à peu près dans l'état où il est maintenant, sans avoir acquis un brin de sagesse.

Ce n'est pas la première fois qu'il se demande ce qui restera. Il a écrit trois romans bancals, quelques douzaines d'histoires et, tout au long de sa vie, des lettres, surtout à des femmes qui n'étaient pas près de lui, des lettres et encore des lettres, uniquement pour leur dire pourquoi il n'était pas à leur côté, pourquoi il ne vivait pas avec elles.

Il se sent faible et usé, et résolu en même temps. Après mûre réflexion, il envisage de demander à Dora de détruire un certain nombre de choses, les gribouillages des derniers mois, tout sauf les deux derniers récits. Peut-être les vraies histoires n'ont-elles pas encore été écrites, peut-être tout cela est-il encore à venir, quand le terrible hiver sera passé, quand il aura repris des forces, en quelque lieu que ce soit.

Cependant, il continue de faire beau. On peut rester assis au soleil, sur la véranda, et se laisser gâter par Dora qui veille à ce qu'il reste emmitouflé dans sa couverture.

Elle lui apporte le courrier, quelque chose à manger, un verre de lait ou du sirop, et il la regarde alors d'un air affable, presque détendu, jusqu'à quatre heures de l'après-midi, quand elle arrive avec la carte de l'oncle qui annonce sa venue. Qu'est-ce qu'il y a ? demande-t-elle, et lui là-dessus, parce qu'il comprend aussitôt que c'est la fin : Ils ont envoyé l'oncle. Le soir même, il se plaint dans une lettre aux parents, fait l'étonné alors qu'en réalité, il est furieux et cherche à se défendre ; leurs soucis ne sont pas fondés, écrit-il, Zehlendorf ne présente aucun intérêt pour l'oncle et ne vaut pas un si long voyage.

Le lendemain, il est là. Si on n'avait pas perdu son numéro de téléphone pendant le déménagement, on aurait éventuellement pu le dissuader à la dernière minute de faire le voyage, mais telles qu'elles se présentent, les choses ne peuvent que suivre leur cours. Au début de l'après-midi, on sonne à la porte, et moins de cinq minutes plus tard, l'oncle a déjà rendu son verdict. Le docteur a besoin de faire une cure de toute urgence, Berlin est un poison pour lui, il doit se rendre au plus tôt dans un endroit plus propice, à Davos, dans les montagnes, mais surtout, pour l'amour du ciel, ne pas rester à Berlin. Dora le prie de s'asseoir mais l'oncle ne se laisse pas détourner de son objectif, il continue de prodiguer ses bons conseils et inspecte le logement comme en passant, sans s'arrêter à rien, plus tard seulement il conviendra que c'est finalement tout à fait gentil chez eux, un peu rudimentaire, certes, mais beaucoup moins que ne le craignaient les parents.

La question du sanatorium, après cela, n'a plus à être débattue. L'oncle est scandalisé par les prix mais ne tarit pas d'éloges sur la ville, il y fait de longues promenades, de la grandiose Potsdamerplatz jusqu'à l'Alexanderplatz en passant par la Leipzigerstrasse ; au café Josty, il surprend la conversation de deux antisémites qui puent la bêtise à plein nez. Telles sont ses premières impressions. La situation lui paraît moins grave qu'il ne se l'était représentée, en vérité, Berlin lui plaît, la Heidestrasse aussi, où il tente à plusieurs reprises de convaincre Dora de l'accompagner au théâtre, une jeune femme comme elle, dit-il, doit voir du monde. Il lui pose toutes sortes de questions, sur sa famille, comment elle est arrivée à Berlin, ce qu'il y avait avant Franz. Une fois, comme elle est sortie un moment, le docteur a droit à une tape approbative sur l'épaule, sa compagne, estime l'oncle, est vraiment charmante, si attentionnée, si vaillante, si modeste.

L'oncle a trouvé à se loger au bord du Wannsee, le petit déjeuner est inclus dans le prix de la chambre, aussi ne le reverra-t-on pas avant onze heures, après le second petit déjeuner de Franz. Le troisième et dernier jour, l'ambiance est meilleure que jamais, une carte postale est rédigée en commun à l'intention de la mère, le bilan dressé par l'oncle n'est pas si mauvais, on est aux petits soins pour Franz à Zehlendorf, écrit-il. Il n'en reste pas moins qu'il lui faudra changer d'air. Le soir, Dora accompagne l'oncle à une lecture de Karl Kraus que le docteur, il est vrai, n'apprécie pas particulièrement, mais qu'importe, Dora est ravie, elle s'amuse beaucoup, plus tard aussi, dans une taverne déserte où l'on passe une dernière fois en revue les alternatives possibles.

En prenant congé, l'oncle dit : Tu sais que tu ne peux pas rester ici. Je comprends bien que tu ne souhaites pas partir mais tu n'as malheureusement pas le choix. Regarde-toi, dit-il, et regarde Dora, elle pense comme moi. En somme, c'est le quart d'heure de vérité, l'oncle a l'air soucieux tandis que Dora ne fait que hocher la tête, déçue, épuisée, soulagée aussi, lui semble-t-il, comme si elle venait tout juste de se rendre compte du fardeau qui pèse sur elle.

Le docteur l'a promis au dernier moment. Il quittera Berlin, le cœur lourd, mais pour l'instant il a encore un soupçon d'espoir. Peut-être suffira-t-il d'attendre encore un peu. Il faut savoir patienter, dit Dora, j'ai toute la patience du monde, insiste-t-elle, et de lui dire là-dessus le fond de sa pensée, pourquoi ce n'est plus possible, pourquoi ça lui est égal qu'on aille ici ou là. Elle a téléphoné auparavant à Judith. Chaque fois qu'elle téléphone à Judith, elle reprend courage, dit-elle, qu'importe le lieu, Judith est du même avis, elle l'a priée de lui faire toutes ses amitiés.

Robert a écrit et envoyé une tablette de chocolat. Il faudrait lui répondre sur-le-champ et le remercier, mais dans cet état de flottement les réponses ne peuvent qu'attendre.

Vers midi, il se met à neiger, un peu plus tard le soleil se montre, il se risque sur la véranda, mais pas très longtemps, plus perplexe qu'oppressé, avec une sensation croissante d'inutilité.

Le lendemain matin, il se préoccupe des papiers. Il est au lit, assez dispos dans l'ensemble, et il demande alors à Dora de faire le nécessaire, lui dit exactement ce qu'elle doit apporter, tout ce qu'elle trouve, les cahiers, les lettres, les feuilles volantes. Il lui est fort agréable qu'elle le fasse sans poser de questions. Elle a l'air surpris parce que rien ne laissait prévoir pareille décision, mais ensuite elle s'exécute. Il l'entend qui cherche, un bruissement de papier, un tiroir qui s'ouvre et se ferme, le tout en l'espace de quelques minutes. Il garde sous le coude les deux derniers récits qu'il vient encore de réviser, le reste peut disparaître. Ça ne vaut rien, dit-il, de temps à autre il faut lâcher du lest. Une fois entassé, ça fait plus de papier qu'il ne le pensait, s'en débarrasser prend un temps fou. Dora s'est agenouillée devant le poêle, elle y jette les papiers les uns après les autres, il lui faut attendre chaque fois un moment afin que le feu ne s'étouffe pas, tandis qu'il la regarde faire, son dos penché, la plante de ses pieds nus. Ce n'est que quand elle en a terminé qu'elle veut savoir pourquoi. Est-ce que c'est une bonne chose, je veux dire, pour toi ? Et lui, là-dessus, de répondre, oui, je le pense, il se sent soulagé, purifié en quelque sorte, bien que la plupart de ses écrits ne soient pas là, ses anciens cahiers sont chez M., le reste dans sa chambre, chez les parents.

Dans la nuit, ils ont parlé de ce que fera Dora s'il doit aller dans un sanatorium. Elle restera près de lui, vaille que vaille, elle prendra une chambre, lui rendra visite, on sera dans une région boisée où l'on pourra se promener et s'asseoir sur un banc pour profiter du soleil printanier. Elle dit qu'elle se réjouit presque à cette perspective, l'oncle s'est résolument prononcé pour Davos, mais elle n'a pas de préférence, à Davos ou ailleurs, ça lui est égal, chaque jour sera pour elle l'occasion de se réjouir. Le matin, au petit déjeuner, Franz estime le moment venu de lui annoncer qu'il songe à une nouvelle histoire, c'est encore un peu vague, il y a réfléchi hier alors qu'elle était depuis longtemps endormie, une sorte de bilan, de nouveau quelque chose avec des animaux, sur la musique, le chant, comment tout est relié. Peut-être y verra-t-elle un bon signe, pense-t-il, et de fait, elle est très heureuse qu'il ait des projets, la vie continue, éventuellement même à Prague, pour une fois le nom qui fâche est prononcé, car s'il le fallait, il irait même à Prague avec Dora.

12

Il est à peu près certain qu'ils vont quitter Berlin, mais cela ne les empêche pas d'avoir encore de belles heures, l'après-midi, quand elle se glisse dans le lit, à côté de lui, quand il mange quelque chose, son regard, la reconnaissance qu'il lui témoigne, même si ce serait à elle d'être reconnaissante, à ses mains, à ses pieds, si, si, ce sont eux, après tout, qui l'ont toujours porté à sa rencontre les premiers après-midi, à Müritz. Franz et elle vont sans doute devoir partir, et pour cette seule raison déjà elle ne voudrait surtout pas tenir ces jours pour négligeables car ce sont des jours avec lui, leur vie commune. Elle n'aime pas s'absenter et tâche de faire les courses à proximité de la maison, mais il n'y a pas grand-chose à proximité, elle doit s'éloigner et redoute chaque fois qui sait quoi, après une heure d'absence, quand elle revient et qu'elle l'entend, le son de sa voix qui la rassure.

Depuis quelques jours, il tousse plus que jamais. Elle n'a pas encore fait réellement connaissance avec sa toux, mais à présent elle rattrape son retard, il est pris, le matin comme le soir, de véritables quintes qui se prolongent parfois durant des heures. Franz lui demande de sortir car il se sert du crachoir, il ne voudrait pas qu'elle voie ce qu'il fait avec, et le crachoir paraît d'ailleurs constamment plein. Elle lui a posé une fois une question à ce sujet parce qu'elle l'a vu faire sans le vouloir, et il s'est presque fâché. La température est constante, autour de 38 degrés, mais cela ne lui fait pas peur, dit-il, il est couché sur la véranda, au soleil, et n'a peur que du sanatorium.

Ils continuent d'être fixés sur Davos. Franz voudrait savoir s'ils passeront ensemble par Prague. Un sanatorium dans la forêt viennoise entre provisoirement en ligne de compte, la famille fait son possible pour lui trouver quelque chose qui puisse convenir. Franz a comme toujours des scrupules à cause des prix, mais Dora ne veut pas en entendre parler. Tu crois donc que tu ne vaux pas cela ? Pour moi, tu vaux plus que tout. Le matin, quand elle se lève, elle réfléchit longuement à la tenue qu'elle va revêtir pour lui, dans la salle de bains, elle se met un peu de rouge à lèvres, juste assez pour qu'il ne le remarque pas.

Franz lui a demandé ce qu'elle souhaiterait pour son anniversaire. Pendant quelques minutes, il peut à peine parler tellement il tousse, même en marchant, car quand ça ne veut pas passer, il se lève et tâche de marcher, lentement, à petits pas, secoué par la toux. Il fait un signe de dénégation, pas maintenant, c'est trop bête, semble-t-il vouloir dire en esquissant un sourire qui tourne à la grimace.

Il a toussé la moitié de la nuit, aussi sont-ils complètement épuisés le jour de l'anniversaire de Dora. Elle met pourtant sa robe verte parce que, pour lui, elle représente Müritz. Il lui dit comme il la trouve attirante dans sa robe et qu'il pense à la mère de Dora, car sans sa mère il ne l'aurait pas, elle. Pour lui faire plaisir, il tâche de manger, il voudrait qu'elle se procure des fleurs, et elle sort donc vers midi et achète un bouquet d'anémones. Lorsqu'elle revient, il va très mal. Il est endormi, elle s'assied à côté du lit, lui tâte le front, il se met à parler, des paroles confuses, mais il n'a pas l'air de souffrir, se réveille brièvement et sourit, puis replonge dans le sommeil.

Il leur faut d'urgence un docteur. Elle en a connu un à Breslau, il y a des années de cela, se rappelle-t-elle, il est venu à Berlin en même temps qu'elle et travaille à l'hôpital juif. Le docteur Nelken. Dans un premier temps, elle n'arrive pas à le joindre, demande qu'il veuille bien la rappeler. Au bout de deux heures, comme il ne rappelle pas, elle fait une seconde tentative, fructueuse cette fois, oui, Breslau, il promet de faire vite.

Franz a une mine de déterré. Il s'est levé et habillé, reçoit le médecin en costume, décrit son cas, se laisse ausculter. Il n'y a pas grand-chose à faire. Le médecin est un petit homme efflanqué qui dit ce qu'ils savent depuis longtemps. Il faut qu'ils quittent Berlin. C'est bien ce que je pensais, dit Franz. Elle le sent tout à coup très loin d'elle, tel qu'il lui apparaît là, debout, appuyé à la banquette de la fenêtre, avec ce sourire qui semble dire au docteur Nelken qu'il s'est hélas déplacé en pure perte.

Comme le docteur Nelken a refusé de toucher des honoraires, Franz lui envoie le lendemain un livre sur Rembrandt. Dora le porte à la poste, fait longtemps la queue, pensive et attristée. Franz ne lui a pas ouvertement reproché d'avoir de nouveau appelé un médecin mais elle a bien senti que ça ne lui a pas plu. Le fait qu'elle en parle à Elli au téléphone ne lui plairait sans doute pas non plus, elle est en bas, dans le hall, ne dit que l'essentiel et s'informe de l'état des recherches visant à trouver un sanatorium ; on tâte le terrain ici et là, malheureusement on n'a pas encore de solution.

Doivent-ils vraiment aller à Prague ensemble ? Franz, semble-t-il, en est convaincu, pour quelques jours, avant de rejoindre Davos. Sans elle, dit-il, il ne bougera pas, il veut qu'elle vienne avec lui, même si leur séjour chez les parents risque de prendre une tournure bizarre, et même s'il se défendait encore comme un beau diable contre une telle éventualité il y a seulement quelques semaines de cela. Ils parlent longtemps de la ville, de ce qu'il voudrait lui montrer si toutefois il est en état de le faire. Il est de bonne humeur, son éditeur a envoyé le contrat pour son nouveau livre, il y a de l'argent avant même que le livre soit là, une somme incroyable, affirme-t-il, et cela le met en joie pendant quelques heures.

Pour Prague, elle ne sait pas trop.

C'est la première fois que Judith vient les voir chez eux, Heidestrasse, elle apporte des chocolats, après coup, pour l'anniversaire de Dora, et s'évertue à leur remonter le moral. Franz est couché sur la véranda et regrette que l'on n'ait pas fait plus ample connaissance, le temps n'a pas été employé comme il faut, et maintenant ils vont être séparés, dispersés aux quatre vents. Judith ne part pas en mai, comme prévu, mais déjà à la fin du mois. Franz lui donne l'adresse des Bergmann, au cas où elle aurait besoin d'aide où voudrait s'entretenir dans la langue ancienne. Il espère qu'elle leur écrira, comme beaucoup d'autres il n'aura fait que rêver de la Palestine, et vous, vous y allez pour de bon, je vous en prie, ne nous oubliez pas. Il a l'air triste et désenchanté, peu après il se reprend à plaisanter, du moins sera-t-il sous peu un homme riche, assez célèbre également s'il ne s'abuse, au moins aussi célèbre que Brenner.

L'argent de l'éditeur n'est pas encore là mais il commence déjà à le dépenser. Il écrit à Elli qu'il va rembourser ses dettes à la famille, il songe à faire un cadeau princier à sa mère, il lui faudra aussi quelque chose pour Mademoiselle et pour Dora. À Prague, promet-il, ils iront faire les courses ensemble, il lui achètera un nouveau sac à main, un beau stylo, tout ce qui lui fera plaisir.

Elle voudrait ne plus jamais avoir à lui écrire.

Dans un premier temps ils n'iront finalement pas à Prague ensemble. Ils en ont parlé, chez les parents il n'y a pas vraiment la place voulue, elle devrait descendre à l'hôtel, on ignore encore quand il pourra entrer au sanatorium, dès qu'on le saura, elle le rejoindra. Elle ne l'a jamais vu aussi oppressé qu'aujourd'hui. Il le prend chaque jour plus mal, le départ de Berlin, la séparation imminente, la fin de la liberté. Que deviendrai-je sans toi ? Tu peux m'expliquer cela ? Et dire, déclare-t-il, bien que la vérité soit tout autre, qu'il lui aura fallu si longtemps avant de reconnaître ce qu'elle représente pour lui. Ils sont assis sur le canapé, elle pense : pour la dernière fois ; elle a incliné sa tête contre l'épaule de Franz, oh toi, toi, c'est trop bête.

Max doit venir le lendemain. Ils se sont parlé au téléphone, il a fallu palabrer un moment pour s'accorder sur le rendez-vous mais il a accepté d'emblée d'accompagner Franz. Les choses sont encore à leur place, là où elles ont trouvé à se loger, sur le canapé un livre ouvert, le nécessaire à couture de Dora, la veste de Franz sur le dossier, son linge et ses costumes dans les armoires, ses cahiers. C'est le soir, dehors il fait encore clair, on sent que l'hiver se retire, ils rêvent du printemps, de voyages qu'ils ne feront probablement jamais, pas même en des temps meilleurs, à supposer que les temps présents ne soient pas justement les meilleurs, mais ils le sont, sans nul doute.

TROIS

Partir

1

Max s'est annoncé pour la fin de l'après-midi, aussi reste-t-il à Franz du temps pour travailler. Il ne va pas bien, pourtant il écrit sans relâche depuis quelques jours, une histoire sur le chant, ou plutôt sur le sifflement, car il s'agit d'une histoire de souris. Et c'est presque le bonheur retrouvé, là, dans cette chambre, avec Dora qui est assise sur le canapé et le laisse dans sa bulle, peut-être que c'est la dernière fois, en ce moment tout a un parfum de dernière fois. Dora a dit que le nom lui plaît. Joséphine. Est-ce que c'est toi ? Une souris chantante ? Parce qu'elle a compris cela entre-temps : on peut écrire une histoire sur des animaux alors qu'il n'est en réalité pas du tout question d'animaux, ils ne sont qu'un exemple, de même que le je n'est qu'un exemple, et cette fois, dans un certain sens, il écrit sur lui-même. La cantatrice ne joue qu'un rôle secondaire. Il s'intéresse davantage au regard de la foule, au public qui se laisse séduire par ses artifices tout en sachant qu'ils n'ont qu'une signification très restreinte, et qu'ils n'en auront pas davantage après sa mort, car le jour viendra où le chant de Joséphine s'éteindra de lui-même. Il voudrait en avoir terminé avant de partir pour Davos. Il ne pense pas plus loin car Davos n'est encore qu'un nom, et en fait de crainte, la perspective du départ imminent pour Prague est déjà bien suffisante. Dora ne demanderait pas mieux que de l'accompagner, elle envie Max, elle lui en veut même un peu, mais enfin, ce n'est qu'une question de jours. De plus, il faut bien que quelqu'un s'occupe de l'appartement, et Dora a aussi des responsabilités au Foyer populaire tandis que Max est libre de ses mouvements.

Ils n'ont plus beaucoup parlé le soir. Max est fatigué par le voyage, il doit repartir tout de suite parce qu'il a un rendez-vous, mais pas avec Emmy, il n'a plus de nouvelles d'elle, depuis des semaines déjà. Il apporte deux grandes valises, on échange les salutations d'usage, Max exprime ses habituelles inquiétudes, peut-être un peu plus que cela, oui, il a l'air vraiment consterné, il plaint Dora, regrette que ça se termine de cette manière. Ça me fait beaucoup de peine de vous voir comme ça. Et Dora, là-dessus, fond en larmes devant un Max visiblement navré ; il a, comme si souvent, mauvaise conscience, et on ne le verra guère les deux jours suivants. Dora a commencé à faire les bagages tandis que le docteur écrit une lettre aux parents, histoire de les tranquilliser et de les remercier pour le colis qu'ils ont récemment envoyé, la magnifique veste, le beurre. Mademoiselle s'est déclarée prête à lui céder sa chambre, il lui faut la remercier pour cela, et non, il n'est pas nécessaire que le serviteur de l'oncle vienne l'attendre à la gare lundi soir, et surtout, que Robert reste à Prague ; à la maison, on a manifestement rameuté pour l'occasion le ban et l'arrière-ban. Dora s'adresse à lui toutes les deux, trois minutes pour lui demander ce qu'elle doit faire de telles ou telles affaires, elle remplit trois valises à la fois, déballe et remballe une chose puis une autre, le linge, les papiers, à l'instant même les costumes qu'il a portés au début de leur séjour à Berlin, les gants, la chancelière. À un moment donné, il l'invite à faire une pause. Ici, dit-il, comme si elle ne savait pas où il est, et elle se tourne alors dans sa direction et fixe sur lui ce regard qu'il aime tant et qui lui brise presque le cœur.

Le samedi soir s'écoule puis le dimanche matin. Avec l'écriture, ça ne va pas tout seul mais il a quand même réussi à noircir deux pages pleines. Le temps des derniers repas en tête à tête, des dernières caresses est venu, mais ils font comme si leur vie ne devait jamais changer. Dora se rend même au Foyer populaire où de nouveaux pensionnaires viennent d'arriver, elle y passe deux heures puis s'en retourne à la maison au pas de course, vole dans ses bras, encore en manteau, presque comme naguère, à Müritz. Max les rejoint plus tard. Ils parlent de Davos, de la nouvelle histoire aussi dont Franz veut donner lecture au plus tôt, reste à savoir où et quand. Tous continuent de penser que ce sera à Davos où l'oncle, aux dernières nouvelles, se propose de l'accompagner, et on envisage donc dès maintenant de se revoir à Davos au début du printemps. C'est la saison idéale pour un séjour dans ces montagnes, dit Max qui est le seul à connaître Davos, et Dora dit, oh, le printemps, si seulement il pouvait déjà être là, car le soleil a beau briller dehors, il y a du vent et il fait froid.

Les adieux sont excessivement laborieux et paraissent devoir se prolonger indéfiniment, le matin au petit déjeuner, dans le taxi qui les emmène à la gare et, plus tard encore, jusqu'au départ du train. Dora est blême de fatigue car ils ont peu dormi, elle a passé la moitié de la nuit dans ses bras, la plupart du temps muette, si bien qu'il la croyait endormie, mais elle ne dormait pas, se faisait un sang d'encre au sujet du voyage, se consolait en lui répétant pour la centième fois que la séparation, après tout, ne durerait que quelques jours, et comme elle a été heureuse avec lui, depuis le premier moment, chaque minute a été une minute de bonheur. Elle le répète encore sur le quai de la gare d'Anhalt, s'éloigne tout à coup en courant et revient avec deux bouteilles d'eau et un journal, soudain très agitée parce qu'elle a oublié le plus important, comment ai-je pu oublier de te dire ce qui est le plus important. Mais il est trop tard maintenant, Max et lui doivent rejoindre leur compartiment, la sonnerie a déjà retenti deux fois, et ensuite elle est là, sur le quai, à leur faire de grands signes jusqu'à ce qu'il ne la voie plus.

La première heure, il est plus ou moins en état de choc, comme retranché derrière un rideau à travers lequel lui parvient la voix de Max, une, deux phrases qui ont trait à Dora, ce ne sont ni des paroles de réconfort ni des mensonges sur une possible amélioration de son état, Max se borne à dire quelque chose au sujet du bonheur qu'il a vu, et pas seulement tout à l'heure, à la gare, quand Dora était toute recroquevillée par le chagrin. Peu avant Dresde, Franz finit par s'endormir, pas très profondément, tout est plat et vide durant les brèves séquences où il est réveillé et rencontre le regard de Max qui, visiblement soucieux, lui tâte le front et lui promet tout le soutien possible, juste avant qu'au-delà de la dernière courbe ne se profile Prague, la ville haïe.

Quand Max arrive à la maison avec lui, ils sont tous là, Ottla, Elli, Valli, les parents, Mademoiselle et l'oncle. Il croit sentir, en particulier dans l'attitude du père, la déception qu'il cause à toute la famille, on est inquiet, contrarié aussi, Berlin n'a fait que coûter du temps et de l'argent, et on peut d'ailleurs voir à présent ce qu'il en est résulté. Fort heureusement, il est avec Max, qui a toujours eu un effet tranquillisant sur les parents, ils ne parlent pratiquement qu'avec lui, lui demandent comment s'est passé le voyage, s'il restera avec eux à dîner, il décline poliment l'invitation. Max voudrait se retirer, il est tard, dit-il, Franz doit se coucher sans attendre, alors seulement, comme tirés soudain d'un état cataleptique, ils commencent à s'occuper de lui, l'oncle porte ses bagages dans la nouvelle chambre, Mademoiselle s'excuse de n'avoir pas pu l'arranger aussi bien qu'elle l'aurait voulu, tandis qu'Ottla, pour le rassurer, lui caresse la main et lui demande des nouvelles de Dora.

Jamais il n'aurait pensé devoir retourner à Prague un jour. C'est une perspective qui l'a toujours effrayé, et les circonstances ne font qu'aggraver les choses. Son seul sujet de contentement est que Dora ne puisse pas le voir là, dans la chambre beaucoup trop exiguë de Mademoiselle, assis à une petite table étroite, occupé à lui écrire, dans ce silence, car tout est singulièrement silencieux, étouffé de quelque manière, comme si la famille tout entière retenait son souffle en attendant le moment où il sera parti pour Davos.

Il ne tient malheureusement pas debout plus de quelques heures. En début d'après-midi, avant de se recoucher, il est le plus souvent au bout du rouleau, la fièvre dévore le plus clair de ses forces, les visites quotidiennes de Max qui, tout à la fois, l'animent et l'épuisent, les conversations sur Emmy qui a délaissé Max, l'état de son mariage. Il écrit au directeur de Davos et à l'oncle qui s'est proposé de l'accompagner qu'il ne lui est hélas pas possible de rejoindre l'institution pour le moment parce que la fièvre l'empêche de quitter son lit. À Dora il écrit : Je quitte mon lit comme d'habitude, pour quelques heures seulement, il est vrai, exactement comme à Berlin. Un observateur peu scrupuleux pourrait croire que c'est la même vie qu'à Berlin, mais en y regardant de plus près, il constaterait que, sans toi, c'est tout le contraire. Berlin était le paradis, écrit-il. Comment, juste ciel, ai-je pu me laisser chasser de là ? Dora a également écrit, à la gare, sur un banc, en toute hâte, une carte postale, et le même jour encore, deux autres, d'une rédaction singulière, toute simple pourtant, on dirait qu'elle parle et prie en même temps, entre les lignes.

Le lendemain, il écrit les dernières phrases comme s'il les tenait depuis longtemps en réserve, comme s'il s'agissait de phrases qu'il aurait entendues quelque part et notées au fur et à mesure, d'une mélodie que quelqu'un aurait sifflée dans la rue en accordant aux passants le droit imprescriptible de la siffler à leur tour en rentrant chez eux. C'est l'une de ses plus longues histoires. Il sait parfaitement qu'elle est quelque chose comme son dernier mot sur lui-même et sur son travail, sa tentative somme toute infructueuse d'être écrivain, la vanité de l'art qui coïncide avec la vanité de la vie. Le soir même, il a une extinction de voix. En fait, il est juste enroué, mais n'est-ce pas quand même plus grave que cela, il se met à couiner comme Joséphine, ce qui, en un sens, lui paraît d'actualité. À l'heure du dîner, on a tôt fait de le remarquer, la mère demande ce qu'il a, mais il n'a rien, et le lendemain matin, en effet, sa voix paraît redevenue normale.

2

Depuis qu'il est parti Dora passe le plus clair de son temps au Foyer populaire, s'occupe des nouveaux pensionnaires, déplace avec l'aide de Paul les tables et les chaises de la salle à manger et rentre chez elle, Heidestrasse, aussi tard que possible. Paul la trouve changée. Elle a l'air plus mûr, plus calme, lui semble-t-il, pourtant une demi-année seulement s'est écoulée depuis Müritz. L'un des premiers soirs, dans un café, elle lui a longuement parlé, de Davos, du souci qu'elle se fait pour Franz, et comme il lui manque. Paul ne savait pas qu'elle devait aller à Davos. Elle ne sait toujours pas où se situe exactement ce Davos, admet qu'elle est inquiète parce que Franz avait l'air si mal en point le jour du départ. Il y a aussi des choses qu'elle ne dit pas à Paul : elle a espéré, dans un premier temps, que Franz avait oublié quelque chose, elle a tout passé au peigne fin, encore et encore, une pièce après l'autre. Doit-elle admettre qu'elle embrasse ses lettres ? Le lendemain des terribles adieux, dès le matin, elle a couru à la boîte aux lettres, qui sait, peut-être lui avait-il écrit dans le train, mais ce n'était pas le cas. Quel n'a pas été son effroi quand elle s'est réveillée, quand elle a préparé la table du petit déjeuner pour elle et pour lui, deux assiettes, les couteaux, les fourchettes, quand elle n'a plus su comment était sa voix, et puis malgré tout, si, son rire, approximativement, en faisant un effort. En été, après son départ, elle s'est rappelé pendant des semaines les moindres détails le concernant, mais cette fois, elle est complètement chamboulée, oublie son porte-monnaie, sursaute quand le téléphone sonne dans le hall, se précipite à la boîte aux lettres aux heures les plus improbables.

La première lettre est assez longue. Il est question du voyage, des heures embrumées dans le train, de l'accueil chez les parents dont il commence par faire l'éloge pour se plaindre ensuite de ce qu'on a si peu à se dire. En gros, elle peut voir la scène telle qu'elle se déroule. La brave Ottla, elle peut la voir, Elli et la mère aussi, dont on est en droit d'espérer qu'elles prendront en considération son besoin de calme. Max vient tous les jours, il doit la saluer de la part de Robert qu'il n'a vu qu'une fois. Il a fini entre-temps d'écrire sa dernière histoire mais la fièvre est toujours là, la voix rauque aussi à laquelle elle devra s'habituer. Il écrit qu'il rêve d'elle pratiquement chaque nuit, même si le matin venu il ne lui en reste qu'un obscur sentiment. Mais elle est là, elle veille sur lui quand il dort, mais il ne dort pas beaucoup, reste souvent éveillé jusqu'au matin. Le printemps montre aussi le bout du nez, à Prague comme à Berlin. La mère lui lit chaque matin ce qui se dit de Berlin dans les journaux, il doit aussi la saluer de la part d'Ottla, longuement et chaleureusement. Bientôt, écrit-il. J'espère que tu ne seras pas effrayée en me voyant. Peux-tu demander à madame Busse s'il serait possible d'entreposer quelques affaires chez elle au cas où elle ne nous trouverait rien ?

Elle n'a pas songé à madame Busse jusqu'à présent. Au début, on n'a fait que se croiser, mais par la suite madame Busse s'est montrée fort aimable, il est clair qu'elle éprouve de la sympathie pour eux. Hier encore, elle est venue voir Dora pour prendre des nouvelles de Franz. L'appartement est payé jusqu'à fin mars, mais dans la mesure où madame Busse pourra les aider, Dora n'a pas de souci à se faire, en particulier pour leurs affaires, il y a une cave, la maison est grande et vide, elle ne s'y est malheureusement pas encore habituée. Dora l'a priée d'entrer, on a pris le thé ensemble et on a parlé des hommes qui ne sont pas là, de la grippe espagnole qui a coûté la vie à des millions de personnes, à l'époque, dans les dernières semaines de la guerre et l'hiver d'après. Il est mort le cinquième jour au matin, dit madame Busse, et Dora laisse entendre que Franz aussi a contracté cette grippe et qu'on s'est longtemps demandé s'il y survivrait. De fil en aiguille, elles en sont venues à parler écriture car c'est un autre point que leurs hommes ont en commun, quand même Dora n'a jamais lu une ligne de Busse ni madame Busse une ligne de Franz. À un moment donné, madame Busse l'appelle pauvre petite, après quoi elle voudrait savoir pourquoi Dora et Franz ne sont pas mariés ; aussi longtemps que les deux vivent, estime-t-elle, ça n'a pas grande importance, mais quand on est veuve, on pense autrement. Ou bien êtes-vous contre le mariage ? Ce sont des questions sur lesquelles mon mari était très strict, par bonheur il ne sait rien des temps que nous vivons. Il y a quelque chose de très juif dans votre physionomie, dit-elle, ah oui, le nez, lui semble-t-il, parce que Dora est si jolie, les Juives, trouve-t-elle, sont d'ailleurs très jolies en général.

Elle revoit Judith qui traite madame Busse d'antisémite et estime qu'on ne doit pas accepter l'aide d'une antisémite. Mais la question n'est hélas plus là car Franz a écrit que ça ne marche pas pour Davos, on ne lui a pas accordé l'autorisation d'entrée, le projet est tombé à l'eau. Il ne donne pas les raisons exactes, mais il ne peut pas quitter Prague pour le moment, la recherche d'un sanatorium reprend de plus belle, ils ne se verront pas de sitôt. Dora dit que l'attente la rend folle, pourtant il n'est parti que depuis une semaine alors qu'ils sont restés séparés plus de six semaines l'automne dernier. Judith parle constamment de ce médecin qui veut évidemment la séduire ou qui l'a déjà séduite, elle ne se prononce pas clairement à ce sujet. Elle dit qu'elle se voit déjà en paysanne, dans un désert, une bêche à la main, avec ce Fritz. Elle fait une plaisanterie au sujet des deux noms, le F et le R, ces deux lettres sont manifestement des gages de bonheur, quand bien même le voyage en Palestine n'est rien moins que certain car il n'est pas si facile d'obtenir une autorisation et, en plus, son Fritz est malheureusement déjà marié. Il faut attendre, dit Judith, et sa mine, à ces mots, se fait soudain très pensive, peut-être que je ne vis pas du tout ma vie, contrairement à toi, même si tu te fais beaucoup de souci, car je t'envie aussi pour cela.

Le plus dur, ce sont les soirées. Quand elle lui écrit et sent qu'elle n'arrive pas à se rapprocher de lui, qu'elle n'est pas là où elle devrait être, qu'elle ne peut pas le consoler. Dans l'une de ses lettres, il lui raconte un rêve. Des voyous l'ont traîné hors de l'appartement de la Heidestrasse et l'ont enfermé dans un hangar au fond d'une arrière-cour, et comme si ça ne suffisait pas, ils le ligotent et le bâillonnent, l'abandonnent dans un coin sombre de ce hangar, il se croit déjà perdu, et peut-être que non malgré tout, car soudain il entend sa voix, tout près de moi ta merveilleuse voix. Il tente de se libérer rapidement, réussit même à arracher le bâillon de sa bouche, mais au même instant, les voyous le découvrent et le bâillonnent de nouveau. N'est-ce pas un rêve décevant, justement parce qu'il est si vrai ? Il aimerait rêver autrement d'elle. Bien que, dans un certain sens, il rêve constamment d'elle, l'après-midi dans son lit, le soir en présence des parents, quand il part en promenade aussi, car il a parcouru hier la moitié du chemin qui mène au Hradschin, seul et quand même pas seul, il n'a pas cessé de lui montrer des choses, juste comme ça, en pensée, comme si elle était ici, à Prague, pour quelques heures, afin de se promener avec lui dans les ruelles familières.

C'est ainsi qu'elle va de lettre en lettre, comme sur un fil. Le matin, elle attend la lettre du soir et trouve à son retour la lettre du matin. Souvent elle lit debout, encore en manteau, pour ne surtout pas perdre un instant, ou sur le chemin de la station de tram, si bien que beaucoup de choses lui échappent et que ce sont au bout du compte chaque fois deux lettres en une seule, une première qui est comme de la musique et une seconde composée de mots. On n'a pas encore d'autre sanatorium en vue, et puis quand même, si, pas loin de Vienne, à une heure environ, d'après l'oncle, un établissement dont la renommée soutient la comparaison avec celui de Davos. C'est chose pour ainsi dire conclue, le passeport de Franz est sur le point d'être validé, Dora, de son côté, doit demander une autorisation d'entrée, mais cela n'est que suggéré dans la lettre, il espère qu'elle sera bientôt auprès de lui. Oui, Vienne, voilà qui est bien, répond-elle, comme si elle avait toujours rêvé d'aller à Vienne. En fait, ils ne verront sans doute même pas la ville, sans compter qu'une demande d'autorisation peut aussi être rejetée par l'administration autrichienne. Je ne sais que dire, écrit-elle, car la situation n'est pas telle qu'elle puisse lui inspirer un bonheur sans mélange. Le bonheur, elle l'a connu dans leurs trois logements, c'est pourquoi elle lui fait le décompte de tout ce qu'elle en retient, la nuit de la Saint-Sylvestre au lit, la fillette à la poupée, mon Dieu, les déménagements, oui, les chambres, les tables sur lesquelles il est resté penché pour écrire. Dans un repli du canapé, elle a trouvé un crayon, il lui a sûrement manqué, c'est avec ce crayon qu'elle lui écrit. Elle a l'impression que son écriture change, elle ressemble de plus en plus à celle de Franz, le mouvement d'ensemble, le caractère dansant, et à cette pensée, elle se sent presque soulagée, comme si c'était une preuve de son attachement, de son inconditionnelle disponibilité.

Elle est à moitié dans l'attente, à moitié dans les préparatifs. Elle demande une autorisation d'entrée en Autriche et commence à emballer des affaires, les vêtements d'été, la plupart des livres, tout ce dont elle estime ne plus avoir besoin. Il lui faudra sans doute passer quelques jours chez Judith, mars tire à sa fin, mais peut-être que les choses évolueront plus vite que prévu. Elle commence à faire ses adieux, rencontre Paul, les gens du Foyer populaire auxquels elle dit qu'elle ne sait pas si elle reviendra ni quand. Paul lui propose sa cave, elle peut y entreposer ce qu'elle voudra, elle peut aussi habiter chez lui aussi longtemps qu'il le faudra, mais elle décline poliment son offre. Même si Franz recouvre au moins partiellement la santé, il n'est pas sûr qu'ils reviendront à Berlin. Et même si les forces lui reviennent telles qu'elles étaient en automne, il faudra se demander s'il ne vaut pas mieux qu'ils restent à Prague, à proximité de la famille, ou qu'ils s'installent à la campagne, à Schelesen ou ailleurs, dans l'une ou l'autre de ces localités où il a déjà séjourné et dont les noms ne lui disent rien.

3

L'oncle s'est fait envoyer des prospectus du nouveau sanatorium. Il est situé au-dessus du village d'Ortmann, dans un paysage vallonné, bâti en largeur à flanc de coteau, un hôtel de bel aspect vu de l'extérieur, l'intérieur très moderne, avec une grande salle à manger, une salle de séjour, un salon de musique. Il y a quelques années seulement, l'établissement tout entier a été ravagé par un incendie, si bien qu'on ne sait pas si les photographies le représentent tel qu'il est actuellement ; pour d'obscures raisons, l'oncle affirme qu'il n'y a pas lieu d'en douter, il vante haut et fort les avantages de la maison et paraît un peu fâché que cette nouvelle perspective ne réjouisse pas vraiment le docteur. Ce dernier a rédigé le matin même une procuration à sa mère afin qu'elle puisse retirer son passeport, mais la décision administrative n'est pas encore prise, elle n'interviendra pas avant la fin de la semaine, et la mère, du coup, se fait beaucoup de souci ; elle est contente qu'il soit là, mais il y a trop peu de place, tout est sens dessus dessous. En plus, on a de la visite à des heures impossibles, Max presque chaque jour, une fois Ottla avec les enfants qui courent et chahutent dans l'appartement parce qu'ils s'ennuient ; Robert se manifeste aussi, puis Elli avec Valli, et encore une fois Ottla.

C'est avec Ottla, comme bien souvent, que ça se passe le mieux. Ils reprennent d'emblée leurs conversations familières, rêvent ensemble de la campagne, de Zürau, à l'époque, quand Ottla s'était essayée à la vie paysanne et qu'il avait vécu quelques mois avec elle. Tu te rappelles les souris ? Les souris, je les ai chassées avec le chat, mais avec quoi allais-je chasser le chat ? Ottla et les siens vivaient pratiquement la faim au ventre en ce temps-là, durant la quatrième année de la guerre, mais elle repense souvent et volontiers à cette époque et dit qu'elle voudrait retourner à Zürau un jour, quand tu iras mieux, en mai, quand tu auras le sanatorium derrière toi, tous ensemble avec Dora, quand il fera bien chaud. Ne me fais pas de souci, dit-elle. Il semble d'ailleurs qu'elle ait déjà elle-même un souci de taille, le mariage avec Joseph bat de l'aile, il est souvent absent, se montre distant, également vis-à-vis de Vera et d'Hélène qui s'en plaignent parfois. Quand elle le rejoint, elle s'allonge à moitié auprès de lui, ferme les yeux, soi-disant parce que ça l'aide à réfléchir, au bout d'un moment elle se relève brusquement et s'en va, non sans l'avoir embrassé.

Quand Max vient, il l'entend parler avec les parents dans l'antichambre. Max est traité depuis des années comme un membre de la famille, on lui témoigne du respect parce que c'est un homme célèbre qui s'est marié et mène une vie que le père juge convenable. Le moins qu'on puisse dire, c'est qu'il a du succès, il voyage, paraît en public lors de manifestations officielles, et il a produit quelque chose, dans chaque librairie digne de ce nom une demi-douzaine de titres l'attestent, on ne saurait en dire autant du docteur, éternellement souffreteux et qui ne produit rien. Ce genre de comparaisons n'est pas du goût de Max, d'un autre côté quelques mots de lui ont souvent suffi à apaiser les parents, après les fiançailles rompues, par exemple, et l'automne dernier aussi, quand le docteur a usé de prétextes fallacieux pour se rendre à Berlin, avec une Juive de l'Est qui plus est. Vous vous y ferez, dit Max. Attendez seulement d'avoir fait la connaissance de Dora, et vos réserves seront vite balayées.

De la maladie, ils ne parlent qu'à demi-mot ou alors, à leur façon, comme d'un convive qui s'invite de temps à autre et se retire ensuite poliment, ce dont tous deux doutent en réalité fortement depuis un certain temps. Le docteur lit son histoire de souris avec sa nouvelle voix qui le force à observer de courtes pauses, mais la première réaction de Max est plus que favorable, il ne tarit pas d'éloges, cette histoire de souris, dit-il, compte parmi les meilleures qu'il ait jamais écrites.

À Dora, il écrit qu'il ne se passe rien de bien intéressant, il y a sa vie au lit, de loin en loin un peu de visite, il s'est récemment levé mais a dû renoncer très vite à cette entreprise, il écrit peu, pense à elle, se promène souvent dans leurs anciens logements, dans les rues familières de Steglitz. Dora est sur le point de quitter l'appartement, elle va s'installer chez Judith et revient à la charge dans chacune de ses lettres, elle veut le rejoindre à Prague, chaque heure d'attente supplémentaire est une heure perdue. Elle est retournée Miquelstrasse, Grünewaldstrasse aussi, et elle est restée plantée là un long moment, incrédule, se demandant s'ils avaient jamais vécu à Berlin. Elle croit que madame Hermann l'a remarquée, un léger mouvement derrière la fenêtre, Dora s'est éloignée aussitôt. Je t'en prie, laisse-moi venir auprès de toi. Ou bien tout cela n'était-il qu'un rêve ? Dès que tu as tes papiers, je prends le train. Il n'est pas nécessaire que tes parents me voient. Nous nous retrouverons à la gare, tu prendras un taxi, ensuite je tomberai dans tes bras. Le passeport, espère-t-il, devrait lui être délivré d'ici la fin de la semaine. J'offre un spectacle peu réjouissant, écrit-il. Mais sur le coup, il croit à cette scène, à la gare, le moment où elle descend du train, fatiguée par le voyage, un peu plus petite qu'il n'en a gardé le souvenir, avec son irrésistible sourire en coin.

Après une nuit blanche, il rejette ce plan. Il ne peut pas aller seul à la gare dans l'état où il est, Dora devrait passer le prendre chez les parents, ce qui n'est pas possible pour des raisons bien connues, et on s'en tiendra donc à ce qui est prévu, il voyagera avec l'oncle et ne rencontrera Dora qu'au sanatorium. Il laisse entendre à quel point il est effrayé, même s'il n'y a rien de précis à redouter avant d'être sur place. Dans nombre de ces établissements, on vous rappelle à tout instant que vous êtes malade, d'autres sont comme des hôtels, mais au bout du compte, il y a toujours un règlement auquel on n'échappe pas, il y a la contrainte du manger qui lui a toujours causé les pires angoisses, il y a des médecins, de pénibles examens dès l'arrivée, dans les cas graves, des médicaments, des lavements, des injections de menthol et bien d'autres pratiques analogues. Sous une forme ou sous une autre, la plupart de ces traitements lui ont déjà été appliqués mais cela ne facilite pas les choses, car comparé à son état actuel, il était en relativement bonne santé lors de ses précédents séjours en sanatorium, cette fois il semble que ce soit sérieux. Devant la glace, on se berce aisément d'illusions, les changements interviennent subrepticement, on a le temps de s'y habituer, ce qui veut malheureusement dire que le regard n'est plus objectif. C'est à ça que je ressemble ? Eh bien, d'accord, c'est donc à ça que je ressemble, mais la voix rauque est à faire peur malgré tout, même si Elli ne la remarque pas et se borne à parler de son poids, il ne mange pas assez, il est dans un état lamentable dont elle rend Berlin responsable, et qu'on ne vienne pas lui dire le contraire.

Tous attendent qu'il s'en aille enfin. Lui le premier, mais aussi son entourage, la mère qui lui apporte le courrier plusieurs fois par jour, Mademoiselle qui veut récupérer sa chambre, même Max qui s'emporte sans cesse contre les lenteurs de l'administration et ne remarque pas à quel point il ennuie le docteur avec ses jérémiades. Il est grand temps qu'il ne leur soit plus à charge, les relations avec un malade sont difficiles, on ne sait pas quoi se dire. Et puis tout lui pèse, se laver et s'habiller, le bruit continuel, qui ne s'arrête pas non plus quand il prétend devoir dormir et dort alors souvent ou note à l'occasion quelque chose, une scène d'agonie à la campagne dont il a rêvé, pourquoi il ne faut pas craindre la mort. Exceptionnellement, il est seul en cette fin d'après-midi. Il est au lit, tout est agréablement calme, les parents sont sortis ou lisent le journal. Il sait que ce sont les derniers jours, les dernières heures qu'il passe ici, mais il n'éprouve rien sauf un sentiment vague et prématuré de soulagement, et de fait, le lendemain matin l'autorisation d'entrée est là, il quittera la ville après-demain.

Comme l'oncle ne peut pas l'accompagner à cause d'un voyage à Venise programmé de longue date, Ottla se propose de le remplacer ; de toutes les possibilités qui se présentent il estime que c'est la meilleure. On réfléchit à ce qu'il lui faut pour le sanatorium, on sort les valises, Ottla et la mère rassemblent ses affaires, pendant quelques heures le remue-ménage est tel qu'il ne peut guère se reposer. Le soir, il appelle Dora qui est chez Judith et prépare tout juste à manger. Manifestement, il l'a effrayée, elle est déconcertée par sa voix, mais ensuite elle se réjouit, l'attente s'achève enfin. Mon Dieu, j'ai peine à le croire. C'est toi, vraiment ? C'est très étrange de lui téléphoner, on dirait qu'elle n'est pas loin, pratiquement à côté de lui, si bien qu'il oublie un moment son aversion invétérée pour le téléphone. Dora prendra dès demain matin son billet pour Vienne, elle aura besoin d'une chambre, le mieux serait près de la gare, dans quelques jours, mon chéri, songe un peu, dans quelques jours. Au début de leur conversation, elle était presque timide mais à présent elle paraît aux anges, elle rit, s'adresse un instant à Judith qui la prie de le saluer, dit encore une fois comme elle a été surprise, ta voix au téléphone, incroyable. Si cela ne dépendait que d'elle, elle continuerait à bavarder ainsi avec lui, au lit, sous la couverture, avec ta voix.

4

Les jours qui précèdent son départ, elle les passe comme dans le brouillard. Très vite tout lui devient étranger, les visages dans la rue, la circulation, l'ambiance morose. Franz a insisté pour qu'elle ne reste que quelques jours mais elle a la conviction de le rejoindre pour toujours. Le plus dur, ce sont les adieux au Foyer populaire, à Paul qui ne cesse de conjurer le mauvais sort : le docteur doit guérir, il guérira évidemment, quand il ira mieux, vous reviendrez vivre à Berlin. Il voudrait qu'elle le promette, mais elle ne le peut pas, il faut encore qu'elle se rende auprès des enfants qui lui ont apporté un cahier avec des chants hébraïques ; on prie et on chante, ensuite elle doit tous les embrasser, il est bien plus de six heures quand elle parvient enfin à s'en séparer.

Il ne reste plus grand-chose à régler. Judith se demande comment juste ciel Dora peut se contenter de si peu de bagages, pour la Palestine elle en aura au moins le double, bien sûr pas de vêtements d'hiver mais, à la place, tout ce qu'il faut comme livres pour les tièdes soirées au cours desquelles elle espère avoir tout le temps de lire. À l'heure qu'il est, elle se voit plutôt en assistante au côté de Fritz avec qui elle a manifestement une liaison car elle ne cesse de dire nous, les projets dont ils ont parlé, lui et elle. Judith a fait à manger, pour une fois elle se donne vraiment du mal, embrasse Dora, tâche de lui donner du courage. Tu es forte, dit-elle, tu l'aimes, vous vous en sortirez. Dora ne cesse de penser à lui depuis ce matin, dans le train, avec Ottla, pour combien de temps ils en ont encore. Maintenant, en début de soirée, ils sont sûrement arrivés au sanatorium. Elle se le représente, épuisé, s'effondrant dans le lit, heureusement qu'il a Ottla. Elle parle un peu d'Ottla puis de Franz, encore et encore, et Judith admet qu'elle ne sait pas si son Fritz est le bon numéro, mais le sujet n'est pas nouveau, à quoi reconnaît-on le bon numéro ? À Döberitz déjà, il en a été question, à l'époque, quand ni l'une ni l'autre n'avait la moindre idée de ce qu'il adviendrait d'elles. Judith dit : J'aurais bien aimé que tu viennes avec moi, et sur le moment, c'est un choc pour Dora, car il lui semble soudain qu'elle ne demanderait pas mieux que de s'en aller avec Judith.

Ce n'est que sur le chemin de la gare qu'elle se ressaisit et recouvre ses esprits. Judith a tenu à l'accompagner, elles sont parties tard, aussi ne reste-t-il que peu de temps pour les adieux. Dora doit promettre d'écrire très bientôt, l'instant d'après elle est déjà à sa place, en route pour rejoindre Franz. Elle a emporté ses lettres, tout ce qu'elle a gardé en janvier, une poignée de cahiers qui ne lui appartiennent pas et qu'elle a sauvés du feu sans qu'il le sache. La plupart du temps, elle ne fait que rêvasser, feuilleter le journal, attendre que le temps passe. Le contrôleur vient, puis c'est la frontière, elle présente son passeport, ses bagages dans le filet au-dessus d'elle. Le deuxième jour au sanatorium vient de s'achever pour Franz, à peine deux heures la séparent encore de lui. Une Hongroise avec laquelle elle est entrée en conversation lui a recommandé l'hôtel Bellevue, juste là, au coin de la rue. Est-elle vraiment à Vienne ? L'ambiance ne paraît guère plus gaie qu'à Berlin, l'agent de change, à la gare, n'est pas particulièrement aimable, mais elle peut avoir une minuscule chambre sous le toit, côté rue avec une vue dégagée, elle entend les bruits de la gare où Franz est arrivé deux jours auparavant.

Le lendemain matin, elle appelle Prague. Elle est contente que ce soit Elli qui décroche parce que c'est avec Elli qu'elle a parlé au téléphone, juste avant Noël, de la même voix blanche qu'aujourd'hui. Elle n'apprend pas grand-chose, Franz a bien supporté le voyage et voudrait qu'elle lui communique son adresse à Vienne, il ne veut pas qu'elle le rejoigne avant d'avoir une réponse de lui. Elle prend note de l'adresse du sanatorium, dépense une somme folle pour lui envoyer un télégramme aussi concis que possible, elle se tient prête, le nom de l'hôtel, l'adresse et le numéro de téléphone, comme elle languit de le voir. Elle pourrait être auprès de lui cet après-midi déjà. Ensuite elle attend, avec un soupçon d'irritation qu'elle refoule, mais pourquoi complique-t-il ainsi les choses ? Les premières heures s'écoulent sans trop de peine. Une réponse, cela prend du temps, patience, se dit-elle, mais après, en début d'après-midi, l'attente devient torturante. Il pourrait l'appeler ou demander à quelqu'un de le faire à sa place. Je t'en prie, appelle-moi. Ou bien va-t-il donc si mal ? Jusqu'à neuf heures passées, elle reste assise dans le hall de l'hôtel, dîne entre-temps au restaurant, en proie à un désespoir muet. Demain, se rassure-t-elle, plus que cette nuit. Le ton de sa dernière lettre était si tendre, si nostalgique, aussi relit-elle cette lettre pour se consoler, du coin de l'œil elle lorgne encore et encore vers la réception où se trouvent le téléphone, les minces casiers pour le courrier, la plupart vides, dans les premières rangées, tout en haut, un casier pour elle.

Le lendemain elle ne fait que courir. Il a écrit qu'il l'attend, du coup elle s'est senti pousser des ailes, elle file à la gare et prend le premier train pour Pernitz. Durant le trajet, elle ne cesse de bouger, déambule dans le train, regarde défiler le paysage au-dehors et lit pour la centième fois le télégramme. Arrivée à Pernitz, elle est un peu perdue, un vieux paysan lui indique le chemin du sanatorium, il y a bien un bus mais il passe rarement, aussi décide-t-elle d'y aller par ses propres moyens, et la voilà à pied sur une route sinueuse, par un soleil radieux. La vallée, étroite au début, s'élargit progressivement, çà et là une ferme, puis, après une heure de marche environ, elle distingue au loin le sanatorium, une bâtisse haute et large flanquée de deux tours, bien plus grande que l'hôtel de Vienne, presque un château. Il ne fait pas particulièrement chaud, cependant elle voit un peu partout, au fur et à mesure qu'elle s'approche, des patients en robe de chambre, sur les balcons aussi où elle cherche vainement à repérer Franz, des infirmières en blanc poussant des fauteuils roulants dans les allées du parc ou soutenant des malades trop faibles pour marcher seuls. Elle s'est imaginé le lieu plus triste qu'il ne lui paraît. Cependant, elle est accueillie avec une certaine méfiance à l'intérieur, à la réception, on veut savoir son nom, on refuse de la laisser le rejoindre, et puis quand même, si, sa chambre, lui dit-on, se trouve au premier étage, à gauche. À quelques mètres du but, il lui semble qu'elle va défaillir. Elle frappe à la porte, et comme personne ne répond, elle finit par entrer, s'approche de son lit et le reconnaît à peine. Elle n'ose pas l'embrasser. Elle est à l'autre bout du monde dans cette chambre et dit : Je suis là. Enfin, dit-elle. Il sourit, lui montre une chaise d'un signe de tête, dans un état de demi-torpeur, elle l'a manifestement tiré du sommeil. Il chuchote, mais pas comme d'habitude, elle lui demande ce qui pour l'amour du ciel est arrivé à sa voix, alors seulement elle s'assied sur le lit, prend sa main, la serre légèrement dans la sienne, il répond aussitôt à cette pression. Elle voit bien maintenant qu'il n'a pas changé. Il est faible, plus mince encore qu'à Berlin, mais c'est Franz. Dans un premier temps, elle ne pense que cela : Je suis là, auprès de lui, le reste m'est indifférent. Elle écoute à peine ce qu'il dit, les noms des médicaments, les douleurs qu'il éprouve. Le chuchotement ne serait pas grave en soi mais la maladie s'est propagée, le larynx est atteint, les médecins parlent d'une intumescence, heureusement rien de méchant, à ce qu'il paraît. Il lui demande comment s'est passé le voyage, si elle a trouvé à se loger, car ici, dans la maison, il n'y aura rien pour elle. Au bout d'une heure on lui demande de sortir, et c'est alors seulement, dans le couloir, qu'elle commence à comprendre dans quel lieu elle se trouve. Derrière la porte suivante, on entend quelqu'un tousser durant plusieurs minutes, et dans les chambres plus éloignées aussi, quelqu'un gémit, quelqu'un d'autre rit, à moins que ce ne soient des pleurs. On l'autorise à retourner dans la chambre, elle s'est informée entre-temps des possibilités de gîte, et la revoilà assise près de son lit, déjà un peu cuirassée, lui semble-t-il. Hier soir, à Vienne, elle laissait encore courir son imagination, elle a cru se consumer de nostalgie, et à présent elle le retrouve là, couché dans cette chambre, singulièrement distant, hors d'atteinte, comment a-t-elle seulement pu croire qu'il serait à elle comme à Berlin.

Aux paysans qui l'hébergent elle a dit qu'elle était là pour voir son mari malade, mais de toute évidence ils savent déjà tout cela. Ils parlent un dialecte qu'elle a du mal à comprendre, lui donnent du lait, du pain, l'encouragent chaque fois qu'elle prend une bouchée, en acquiesçant de la tête d'un air réjoui qui semble dévolu aux hôtes de passage tels que Dora. La chambre est simple et propre, tout est en bois, les cloisons, le plafond aussi ; pour se laver, il y a un broc d'eau et une cuvette, au petit déjeuner, de nouveau du lait et du pain. Elle se réveille tôt, il n'est pas encore huit heures quand elle arrive là-haut, au sanatorium d'où on la renvoie en invoquant le règlement concernant les heures de visite. Elle proteste, mais en vain, elle a plusieurs heures devant elle et se demande comment elle va tuer le temps, erre un moment dans le parc, retourne dans sa chambre avant de remonter au sanatorium. À mi-chemin il y a une bâtisse tout en longueur dans laquelle des gens jouent aux quilles, des patients en robe de chambre et quelques infirmiers, le tout dans une ambiance bruyamment joyeuse. À une heure moins le quart elle est auprès de Franz qui se réjouit visiblement, presque davantage qu'hier. Elle s'est habituée au chuchotement, pourtant sa voix lui manque, mais c'est déjà beau que l'on puisse se parler. Il se fait comme toujours du souci pour l'argent. Chaque jour au sanatorium coûte une fortune, sans parler des médicaments dont les noms lui deviennent peu à peu familiers : contre la fièvre, trois fois par jour du *pyramidon* liquide, contre la toux de l'*atropine* et des bonbons adoucissants. Aucun de ces médicaments n'a d'effet notable. À cause du gonflement du larynx, Franz ne peut plus manger depuis plusieurs jours, le médecin qui est passé le voir parle d'injections dans le nerf, il est aussi question d'une résection qui ne peut être pratiquée que par des spécialistes dans une clinique de Vienne. Elle ne saisit pas bien. Le médecin qui apporte la nouvelle perd patience, Franz secoue la tête, ce n'est quand même pas si difficile à comprendre, on ne peut rien faire de plus pour lui ici, au sanatorium, il faut qu'ils partent pour Vienne, à la clinique du professeur Hajek, aussi rapidement que possible.

Les paysans sont en train de prendre leur petit déjeuner quand elle leur fait ses adieux. De son côté, Franz est depuis longtemps réveillé, pas aussi mal en point qu'elle le craignait. Les autorisations de sortie sont signées, il ne reste guère de temps pour réfléchir, mais peut-être est-ce une bonne chose, on fait tout machinalement, dans l'ordre qui s'impose. Le taxi est commandé, elle emballe les affaires de Franz pendant qu'il écrit aux parents. La course en taxi, par temps venteux et sous la pluie, est un véritable supplice. Pour d'obscures raisons, il n'y a que des voitures découvertes et ils doivent donc effectuer l'interminable trajet sans aucune protection, Dora debout devant lui, le manteau largement ouvert, abasourdie, semble-t-il, comme si elle n'arrivait pas à y croire. À la clinique, Franz est emmené aussitôt, une éternité s'écoule avant qu'elle soit enfin autorisée à le rejoindre dans sa chambre. En réalité, il s'agit plutôt d'une cellule, il est couché là, lit contre lit, à côté de deux malades qui paraissent souffrir terriblement, à hauteur de sa pomme d'Adam sont fixés des appareils qui ne peuvent que faire peur. Il la renvoie très vite et elle reprend donc une chambre à l'hôtel Bellevue où, encore sous l'effet de l'ambiance déprimante de la clinique, elle finit d'écrire une carte de Franz à Robert. Il n'y a plus rien à perdre, écrit-elle, Franz ne peut plus parler. Et à ce moment-là seulement elle se rend compte qu'il n'a effectivement pas parlé du tout aujourd'hui, pas un traître mot depuis ce matin, il n'a pas chuchoté non plus, et pourtant elle a eu continuellement le sentiment qu'il lui parlait, comme autrefois, à Müritz, même quand il était loin, audedans d'elle, à croire qu'ils étaient toujours là, ensemble, en grande conversation l'un avec l'autre.

5

Le premier jour, ils le laissent relativement tranquille. Au moment de l'admission, les médecins lui ont posé un certain nombre de questions sur le déroulement approximatif de la maladie, la fréquence de la toux, les heures où elle se manifeste, sur les glaires, le sang, à l'époque, en pleine nuit, la fièvre à Berlin, les premiers couinements à Prague, ils ont évoqué le traitement qu'ils pensent lui appliquer, les vertus du menthol, la meilleure mesure consistant pour le moment à procéder à des aspersions du larynx congestionné, mais il importe avant tout qu'il mange, il pèse moins de cinquante kilos, il ne faudrait surtout pas qu'il perde encore du poids. C'est ainsi qu'ils parlent avec lui, à mots plutôt couverts, comme s'ils s'étaient mis d'accord pour ne dévoiler que le strict nécessaire, mais sans doute ne tient-il pas du tout à en apprendre davantage. Il a déjà fait connaissance avec ses voisins de lit. On s'est salué d'un signe de tête ou de main, c'est à peu près tout ce dont ils sont capables. En comparaison, Franz se sent presque en bonne santé. Les douleurs dans la gorge sont insupportables mais la voix est revenue, il boit à gorgées prudentes durant toute la matinée, à intervalles d'une demi-heure. Son état n'est pas spécialement réjouissant mais il serre les dents, surtout en présence de Dora qui revient d'une promenade à la cathédrale Saint-Étienne et fait grise mine. Il écrit quelques lignes aux parents, les mensonges habituels, il est en lieu sûr, sous la meilleure surveillance médicale possible, sans que l'on puisse dire pour combien de temps. Dora le dérange avec d'incessantes questions, elle lui rafraîchit le front et les lèvres à l'aide d'un gant de toilette mouillé, elle l'a embrassé en arrivant et l'embrasse de nouveau plus tard, bien après la fin des heures de visite, sous l'œil réprobateur d'un garde-malade.

Le médecin qui lui fait sa première injection est nouveau dans la maison, à peu près du même âge que Dora, fâcheusement nerveux au début, si bien que les choses traînent. La seringue a une longue aiguille courbe dont l'aspect n'est guère rassurant, mais plus désagréables encore sont les procédures qui précèdent l'injection proprement dite, le temps passé à feuilleter le dossier, à aspirer le liquide dans la seringue tandis qu'on est assis, tout tremblant, sur une sorte de chevalet, mi-lit, mi-chaise. Mais j'y pense, dit le médecin, je ne me suis pas encore présenté, il prononce un nom qui est aussitôt oublié, après quoi il lui enfonce l'objet métallique dans la gorge, fourgonne là-dedans pendant une éternité jusqu'à ce que l'instrument soit enfin à la place voulue et qu'un liquide huileux se répande. Est-il encore dedans ou l'a-il déjà retiré ? Dans un premier temps, il n'y a pas grand-chose à signaler, une brûlure diffuse, un certain soulagement parce que l'épreuve est terminée, une légère amélioration, ainsi qu'il croit le constater vers midi, bien qu'il soit toujours incapable d'avaler quoi que ce soit. Mais il se sent mieux. Dora le rejoint peu après une heure, il a l'air dispos et de bonne humeur, et se réjouit même ostensiblementent de voir son beau-frère, Karl, qui arrive sans prévenir et se tient soudain là, dans l'embrasure de la porte. Karl est-il venu de son propre chef ou bien Elli l'a-t-elle envoyé, on ne le sait pas. Il a mille bons vœux à transmettre et apporte un dessin de Gerti sur lequel on reconnaît la plage de Müritz, au premier plan un château de sable, une corbeille de plage et un petit bonhomme noir, et aussi une flèche avec marqué dessus *oncle Franz.*

Le beau-frère revient encore le lendemain, mais cette fois l'ambiance est lugubre car il y a eu un décès pendant la nuit, Dora a peine à le croire tandis que Karl s'évertue à minimiser l'événement. Un homme âgé, sans doute un paysan du coin, suppose le docteur. Vers trois heures, trois heures et demie du matin, l'air est soudain venu à lui manquer ; un médecin et un garde-malade sont arrivés sur les lieux, mais il n'y a plus rien eu à faire. Franz les a vus se pencher sur le lit dans la pénombre, secouer la tête et pousser pour finir le lit du défunt hors de la chambre. À part cela, il n'y a pas grand-chose à dire. On parle de l'effet de la deuxième injection, il a moins de difficulté à déglutir, si bien qu'il peut même manger, le soir, quelques cuillerées de purée de pommes de terre seulement, mais c'est mieux que rien. En partant, Karl a promis de ne pas dépeindre la situation en couleurs trop sombres, sinon ils risquent de s'affoler à Prague et de rameuter une nouvelle fois l'oncle qui ronge son frein à Venise, sous la pluie ; un télégramme vient d'ailleurs de lui être envoyé et l'on peut seulement espérer qu'il ne lui parviendra pas. Ne suffit-il donc pas de Karl comme messager de la famille ? Plutôt que d'autres visites, Franz aurait besoin d'un couvre-pieds de duvet et d'un oreiller car, contrairement à ce qui se passait au sanatorium, il semble que l'on en soit réduit ici au strict minimum, on se sent comme dans une usine, et ce d'autant plus que les médecins eux-mêmes ne se préoccupent guère de leurs patients, omettent par négligence d'apporter le laryngoscope et se bornent à lui recommander de mastiquer des chewing-gums qui ne calment pas la douleur.

C'est en présence de Dora qu'il lui est le plus facile d'oublier où il est, il lui suffit de fermer les yeux et d'écouter ce qu'elle dit : dehors tout est en fleurs, les arbres dans les parcs, les forsythias, les roses dans la roseraie. En règle générale, les heures s'envolent à tire-d'aile, mais non sans que leur vol soit interrompu de temps à autre, quand il tousse, quand il perd la voix. Il a beau se forcer, il ne peut toujours pratiquement rien avaler, quelques bouchées tout au plus. L'infirmière vient d'ailleurs de remporter le plateau auquel il n'a pour ainsi dire pas touché ; Dora a pris son courage à deux mains, elle lui a demandé si elle ne pourrait pas préparer elle-même les repas du docteur, après tout, elle le connaît mieux que personne, ses préférences, ce qu'il peut et ce qu'il ne peut pas manger. L'infirmière commence par refuser puis se ravise, elle va poser la question à qui de droit, très peu de temps après elle est de retour avec l'autorisation et emmène aussitôt Dora afin de lui montrer la cuisine de l'unité de soins. On n'y fait normalement que du thé, mais il y a tout ce qu'il faut pour cuisiner, des casseroles, des couverts, un fourneau. Elle demande à Franz ce qu'il voudrait manger, propose une soupe, du poulet, un gâteau en dessert. Oui, tu veux ? Dans ce cas, tu m'auras déjà à onze heures demain. On peut voir comme elle se réjouit, elle a découvert un marché couvert sur le chemin de l'hôpital, c'est là qu'elle fera les courses.

Les conversations avec ses voisins de lit sont plutôt limitées. On parle de la fièvre, des médecins, des infirmières, des visites attendues, du temps qui se réchauffe peu à peu, le soleil brille par la fenêtre ouverte, si ça dure, on pourra bientôt monter avec son lit dans le jardin suspendu d'où l'on a, paraît-il, une vue sur la moitié de la ville de Vienne. Son voisin immédiat, Joseph, un cordonnier moustachu, a un tube dans la gorge, ce qui ne l'empêche pas d'être sans cesse en mouvement, de manger de bon appétit la nourriture de l'hôpital et d'envier le docteur qui a tous les jours sa petite amie auprès de lui, car lui-même n'a pas eu de visite depuis qu'il est là. Pour la première fois depuis trois jours, il n'y a pas d'injection de menthol, ce qui est bien agréable, le traitement semble agir, il peut manger un peu, ne serait-ce que pour faire plaisir à Dora qui lui sert successivement du bouillon de poule avec un œuf, du poulet avec des légumes et un gâteau avec de la crème Chantilly. La banane dans le gâteau n'est pas vraiment à son goût mais Dora est heureuse, il n'y a pas lieu de s'inquiéter ou de désespérer et on vient même à faire des projets. Le sanatorium de Grimmenstein est de nouveau à l'ordre du jour, mais aussi celui, plus petit, de Kierling, non loin de Vienne. Dora a téléphoné à ce sujet et convaincu Max de faire jouer ses relations, de son côté Werfel semble être intervenu en personne, Franz ne peut et ne veut plus voir mourir les gens autour de lui. Cette nuit encore, il y a eu un décès, Joseph en a eu vent au cours de l'une de ses promenades, et Franz ne va pas bien du tout, il est fiévreux, très agité et il est difficile d'obtenir de lui qu'il garde le lit. Dora veut se rendre à Kierling pour s'assurer par elle-même que cet établissement pourrait convenir. Le professeur Hajek déconseille tout déplacement non indispensable du patient, il viendra de Vienne pour le suivi du malade, il n'y a pas de limitation pour les visiteurs à Kierling, Dora pourrait rester en permanence auprès de Franz. Elle aimerait bien y aller tout de suite, dès cet après-midi.

Le lendemain, la décision est prise. Rejoindre Kierling en train ne dure que le temps d'une petite excursion, Dora est très chaleureusement accueillie, la maison, située en bordure de la localité, n'est pas très grande, il n'y a que douze chambres, on dirait une pension de famille. Le couple qui dirige l'établissement répond au nom de Hoffmann. Les tarifs ne sont pas excessifs, et ce qui est particulièrement attractif, c'est qu'il y a des chambres pour les proches. Mais Dora est toute pâle quand elle revient, quelque chose paraît l'avoir effrayée là-bas, à Kierling, comme si elle avait compris qu'il n'y aurait pas d'autre sanatorium, pas d'après-Kierling. Elle arrive de nouveau avec deux heures d'avance sur les horaires de visite, pour préparer le repas de Franz, mais bien qu'il n'y ait pas eu d'injection aujourd'hui et qu'il fasse beau temps, il se sent mal, il a soif, il a trop peu bu la semaine dernière et, sur avis médical, il doit surtout éviter de se rattraper maintenant. Dora a fait part de leur projet aux médecins, les parents doivent en être informés également, là encore il en laisse le soin à Dora. On s'en ira samedi, écrit-elle, dans une magnifique région boisée. Vers le soir, il commence à y croire. Départ n'est pas le mot qui convient. Il ressent une certaine pesanteur qui n'est peut-être qu'indolence, il va encore falloir qu'il déménage, ce qui signifie malheureusement qu'on le compte ici également parmi les cas désespérés, car pour quelle autre raison les médecins se sont-ils à peine montrés ces jours derniers.

Hormis la soif, son état est supportable bien que ses forces ne cessent de décroître. Il le sent au moindre mouvement, le matin, quand il fait sa toilette, c'est comme s'il y avait une fuite quelque part, un endroit de son corps d'où un fluide s'écoulerait, lentement mais sûrement. Pourtant Dora lui apporte toutes sortes de fortifiants, du lait entier ou du cacao au petit déjeuner, plus tard une omelette, à midi du poulet ou une escalope de veau, des tomates cuites, écrasées, mélangées avec du beurre et de l'œuf, du chou-fleur ou des petits pois frais, pour le dessert du gâteau avec de la crème fouettée, parfois des bananes ou une pomme, à l'heure du thé encore du cacao ou du lait avec des flocons de beurre, et pour le repas du soir de nouveau quelque chose à base d'œufs. Ou bien sa fatigue serait-elle causée par l'excès de nourriture ? Il a du mal à rester éveillé, même durant les rares heures où Dora est auprès de lui, et quand Félix vient par surprise pour une petite heure, c'est tout juste s'il parvient à résister. Félix ne laisse rien paraître de ce qu'il éprouve en voyant le docteur dans cet état, il se réjouit de faire la connaissance de Dora, a une parole cordiale pour Joseph avant d'en arriver aux salutations qu'il est chargé de transmettre depuis Prague, de la part de Max et d'Oscar qui pensent à lui bien qu'ils soient loin. Pour Dora, cette visite est une diversion bienvenue, les choses prennent bonne tournure, dit-elle, la belle saison s'annonce, on va pouvoir profiter de l'extérieur. Elle prononce même le mot guérison et ne se prive pas de dire comme elle est contente à l'idée qu'ils seront bientôt loin d'ici. Il y a deux semaines, pense-t-il, le sanatorium représentait l'espoir, une semaine plus tard, cet espoir s'appelait Vienne et maintenant il s'appelle déjà Kierling. Félix a comme toujours beaucoup de travail avec la *Selbstwehr* que le docteur continue de lire régulièrement. Les parents lui ont envoyé récemment le dernier numéro mais il aimerait recevoir le journal dès sa parution afin de pouvoir le lire sur le balcon, car Dora lui a dit qu'il y avait un balcon à Kierling, exposé au sud, si bien qu'on devrait déjà avoir quelques heures de soleil, ce qui, dans les circonstances actuelles, sonne presque comme une promesse.

6

Deux semaines plus tard, il ne subsiste pas grand-chose des espoirs de Dora. Jamais elle n'aurait cru qu'elle mènerait un jour une vie pareille, pourtant elle la mène, la prend à bras-le-corps, comme une naufragée qui aurait échoué sur une île inhospitalière, autant que faire se peut, mais ça ne se peut pas toujours. Le soir, à l'hôtel, elle est à bout de forces, épuisée et, en même temps, excédée, car il y a constamment des sujets d'irritation, ce matin le télégramme de Robert qui annonce sa visite sans consultation préalable et ne peut en être dissuadé qu'au prix d'objections énergiques. De son côté, Franz compte les heures, il ne songe plus qu'à partir d'ici, c'est leur dernier jour à Vienne. Elle a mangé du bout des lèvres au restaurant où personne ne fait spécialement attention à elle, il n'y a d'ailleurs pas grand-monde, si bien que les serveurs sont plutôt désœuvrés et qu'il s'en trouve constamment l'un ou l'autre pour s'approcher de sa table et lui demander si elle désire autre chose. Elle a demandé du papier et un crayon car elle veut encore écrire aux parents, de son propre chef, ce qui lui paraît un peu bizarre et ne facilite pas le mensonge. Elle les informe de leur départ imminent, tout se fait en accord avec les médecins, leur apprend-elle, ce qui est une pure et simple contre-vérité car en réalité ils ont cherché à les dissuader de partir jusqu'au dernier moment, mais qu'importe, Franz est en forme et plein d'entrain, elle leur enverra sous peu des prospectus du nouveau sanatorium.

Le jour du départ, le moral est au plus bas car Joseph, qui trottait encore allègrement hier au soir, est mort dans la nuit. C'est la première fois qu'elle voit Franz pleurer, frémissant de colère comme s'il ne pouvait comprendre, avec la meilleure volonté du monde, qu'un homme comme Joseph ait dû mourir. Les médecins n'auraient-ils pas pu veiller plus attentivement sur lui ? Dora y voit avant tout un avertissement ; quand quelqu'un a bon pied et mange bien, cela ne veut pas dire qu'il vivra. Une fois encore, des missives avec les dernières nouvelles sont envoyées aux proches, une carte à Max qui a vendu l'histoire des souris et voudrait savoir à quelle adresse il doit envoyer l'argent. Par chance, il fait un temps radieux. Ils s'en vont vers midi, prennent un taxi pour se rendre à la gare et grimpent in extremis dans le train qui les emmène sans changement à Klosterneuburg. Félix les accompagne. Tout le monde est soulagé de laisser la clinique derrière soi, on respire plus librement, on ébauche des projets pour les jours qui viennent car la région est vraiment magnifique, le balcon fleuri, la chambre ensoleillée. Tout est blanc, les murs, le lit, l'armoire, le meuble de toilette, une table pour écrire semble avoir eu peine à y trouver place, si bien qu'on est un peu à l'étroit, mais bon, le tout n'est pas sans charme. Madame Hoffmann, qui est venue avec son mari pour les saluer, dit que c'est un honneur pour elle, il y a une petite visite guidée mais Franz ne s'intéresse qu'à la chambre. Elle se trouve au second étage et donne sur le jardin où les premières roses s'épanouissent. Trois, quatre patients sont assis sur une véranda, à l'arrière il semble qu'il y ait un ruisseau, tout autour beaucoup de forêt et des vignobles.

Les premiers jours sont comme des vacances à la campagne. Ils sont assis sur le balcon et profitent du beau temps, pour la première fois depuis des jours Franz est en costume, plein d'entrain, si bien qu'ils descendent après le petit déjeuner au jardin où une femme encore jeune est allongée au soleil, il s'agit, comme ils l'apprendront plus tard, d'une baronne réputée pour son solide appétit. En bordure de la propriété, sur l'arrière, se trouve un portail de fer forgé par lequel on accède à un vallon où le bruissement d'un ruisseau se mêle au chant des oiseaux qui bat son plein dans l'air printanier. Ils se dirigent vers la gauche, suivent un moment le ruisseau, rejoignent le village au bout de quelques minutes. Bien qu'ils n'aient pas marché longtemps, ils font une pause sur un banc, et l'humeur reste au beau fixe. Il y a des promeneurs en nombre, des familles avec des enfants endimanchés qui vont déjeuner dans l'une ou l'autre des deux auberges du village. Franz voudrait faire une promenade en calèche, un gros cocher vante son cabriolet et les conduit pour une somme modique jusqu'à Neuklosterburg, tout à côté, où les rues sont encore plus animées. Franz rit, il est ravi et exubérant, comme autrefois à la plage, il ne cesse de la prendre par la taille et de l'embrasser, ses mains, son front, son nez, comme s'il n'en revenait pas : elle est là, avec lui, et elle va rester avec lui. En plus de l'histoire des souris, Max a aussi vendu celle de leur première logeuse berlinoise, elle a paru aujourd'hui même dans un journal de Prague qu'ils n'ont évidemment pas, mais il n'y en a pas moins matière à se réjouir et à se rappeler. Berlin remonte à une éternité, qui sait si on y retournera jamais, il n'empêche qu'on se reprend à parler de Berlin. Hier soir, Dora a enfin écrit à Judith, ce qui n'a pas été facile car elle n'a pas de mots pour décrire sa vie présente qui ne fait que s'écouler, pour ainsi dire à côté d'elle, durant les heures où elle n'est pas auprès de lui, dans leur nouvelle chambre qui n'est qu'une chambre quelconque, une enveloppe provisoire que l'on quittera à la prochaine occasion.

Le lundi de Pâques aussi, ils vont se promener dans le vallon au ruisseau, mais cette fois, ils tournent à droite en direction de la forêt et gagnent par un chemin pentu une hauteur d'où l'on a une vue panoramique sur les bois et les vignobles. Franz est hors d'haleine mais n'en reste pas moins d'humeur entreprenante. Il se verrait bien boire un verre de vin au soleil, dans le jardin de quelque auberge, et pourquoi pas, après tout ; ils pourraient même aller à Vienne, à l'occasion, s'ils venaient à trouver trop ennuyeuse la vie à la campagne. Ils n'ont fait, somme toute, qu'une petite promenade, mais à peine sont-ils de retour qu'il leur faut se rendre à l'évidence : ils auraient mieux fait d'y renoncer. Franz est complètement vidé, il a froid, se met au lit aussitôt et prend à peine note de la visite de Félix qui est venu lui dire au revoir. Dora ne sait pas grand-chose de ce Félix. Il travaille comme bibliothécaire à l'université. Elle apprécie sa discrétion, son silence réconfortant, la manière dont il parle de sa fille Ruth. Ils se sont installés au salon de lecture. La conversation tourne essentiellement autour de Franz et de son rêve de Palestine qui est aussi le rêve de Félix. Elle l'accompagne à la porte où, à sa surprise, il la prend maladroitement dans ses bras et déclare qu'il ne la quitte qu'à contrecœur. Seule comme elle l'est, les journées doivent être un peu longues. Mais non, dit-elle. Nous sommes bien ensemble, nous nous entendons bien, à Berlin nous avons eu tout le temps de nous y exercer.

Les jours fériés sont heureusement passés. Franz voudrait des fruits frais, on peut de nouveau faire des courses et cuisiner, ainsi Dora a-t-elle au moins de quoi s'occuper ; elle se concerte avec la cuisinière, une joyeuse Silésienne, qu'il importe de ne pas gêner aux heures où elle prépare les repas des pensionnaires, un accord est trouvé sans difficulté. L'ambiance dans la maison est familiale, on se salue dans les escaliers et sur les paliers, la plupart des habitants – quatre hommes et deux femmes – se connaissent déjà. Dora a eu l'occasion de s'entretenir un moment avec la baronne qui passe pour un cas désespéré, mais pas pour le docteur Hoffmann qui l'encourage à manger le plus possible. Elle se gave littéralement de nourriture ; s'il y a de la salade de concombre, elle en prend quatre portions au lieu d'une et elle espère vaincre la maladie de cette manière. Tout cela, elle le dit en riant, elle est fiancée à un juriste qui veut l'épouser prochainement. Franz a toujours de la fièvre, surtout le soir, il est déprimé parce qu'il ne peut pas sortir. Mais il a de l'appétit, et il se montre si reconnaissant quand elle vient le voir, tout le mal qu'elle se donne pour lui. Tu te rappelles, Friedrichstrasse, le restaurant végétarien ?

Elle ne sait trop que penser du docteur Hoffmann. C'est un homme entre deux âges, d'un commerce agréable mais qui professe des opinions auxquelles il ne dérogerait à aucun prix. Il récuse, par exemple, toute forme de traitement non orthodoxe, s'opposant sur ce point à Dora qui voudrait faire venir un médecin naturopathe de Vienne mais n'y sera pas autorisée. Le docteur Hoffmann comprend fort bien que l'on veuille tout essayer pour faire face à une situation donnée mais enfin, dit-il, c'est à lui d'en décider car il est seul responsable de ses patients. Franz paraît presque soulagé car chaque médecin coûte une fortune, le sanatorium a un coût, la chambre de Dora, chaque achat. Il est de mauvaise humeur durant une bonne partie de la journée et se plaint de n'avoir rien à lire parce que les parents n'envoient pas de journaux. Le soir, Dora téléphone à la mère, les choses souhaitées, y compris l'édredon, ont évidemment été envoyées et ne tarderont sans doute pas à arriver. Malgré les prospectus, la mère n'arrive pas à se représenter leur vie dans ce Kierling, j'espère que vous avez du temps pour vous, après toutes ces misères, vous en avez sûrement besoin. Dora est très touchée, ce qui lui plaît, c'est le *vous*, à Prague on a donc compris qu'elle fait partie de Franz, même ici, au sanatorium, ils ont une sorte de vie commune.

Judith a envoyé deux gros paquets de Berlin, du linge et des vêtements que Dora lui a demandés, maintenant qu'il n'est plus question qu'on retourne à Berlin. Dora a préparé ces affaires il y a des semaines, elle est surprise d'y trouver tant de choses, deux robes de demi-saison, son tailleur, quelques livres, des bijoux. Elle se change aussitôt, pour Franz sa robe fleurie, même s'il ne devait pas la remarquer, mais il la remarque tout de suite, sait aussi quand il l'a vue dans cette robe, les premiers jours à Berlin, il dit : Au Jardin botanique. Elle a acheté cette robe peu avant Müritz. Elle aime son col plissé, les fleurs qui font un peu trop jeune fille, mais c'est précisément ce qui plaît à Franz. Elle doit aller et venir un moment devant le lit, tourner lentement en rond comme si elle dansait. Elle n'a jamais dansé avec lui, mais lui, a-t-il jamais su danser, autrefois peut-être, suppose-t-elle, quand il était étudiant, mais il secoue la tête en riant, non, jamais, mais si elle le veut, il apprendra. Ils mangent ensemble, de l'omelette, se remettent à rêver d'un prochain été à Müritz, ce qu'ils feraient d'autre. Pas grand-chose, finalement, car au fond, pratiquement tout était à leur convenance. Bien entendu,

Dora ne travaillerait pas, ils auraient une chambre commune, plus proche de la plage, car le chemin pour aller à la plage était quand même un peu long, Franz, pourtant, aimait beaucoup la maison. Et la chambre, tu te rappelles ? Elle se rappelle la pluie diluvienne, comme elle était mouillée, jusqu'au moindre mouvement. Comment il s'est approché d'elle. Elle se rappelle tout. Les baisers. Comme elle était troublée. Il y a si longtemps de cela. Mais l'émotion est toujours là, les échos qu'elle déclenche, la peur qui a été là dès le début, quelque chose de menaçant qu'elle a tâché d'ignorer dans la mesure du possible.

7

L'écriture, il semble que ce soit bel et bien terminé. Il n'a aucun projet personnel, en tout cas, et c'est tout juste s'il arrive encore à rédiger son courrier. Mais l'étonnant est qu'il ne s'en soucie guère. Il songe à la nuit qui approche, aux choses telles qu'elles se présentent d'heure en heure, une visite annoncée, un traitement médical, le prochain repas. Il se demande s'il pourra se lever aujourd'hui, s'il fera assez beau pour pouvoir profiter du balcon, il attend Dora sans laquelle il serait depuis longtemps anéanti, pense à son entrevue avec le pneumologue qui doit venir demain et n'est pas sans lui inspirer une certaine crainte. À part cela, il se sent relativement bien. Il n'a pas besoin de partir d'ici, du moins tant qu'il y aura assez d'argent, ils peuvent s'installer ensemble sur le balcon et se souvenir. En règle générale, les souvenirs ne remontent pas plus loin qu'à Berlin. Ses espérances ne sont pas précisément foisonnantes mais on peut toujours rêver d'une autre excursion possible ou se réjouir des nouvelles qu'apporte Dora, des salutations qu'elle est chargée de lui transmettre, en provenance de Prague ou de Berlin, car de Berlin aussi on reçoit des salutations, en particulier de Judith à qui il doit le plaisir des nouveaux habits de Dora. Dora écrit et téléphone, et il s'étonne parfois de la voir si forte, d'autant plus qu'il n'est pas de très bonne compagnie car il est souvent si enroué qu'il ne peut pas parler, tombe de fatigue aux heures les plus invraisemblables et mange, au grand dam de Dora, beaucoup moins qu'il ne le faudrait.

Du professeur dont il attend la visite, une sommité du monde médical viennois, on dit qu'il aurait déjà dû venir une fois sur place pour examiner un patient, mais il demandait trois millions et s'est décommandé à la dernière minute, l'automne dernier, quand les prix ont atteint, ici également, des hauteurs vertigineuses. Ils l'attendent durant toute la matinée et quand enfin il est sur les lieux, l'affaire est expédiée en moins d'une demi-heure. Pour le professeur, il n'est qu'un tuberculeux quelconque, un cas parmi des dizaines de milliers, mais enfin, puisqu'il est là, il pratique un bref examen au laryngoscope, palpe un peu la gorge du malade et s'en retourne à Vienne en leur laissant sa note. Dora a pâli à cause du montant, mais elle n'a rien dit et a simplement quitté la chambre un moment. On remarque qu'elle est soucieuse. Le professeur ne l'a pas dit clairement, mais il estime que le cas est désespéré, comme tous les autres ici, dans la maison, si bien que chacun se sait au moins en bonne compagnie. Dora fait comme si ce n'était qu'une visite sans importance mais elle a besoin d'aide. N'aurait-il pas pu remarquer cela auparavant ? Elle y a fait allusion une fois, il semble qu'elle en ait parlé avec Robert, et la voilà maintenant qui n'a plus que le nom de Robert à la bouche, ce serait quand même une bonne chose, dit-elle, que Franz ait quelqu'un avec qui s'entretenir quand elle n'est pas là, quand elle est à la cuisine ou sortie au village pour faire les courses. De plus, comme Franz, Robert a la tuberculose, fort heureusement au stade initial, mais il est très versé dans ce domaine, en cela également il serait une aide précieuse. Bon, dit le docteur, quoiqu'il se défende depuis fort longtemps contre Robert, certains aspects de son caractère l'ont de tout temps hérissé, son insupportable exigence, sa tendance à la soumission.

Pour l'instant, il ne vient qu'en visite. Dora va le chercher à la gare pendant que le docteur est allongé à l'ombre, sur le balcon, avec un journal d'avant-hier posté à Prague. Ils se sont connus au sanatorium il y a de cela trois ans. La guerre était depuis longtemps terminée, ils n'en ont pas moins beaucoup parlé de la guerre car Robert a été sur le front de l'Est puis en Italie, quelques années durant lesquelles il a contracté la maladie. À chacune de leurs rencontres, le docteur a été frappé par sa mine fraîche et juvénile, par une certaine mollesse aussi, surtout dans les traits de son visage où un soupçon d'amertume se laisse deviner, renvoyant à la maladie qui l'a obligé à interrompre ses études de médecine. Ainsi que l'on pouvait s'y attendre, il n'a guère changé. Il arrive en costume avec gilet, peigné comme toujours avec la raie sur le côté, un homme d'apparence avenante, âgé d'environ vingt-cinq ans. Lui et Dora ont manifestement déjà parlé de la situation, aussi ne pose-t-il guère de questions. Mais il est tout disposé à aider et dit qu'il se réjouit d'être là, à croire qu'il n'attendait qu'une occasion comme celle-ci. Pour Dora, sa présence est un bienfait. Elle lui montre la vue du balcon, la chambre où ils passent un moment à deviser ensemble, ils ont même visité la salle à manger, la cuisine où elle prépare les repas, son petit royaume. Il a l'intention de rester quelques jours ici, dans la maison où il y a par chance des chambres libres, si bien que tout le monde est content, si difficile que soit le quotidien, car Franz a de plus en plus de mal à parler, à lire aussi, car le nouveau Werfel est arrivé il y a quelques jours et il lit donc de temps à autre, avec une infinie lenteur, quelques pages à chaque fois.

Un calme nouveau s'installe, en tout cas au-dedans de lui-même, a-t-il l'impression, car au-dehors il y a pas mal d'animation, il a droit à des enveloppements et doit faire des inhalations, à cause de la fièvre, le traitement, pour le moment, se limite à cela. Il se défend contre les injections d'arsenic proposées par le docteur Hoffmann et il semble, en effet, que la fièvre ait tendance à baisser depuis hier. Ce matin, par exemple, il n'a qu'un peu de température, sa gorge est comme d'habitude, il y a toujours cet enrouement qui l'empêche parfois de parler. Il se réjouit pour Dora. Elle est comme transformée depuis que Robert est là. Ils se relaient parfois, d'autres fois ils se retrouvent tous les trois, la conversation est alimentée par les derniers potins de Prague contenus dans le courrier qui vient d'arriver, un courrier auquel Dora est depuis peu chargée de répondre. Les parents l'en ont priée instamment, elle n'en est pas peu fière et s'enhardit à présent jusqu'à relancer prudemment la question de l'édredon, elle a bien songé déjà à en acheter un à Vienne, mais dans ce cas Franz la mettrait assurément à la porte. Le docteur s'esclaffe en lisant cela, il aime sa façon d'écrire, ses formules singulières, il ne manquera évidemment pas de ronchonner parce qu'elle lui a laissé si peu de place pour écrire, alors qu'en réalité, ça lui convient parfaitement. Il aime son écriture dont elle continue de dire qu'elle ressemble de plus en plus à la sienne, il aime son sérieux, la gratitude qu'elle exprime pour s'être vu confier la charge d'écrire. C'est parfois comme au bureau, à l'époque, il y a presque tous les jours des lettres auxquelles il faut répondre, les plis s'entassent sur la table. Elle se penche profondément sur le papier quand elle écrit, ployant, semble-t-il, sous un fardeau qu'elle se plaît à porter, comme si écrire était un acte sacré.

Le soir, au lit, il se demande ce qu'il adviendra d'elle. Dans quelle direction elle ira quand il ne sera plus là. C'est triste et c'est bizarre aussi de penser à elle comme cela, seule, sans lui, bien qu'elle ait vécu des années à Berlin sans lui, et qu'elle ne s'en soit jamais plainte. Les yeux fermés, il croit savoir qu'elle ne sera pas perdue car elle est douce mais forte aussi, c'est en tout cas ainsi qu'il l'a connue. Il aurait pu l'épouser, certes, et il le pourrait encore. Pourquoi donc ne l'épouserait-il pas ? C'est une pensée qui vient un peu tard, comme il doit l'admettre, mais en même temps, il lui semble qu'elle arrive au moment opportun tant il trouve soudain incroyable de ne pas lui avoir déjà fait sa demande à Berlin. Il ne pense même pas à la réponse de Dora. Il pense à F., pourquoi elle a été d'emblée la femme qu'il ne lui fallait pas, à M. aussi, de façon plus distante, sans grand regret, comme si M. avait été la juste réponse à des fiançailles qui n'avaient pas lieu d'être. Il reste jusqu'au soir d'humeur exubérante. Sur sa table de chevet est posé un exemplaire du numéro de la *Prager Presse* où vient de paraître sa « Joséphine », c'est une autre raison de se réjouir, sans parler de Dora dans sa nouvelle robe, même le repas lui fournit prétexte à s'enthousiasmer, il ne se rappelle pas la dernière fois qu'il a mangé de si bon appétit.

Il passe la moitié de la nuit à y réfléchir, moins au si qu'au comment car il ne voudrait pas commettre de faute ; il y a des règles qu'il se doit de respecter, il y a les parents qu'il faut ménager, quand même ce n'est pas tant de ses parents qu'il se soucie pour le moment. Il ne doit pas lui faire cette demande par mauvaise conscience car il a souvent mauvaise conscience de l'avoir entraînée dans cette vie, à l'époque, à Müritz, alors qu'il aurait déjà dû voir en gros ce qui allait se passer. Il ne doit surtout pas l'épouser par gratitude. Sa gratitude lui est acquise mais cela ne saurait être une raison suffisante, la bénédiction du père de Dora lui paraît soudain de la plus haute importance car peut-être bien qu'une pareille décision implique un recommencement en tant que Juif. Le matin venu, il lui fait sa demande. Il n'a pas besoin de dire grand-chose, elle dit oui tout de suite, elle vient d'apporter le petit déjeuner, et maintenant ça. Mais pourquoi ? demande-t-elle, comme si c'était quelque chose qui ne lui serait pas venu à l'esprit, même en rêve. Doit-on avoir des raisons pour se marier ? Il ne faut pas que tu aies été jeune pour moi en pure perte, tes baisers, les balbutiements, toutes ces nuits, les confidences. Mais non, dit-elle, et puis de nouveau : oui, bien qu'elle n'imagine pas un instant que le père puisse donner son accord. Peut-être que je rêve, dit-elle. Est-ce que tu m'as vraiment fait ta demande ? Mais le père ; malheureusement, il ne connaît pas son père. Il y a quelques semaines, j'ai pensé lui écrire pour lui parler de nous, ce qui nous est arrivé, comment nous vivons. Après les premières phrases, je n'ai pas su comment continuer. Mais pourquoi en pure perte ? Mon chéri, dit-elle au moment même où Robert frappe à la porte. Elle a du mal à se ressaisir, le docteur lui a passé cent fois la main dans les cheveux, si bien qu'elle est un peu ébouriffée. Par bonheur, Robert ne remarque rien, pourtant il paraît interloqué, il veut savoir s'il y a de bonnes nouvelles et Dora, là-dessus, lui dit en quoi consistent les bonnes nouvelles.

La lettre n'est achevée que le lendemain matin. Elle n'est pas très longue, à peine deux pages dans lesquelles il se présente, âge, profession, ses années à la compagnie, il est pensionné depuis plus d'un an, puis quelques renseignements sur la famille, les parents, les sœurs, son rapport au judaïsme. Il ne cherche pas à dissimuler le fait que ses attaches, à cet égard, ne sont pas très solides, mais il a beaucoup appris depuis qu'il a rencontré Dora. Il évoque sa fréquentation de l'École supérieure juive, peut-être de manière un peu trop humble, pourquoi il se croit sur la bonne voie. De la maladie, il ne parle que vaguement, il est actuellement en cure dans un sanatorium près de Vienne. Dora est auprès de lui, elle est au courant de tout, il croit fermement qu'il sera un bon mari pour sa fille et le prie donc de lui accorder sa main. Comme il n'a même pas une photo du père de Dora, il lui est difficile de trouver les bonnes formules, on ne sait pas bien à qui l'on s'adresse, mais Dora est d'accord avec tout, la seule chose qui compte à ses yeux, c'est qu'il lui a demandé sa main. Jamais encore elle n'a assisté à un mariage, dit-elle, le premier mariage auquel elle assistera sera le sien, en mai prochain, espère-t-elle, quand ils pourront sortir, descendre au jardin. Ottla devrait évidemment être de la partie, Elli, les enfants, les parents, si ce n'est pas trop loin pour eux, et puis Judith et Max, ou alors rien que Max et Ottla. Quelque chose dans ce genre. Oui ? La lettre n'est pas encore à la poste, elle la portera tout à l'heure, l'enveloppe est écrite, ensuite il n'y aura plus qu'à attendre.

8

Depuis qu'il lui a fait sa demande, Dora a l'impression d'être une autre. Elle croit sentir en elle des forces toutes neuves, elle ne doit pas cesser de lutter pour lui et de faire son possible pour qu'il arrive enfin en de meilleures mains. Il leur faut un médecin compétent, qui ne le compterait pas parmi les condamnés mais aurait encore des propositions constructives. Max lui a indiqué au téléphone quelqu'un à qui elle pourrait s'adresser, aussi invoque-t-elle un prétexte quelconque pour se rendre début mai à Vienne, à la clinique, où elle prend contact avec un nouveau médecin qui viendra examiner Franz l'après-midi même. Sur le chemin du retour, dans le train, elle écrit à Elli. Elle lui avoue franchement ce qu'elle a fait, Franz ne devra jamais l'apprendre, surtout pas ce qu'elle est amenée à demander maintenant, car elle a besoin d'argent, de toute urgence, uniquement cette fois ; après avoir examiné Franz, le médecin lui assurera les soins nécessaires. Professeur Neumann. Il ne peut malheureusement pas venir en personne, envoie à sa place un certain docteur Beck qui arrive à l'heure fixée, à la minute près, un homme corpulent qui prend son temps et pratique une délicate injection d'alcool contre la douleur. C'est à peu près tout ce qu'on peut faire. Le larynx et une partie de l'épiglotte sont affectés par un processus de désagrégation déjà bien avancé et le médecin ne parvient malheureusement pas à tuer le nerf. Voilà qui n'est guère encourageant, mais qu'est-ce que ça signifie exactement ? Dora conduit le docteur Beck dans le salon de lecture où il n'y a justement personne, là il lui dit la vérité. Trois mois encore, dit le docteur Beck. Il conseille un transfèrement à Prague auquel Dora s'oppose immédiatement car si elle emmène Franz à Prague, il saura qu'il est perdu. Il va de soi, dit le docteur Beck, que la décision appartient à Dora. Il pense manifestement avoir affaire à l'épouse du malade, elle le détrompe et s'interroge, la mort dans l'âme, sur ce qu'il a dit exactement. Est-ce que les trois mois annoncés sont un minimum ou un maximum ? Elle accompagne le docteur Beck à la porte, lui souhaite bon retour à Vienne, le suit longtemps des yeux, comme sonnée, appuyée contre le chambranle, jusqu'à ce que, petit à petit, elle commence à comprendre.

Robert semble avoir prévu cela depuis un certain temps. Il tâche de la consoler au téléphone, lui conseille de faire une petite promenade, elle ne peut pas se présenter à Franz dans cet état. Marcher lui fait du bien, elle ne savait pas qu'on pouvait aller si loin en une heure, jusqu'à la limite supérieure du vignoble où elle passe un moment, assise dans un pré, à réfléchir à la vie, au temps qui lui reste avec Franz, tantôt furieuse et désespérée, tantôt étonnamment calme, prête à faire face avec une sorte de résignation stoïque. Tout est effrayant, et cependant une certaine paix se répand en elle. Sur le chemin du retour, où elle manque à plusieurs reprises de tomber, elle ne cesse de pleurer et de prier, et toute la nuit aussi, jusqu'à l'heure où elle apporte comme d'habitude son petit déjeuner à Franz. Franz n'apprendra pas d'elle ce qu'il en est de son état. Ils se marieront et vivront ensemble ici. N'a-t-elle pas su dès le début qu'elle devrait considérer chaque jour avec lui comme un cadeau du ciel ? L'injection d'hier a aidé un peu, pourtant Franz paraît oppressé, comme en proie à un sombre pressentiment, aussi a-t-elle quelques passages à vide le soir, dans sa chambre, alors même qu'elle a repris espoir, alors même qu'elle pense à la baronne et ne veut pas voir que l'exemple de la baronne ne s'applique pas à Franz. Elle a téléphoné à Robert et obtenu sans peine qu'il revienne dans les prochains jours et lui prête main-forte pour les soins. Elle a aussi téléphoné à Max, lui a dit franchement qu'il n'y a plus aucune chance de salut ; elle ne saurait se montrer aussi directe avec la mère et avec Elli, en particulier parce qu'elles ne posent jamais les vraies questions et font, suivant une habitude bien ancrée, comme si la maladie n'était qu'une succession sans fin de hauts et de bas. Franz n'a pas réagi à la visite du docteur, il n'a pas demandé pourquoi et comment, n'a pas même évoqué la question de l'argent. Il est très affaibli mais sourit en la voyant arriver, il souffre, cela se voit à chaque bouchée, mais il se donne du mal pour le lui cacher. Le soir il boit du vin, demande s'il y a eu du courrier, si Robert reviendra bientôt, ce que Max a dit au téléphone, il a l'intention de venir le voir sous peu, bon, bon, si c'est Max, mais il ne voudrait pas avoir d'autres visites.

À présent elle attend Robert. Peut-être que Robert pourra encore faire quelque chose, ou Franz lui-même, car au fond le salut vient toujours de soi-même. Depuis la visite du docteur Beck, la situation est inchangée. Grâce aux injections, il peut dormir, mais peut-être, et c'est ce qu'elle craint, les injections sont-elles finalement contre-productives et réduisent-elle à néant les ultimes possibilités des forces d'autoguérison. Elle ne le sait pas. Tantôt elle souhaite seulement qu'il ne souffre pas, tantôt elle se console à l'aide de conjurations, il faut que Franz vive, un miracle n'est pas exclu. Tout à l'heure elle a promis à Elli de lui écrire quotidiennement, mais en réalité, même téléphoner lui pèse, elle se sent vide et éteinte, elle espère qu'on se montrera compréhensif avec elle. S'il vous plaît, se défend-elle par lettre, je n'en peux plus, ayez pitié de moi. Hier ils ont eu quelques belles heures. Franz a eu envie de vin qu'il a bu en faisant montre de ce plaisir mêlé de curiosité qui lui est propre et sans éprouver la moindre douleur. Et c'est précisément à Elli qu'elle écrit cela. À Müritz, quand elle pensait qu'Elli était sa femme, Dora n'était pas particulièrement bien disposée envers elle, mais à présent elle la considère presque comme une confidente, et cela depuis l'appel au secours qu'elle lui a lancé de Vienne et auquel Elli a répondu aussitôt avec des paroles venues droit du cœur.

C'est tout près de lui, dans sa chambre, qu'elle écrit le plus volontiers, quelques lignes aux parents, tandis qu'il est couché dans son lit. C'est la première lettre depuis la visite du médecin, mais elle ne fait allusion qu'au temps qui continue d'être froid, au bon air, aux soins dont elle se charge à l'occasion elle-même. Ils ont reçu l'édredon, en même temps que les draps et un traversin en crin de cheval, malheureusement pas encore l'oreiller, sans doute est-il resté en souffrance à la poste de Vienne, elle ira se renseigner la prochaine fois qu'elle s'y rendra. Elle salue expressément le père, moins parce que Franz l'en a priée que parce qu'elle pense beaucoup à son propre père qui n'a pas répondu à ce jour. Il se peut d'ailleurs que sa réponse soit en route, mais quelle sera-t-elle au bout du compte, cette réponse, étant donné que le père n'écoute que son rabbin miraculeux. Franz aussi a fait la connaissance d'un rabbin miraculeux, il y a des années de cela, et quand il en parle, c'est presque comique, un homme à la barbe hirsute, en caftan de soie, le caleçon visible par-dessous. Tous deux éclatent de rire en se représentant le personnage. Franz paraît avoir encore de grandes espérances, il voudrait la robe verte, au cas où, et elle y croit un moment, contre toute raison, comme presque tous les rêves sont contre toute raison.

Le retour de Robert lui fait l'effet d'un bol d'air, elle a l'impression de reprendre enfin haleine car la plupart du temps elle n'a fait que courir depuis des semaines. Elle s'occupe du courrier, du téléphone où elle ne doit ni mentir ni dire la vérité, des courses, de préparer à manger, un repas toutes les quelques heures, quelque chose qu'elle doit lui apporter et remporter ensuite en bas, à la cuisine. Ces derniers jours, Franz n'est pratiquement pas sorti du lit, aussi s'est-elle chargée de faire sa toilette, ce qui est à la fois beau et terrible car il n'y a partout que des os, la peau fiévreuse qu'elle couvre de baisers prudents, avec le vague sentiment de faire quelque chose de défendu, comme si elle n'aurait jamais dû le voir dans cet état. Il s'est remis à chuchoter, on a parfois du mal à comprendre ce qu'il dit, qu'il est mal couché ou qu'il a soif, comme il est fatigué, oh, si fatigué. Ne m'en veux pas, dit-il, et là-dessus, elle : Moi, t'en vouloir ? Comment pourrais-je t'en vouloir. Après un long silence, Ottla vient d'écrire, elle lui répond aussitôt. Chère, belle Ottla, écrit-elle, mais elle a du mal à rassembler ses idées, elle se sent sourde et muette, contente seulement que Robert la soulage de telle ou telle tâche.

Hier soir, dans le salon de lecture, ils se sont raconté comment ils ont fait la connaissance de Franz. Ils ont longuement parlé de sa famille, de l'argent qu'elle a demandé à Ottla et dont elle espère qu'il arrivera bientôt. Robert n'est resté absent que quelques jours mais on remarque qu'il ne croit pas à un sursis de trois mois car Franz va chaque jour plus mal. Il propose à Dora de la décharger du soin d'écrire à la famille afin qu'elle ait plus de temps pour lui, pour elle-même, afin qu'elle ait des moments de repos. On ne remarque pratiquement pas que Robert est malade, lui aussi, il est pâle, plutôt efflanqué, mais bien moins que

Franz l'était à Müritz. Quand elle parle de Müritz, ça lui fait chaud au cœur, pourtant elle a l'impression que les images changent peu à peu, elles sont moins animées, plus lointaines, sans véritable lien avec ce qui se passe ici, aujourd'hui. Les premières semaines avec lui paraissent s'être figées, comme un objet que l'on tiendrait dans sa main parce qu'il vous a été jadis infiniment précieux, un vase, une pierre colorée, un coquillage qui aurait progressivement perdu la faculté de vous rappeler comment c'était. L'après-midi, elle reste longtemps assise près de lui, sur le balcon où il dort, couché au soleil. D'habitude il se réveille quand elle est là, mais pas cette fois, il dort d'un sommeil profond, la bouche close, tel un roi, ne peut-elle s'empêcher de penser, quelqu'un dont les pensées ne sont pas faciles à deviner, quelqu'un qui serait depuis longtemps très loin d'eux, occupé de réflexions de toutes sortes, comme autrefois, quand il écrivait à sa table.

Franz n'a guère parlé ces derniers jours. Le docteur Hoffmann lui a prescrit une cure de silence qu'il observe la plupart du temps. Il s'exprime à l'aide de billets sur lesquels il note des questions ou des pensées, à contrecœur au début, comme s'il ne prenait pas la chose très au sérieux, comme s'il ne s'agissait que d'une tocade qu'il ne comprend que trop bien en tant qu'ancien fonctionnaire, et les premières fois il se comporte en effet comme s'il recopiait des pièces d'archives ou comme s'il s'agissait de documents importants. Dora a un peu de mal à s'y habituer, mais au bout d'un certain temps elle trouve cela plaisant, elle a son écriture, les conversations ne deviennent pas forcément plus significatives, en revanche elles sont peut-être plus précises, et en même temps il s'avère qu'on peut aussi se passer des mots ; on peut se tenir par la main, on a des yeux, on peut hocher la tête, froncer les sourcils et avoir la plupart du temps la sensation d'être relié. Malheureusement il ne mange plus. Il se donne un mal de chien mais il n'y arrive pas, non pas à cause de sa gorge qui ne le fait presque pas souffrir mais parce qu'il a perdu l'appétit. Dora tente de le convaincre, elle le conjure, mais de plus en plus souvent il secoue la tête, s'estime tantôt complimenté à tort, tantôt blâmé à tort, juge inutile l'effort qui lui est demandé, perd la foi. Quel tracas je vous cause, c'est absolument insensé, écrit-il. Et une autre fois : combien d'années pourras-tu le supporter ? Combien de temps pourrai-je supporter que tu le supportes ? Et elle se rend compte alors qu'il pense en années et ne croit pas aux trois mois du docteur Beck qui aura vraisemblablement sous-évalué les forces encore disponibles. Elle se figure un feu intérieur, quelque chose qui se renouvelle, et peut-être pas seulement en se nourrissant de soi-même mais davantage encore parce qu'il aime et est aimé en retour, de sa vive inclination pour tout et pour chacun.

9

Depuis que Robert est au sanatorium, Dora a l'air plus reposé. Elle est moins bousculée, lit occasionnellement un livre, coud ou est assise à table et lui parle des patients que l'on peut croiser à toutes les heures du jour dans les pièces communes, des lubies de certains, de la célèbre baronne sur laquelle il prend exemple. Il n'empêche que manger lui répugne de plus en plus souvent, rien que l'odeur quand Dora entre dans la chambre, il sait alors qu'il va devoir se forcer pour lui faire plaisir. Il s'est habitué un tant soit peu à l'usage des billets. Cela implique une certaine contrainte à l'économie qui ne lui est pas étrangère, cependant beaucoup de choses sont passées sous silence, la peur quand il fait nuit, la déception parce que la réponse du père de Dora se fait attendre. Peut-être, pense-t-il, le projet de mariage a-t-il reçu l'approbation inattendue du rabbin et le père ne veut-il pas suivre son conseil ou, au contraire, le rabbin est-il contre et le père cherche-t-il une issue par égard pour sa fille. De son éditeur, il devrait avoir reçu les épreuves d'un nouveau recueil de récits, il les attend de jour en jour, non sans éprouver une certaine inquiétude à ce sujet. Mais tant qu'on attend, se dit-il, tout espoir n'est pas perdu. Si seulement il recouvrait quelques forces et n'avait pas tellement de mal à manger, il pourrait au moins penser à quelque chose, à une vie à la campagne, à proximité d'Ottla, si toutefois on peut appeler cela une pensée, car sa pensée depuis des mois consiste pour l'essentiel en lassantes répétitions. Les visites des médecins aussi ne font que se répéter. Le professeur Hajek est venu de Vienne et a procédé en vain à une injection d'alcool contre l'inflammation du larynx, un certain docteur Glas s'est annoncé, on a de nouveaux remèdes et de nouveaux conseils, il lui est prescrit de prendre un bain tous les deux jours, ce qui paraît tout à fait impossible sur le moment mais sera finalement possible avec l'aide de Dora.

Le lendemain, on reçoit la visite d'Ottla. Il y a longtemps qu'elle a manifesté le désir de venir les voir, on s'est téléphoné à plusieurs reprises, le beau-frère, Karl, a tenu à l'accompagner, vers midi ils sont là. C'est un peu triste vu les circonstances, mais tout le monde se donne du mal car nul ne sait quand on se reverra, et le soleil radieux contribue quand même à une certaine bonne humeur générale. Il ne doit toujours pas parler et a donc fort à faire avec ses billets. On se raconte des histoires de l'époque praguoise, les drôles de chambres qu'il a occupées, comment le père a réagi, il y a des années de cela, à l'histoire du cancrelat, de cet insecte effroyable, qui sait exactement ce que c'était, quelques épisodes remontant à Zürau. Vers deux heures, Karl et Dora vont manger. Seule Ottla ne peut pas se décider, elle s'arrête sur le seuil, singulièrement émue, puis elle reste. Elle a beaucoup pensé à lui, dit-elle, elle est si contente qu'il ait Dora. On remarque qu'elle a autre chose à lui dire mais c'est difficile, elle s'y reprend à plusieurs fois, mais il sait déjà de quoi elle va lui parler. Ottla n'a-t-elle pas toujours été une sorte de miroir pour lui ? Elle voudrait savoir comment il va vraiment. Tu n'as pas besoin d'être gai à cause de moi, dit-elle, et là-dessus il se confond en remerciements pour les mois à Zürau, pour tout ce qu'elle a fait pour lui. Tout le monde a peur, chuchote-t-il. Mais quoi de plus compréhensible, car lui-même a peur plus que quiconque. Elle hoche la tête, elle a peur comme les autres, chuchote-t-elle à son tour, et du coup il se sent presque mal à l'aise avec elle. Elle l'observe tandis qu'il se force à manger, comment il s'étrangle avec la soupe de Dora. Ensuite il ne se passe plus grand-chose. Ils repartent aussi vite qu'ils sont arrivés. Karl ne fait que hocher légèrement la tête pour prendre congé tandis qu'Ottla ne parvient toujours pas à se décider. Elle reste plantée là, main dans la main avec Dora, et c'est peut-être ce qu'il y a de plus beau, pense-t-il, de les voir si proches l'une de l'autre, comme des sœurs.

Sa relation avec Robert s'est vite détendue. Dans le passé, quand il recevait une lettre de lui, il se sentait souvent harcelé, il y avait dans ses phrases quelque chose de revendicatif, on aurait dit que ce qu'il donnait à Robert n'était jamais suffisant, oui, que Robert avait sur lui un droit imprescriptible, comme un amant, ce qui était une pensée tout à fait désagréable. Mais cela n'est plus d'actualité. Il n'y a plus la moindre raison d'être mécontent de Robert, bien au contraire, il se montre d'un dévouement sans limites, il est toujours là quand on a besoin de lui, la nuit, quand Dora dort, il se tient parfois dans l'embrasure de la porte ou à côté du lit avec une compresse fraîche, un remède, une bonne parole. Il s'occupe même de faire la toilette de Franz, ce qui ne plaît pas trop à Dora, mais cette tâche s'est avérée entre-temps très difficile, il faut soulever Franz et le retourner, elle n'est pas assez forte pour cela. Elle lui passe souvent un gant de toilette humide sur le visage, si bien qu'il a de temps en temps son odeur tandis que Robert accomplit les tâches pénibles comme en se jouant. Franz est content qu'Ottla soit venue seule hier car l'oncle s'est annoncé à son tour pour aujourd'hui même. Il se montre comme d'habitude bruyamment envahissant et prolixe, parle très longtemps de voyage, de la magnifique Venise, une ville qu'il ne peut que recommander chaudement à tous ceux qui l'écoutent, ne s'accorde pratiquement pas une seconde de répit. À Robert il dit : N'êtes-vous pas quelque chose comme un confrère ? En tant que simple médecin de campagne, il ne peut évidemment pas juger en connaissance de cause des conditions qui prévalent ici, dans la maison, mais à première vue tout lui paraît du meilleur aloi, la chambre, la vue, sans parler de la merveilleuse Dora qu'il a connue à Berlin, à l'époque, quand j'ai malheureusement dû vous dire, Berlin, vous devez faire une croix dessus. Il pose des questions sur les médecins, se laisse expliquer jusque dans les moindres détails qui a établi quel diagnostic, et quand, et l'on peut constater alors qu'il ne fait à ses yeux aucune différence que quelqu'un soit docteur ou professeur. Après deux heures, il s'apprête à partir, mais seulement parce que Robert lui a laissé entendre qu'il serait temps d'y penser. L'oncle tend la main au docteur, serre Dora dans ses bras, lui dit de faire attention à elle. Mon Dieu, dit-il, les enfants, et le voilà parti.

Au dernier moment, Dora a dit à Ottla qu'ils veulent se marier. Ce n'est pas la première fois qu'elle raconte comme Ottla s'est réjouie, elle rayonne, tu ne peux pas t'imaginer à quel point. Elle a aussi fait allusion à la lettre, qu'ils attendent la réponse depuis une éternité, et le hasard veut que la réponse arrive juste après qu'elle en a parlé. Dora croit savoir qu'elle ne sera pas favorable et, de fait, la lettre est un refus pur et simple. Le docteur, y apprend-on, en a lui-même énuméré les raisons, il est d'une famille qui a de faibles attaches religieuses, à en juger par ses propres dires, il a commencé il y a peu de temps seulement à s'intéresser à la religion de ses ancêtres, dans ces conditions une union est impossible. Le ton de la lettre n'est pas inamical, mais sur la question cruciale, le bonhomme se montre intraitable, en conclusion il n'oublie pas de souhaiter au docteur une prompte guérison et le prie de saluer Dora avec laquelle il n'a hélas depuis longtemps plus de relations, et le verdict est ainsi prononcé. Franz a-t-il vraiment pensé qu'il pouvait être différent ? Dora est presque plus déçue que lui, elle a manifestement continué d'espérer contre toute attente, et à présent ils sont assis là et ne savent que faire. Il s'est confié au père de Dora et pense ne pas pouvoir transgresser son refus, ce ne serait pas de bon augure, craint-il, d'ailleurs la lettre elle-même n'est pas de bon augure. Elle tente de le tranquilliser. Mais nous sommes l'un à l'autre. Ne sommes-nous pas l'un à l'autre ? Malgré tout, le coup est rude. Il sent que ses forces continuent de décroître, mais ce n'est peut-être que l'effet de la double visite qui, comme toutes les visites, a coûté des forces, le moral est au plus bas, et c'est dans ces circonstances qu'ils revoient Max. Il est venu passer quelque jours à Vienne pour des raisons professionnelles et fait de louables efforts pour dire quelque chose de réconfortant. Il s'enquiert des épreuves qui ne sont pas encore arrivées, lit la lettre, la trouve plus étrange que fâcheuse, fâcheuse pourtant au point de vue des conséquences qu'elle a entraînées, si bien que la faute, somme toute, résiderait plutôt dans le fait de l'avoir écrite. C'est en tout cas ce que Max laisse entendre. À moins que le docteur ne l'ait pas bien compris car il a du mal à se concentrer et, de plus, ils ne savent trop que se dire. Tout est très loin, l'histoire avec Emmy, ce que Max a en chantier, ce qu'il fait exactement à Vienne, comme si toutes ces choses-là ne le regardaient plus. Il y a des semaines qu'il n'a pas écrit, mais Max ne lui pose pas de questions à ce sujet, les deux fois suivantes non plus, ils se séparent sans s'être dit grand-chose, qu'il ne guérira vraisemblablement jamais, qu'ils ne se reverront peut-être pas.

Pendant quelques jours, il a peur. La nuit, quand le sommeil le fuit, quand il n'y a que le silence autour de lui, quand il tend l'oreille pour tâcher de déceler quelque chose dans ce fourré de silence, le bruissement familier d'un filet d'eau, des pas, le chuchotement d'un voisin, quelque chose de tangible, une preuve, aussi infime soit-elle, que la vie ne s'arrête pas, qu'il fait simplement nuit et que l'on se réveillera sain et sauf le matin venu.

Robert est rentré de Vienne avec un cornet de cerises, elles sont les premiers signes avant-coureurs de l'été. On est mi-mai, il n'est pas sorti depuis une éternité, tout juste si, de temps à autre, de moins en moins souvent d'ailleurs, il parvient encore à se traîner jusqu'au balcon. Il arrive à déglutir à peu près normalement, mange sous le regard sévère de Dora qui tient à ce qu'il dorme de bonne heure, à neuf heures, neuf heures et demie au plus tard. Souvent elle vient encore jeter un coup d'œil dans sa chambre vers minuit, s'il est réveillé elle s'assied auprès de lui, l'obscurité se prête à dire bien des choses, sa peur, ce qu'il regrette, la lettre, qu'il ne pouvait pas faire autrement, et de nouveau : sa peur. Quand elle l'embrasse, l'étau se desserre provisoirement, alors il oublie où et qui il est, alors c'est presque comme en été. N'est-ce pas un miracle qu'elle soit là ? Qu'elle vive, indépendamment de lui, maintenant aussi, à cet instant ? Qu'elle respire et que son cœur batte ? Qu'il y ait des cœurs qui battent ?

De l'écriture, il a fait entre-temps son deuil. D'autant plus grande est sa joie lorsque Dora lui apporte l'enveloppe avec les premières épreuves et qu'il peut s'assurer de ses propres yeux qu'il y a eu d'autres temps. Il n'a jamais été particulièrement assidu mais il a quand même accompli quelque chose, il y a ces histoires, sur la page de titre son nom, rien de vraiment palpable, au fond, une pile de papier imprimé, de beaux caractères, un peu moins grands que ceux du *Médecin de campagne*. Au début, il lit plus qu'il ne corrige, *Un champion de jeûne*, avec des larmes aux yeux. Est-ce qu'il pourrait encore écrire cela aujourd'hui ? Il est à moitié assis dans son lit et espère que personne ne le dérangera car il arrive que le médecin de garde se présente à l'improviste et l'on peut difficilement le renvoyer. Il reste seul pendant plus d'une heure. Il a le temps de se rappeler, pose parfois les feuillets de côté et se réjouit de constater qu'il travaille presque un peu et aura à faire dans les prochains jours aussi, ce qui est au fond à peine croyable.

10

Franz ne lui a montré que brièvement la lettre de refus mais des jours plus tard, elle en frémit encore de colère, elle se rappelle d'emblée les raisons pour lesquelles elle a quitté la maison, à deux reprises en deux ans, pourquoi elle ne pardonne pas au père, pourquoi elle ne lui écrit pas. Quand elle s'est aperçue à quel point Franz a mal pris la chose, elle a envisagé d'intervenir auprès du père, mais serait-il seulement susceptible de se raviser s'il savait ce qu'il en est exactement de l'état de Franz, que ses jours sont comptés ? Car alors, être un bon Juif, qu'est-ce que ça signifie, quand la mort est si proche, qu'est-ce que ça signifie alors ? Est-ce que ça signifie encore quelque chose ? Ça ne signifie plus rien. Sauf que le père n'a aucune miséricorde, il a son Dieu mais pas la moindre miséricorde, et par conséquent elle ne lui écrira pas. Franz dit : Nous devons l'accepter, nous devons vivre avec, nous devons envisager le pire sans exclure un possible miracle. Le jour où la lettre est arrivée, Dora a rencontré madame Hoffmann sur le palier, elle a fondu en larmes et lui a tout raconté. Il s'avère qu'elle a commis une faute en se confiant à elle car depuis lors, les Hoffmann ne cessent de la harceler, elle et Franz, estiment-ils, doivent se marier au plus tôt, elle doit penser à son avenir, malheureusement le temps presse. La première fois, on la convie très formellement à se rendre au cabinet de consultation où ils l'attendent tous les deux avec des têtes d'enterrement, si bien qu'elle commence par se demander, mais qu'est-ce qui se passe, au nom du ciel ? Madame Hoffmann n'y va pas par quatre chemins, les Hoffmann ne veulent que son bien, proclame-t-elle, et ils s'occuperont d'avoir tout sur place, un rabbin, l'officier d'état civil, ce que Dora, effrayée, décline aussitôt, ça ne va pas dans le sens de Franz. Comme vous voudrez, disent les Hoffmann, et du coup Dora pense que le débat est clos, en quoi elle s'est grandement trompée car il ne s'écoule dès lors pas un jour sans qu'ils reviennent à la charge d'une manière ou d'une autre. Ils la prennent entre quat' z'yeux, tantôt c'est le mari, tantôt la femme, plus tard aussi le médecin assistant, et chaque fois elle dit non et voudrait disparaître sous terre.

De ces entretiens, elle n'a soufflé mot à Franz. Mais il semble se douter de quelque chose car il demande s'il y a du nouveau, quelque chose qu'il devrait savoir, à quoi elle tente de répondre par des demi-vérités : elle a parlé avec le docteur Hoffmann, un bref échange, comme ils sont contents, madame Hoffmann et lui, que Franz mange et boive si bien, de la bière ou du vin à chaque repas. C'est au jeune docteur Glas que Dora fait le plus confiance, il vient de Vienne trois fois par semaine et lui a recommandé d'ajouter de la somatose à la bière, à l'insu de Franz qui remarque que la bière n'est pas bonne mais la boit sans rechigner. Avec la nourriture aussi elle prend diverses dispositions, y ajoute régulièrement des œufs sans grand espoir d'obtenir une amélioration, juste pour qu'il conserve un peu de forces. Depuis que les épreuves sont là, il paraît reprendre plaisir à la petite vie du sanatorium, il est assis dans son lit et corrige, pas beaucoup, de temps à autre un mot, jusqu'à ce qu'il n'en puisse plus. Une fois, il écrit : Comment avons-nous pu nous passer de R. si longtemps ? Car si Dora ne quitte guère la maison, Robert, lui, se rend à Vienne tous les deux, trois jours et rapporte chaque fois des fleurs, si bien qu'il y en a parfois presque trop, de l'aubépine rouge, un aglaïa, du lilas blanc.

Rien n'est plus beau, trouve-t-elle, que d'être seule avec lui dans la chambre, chacun occupé à sa propre tâche, car cela lui rappelle Berlin, les soirs où il écrivait en sa présence. Il y avait une sorte d'intensité dans le silence, quelque chose de religieux et de léger à la fois tandis qu'il écrivait, penché sur la table, les premières semaines, quand elle avait encore presque peur de ce qu'il faisait, de son travail. De Prague est arrivé un exemplaire justificatif de son histoire de souris. Franz lui a montré le journal, et à présent elle entreprend de lire l'histoire, Robert l'a déjà lue et veut savoir ce qu'elle en pense. Il est vrai que Franz lui a parlé de ces souris. Était-il alors encore à Berlin ou déjà à Prague ? À dire vrai, elle préférerait ne pas la lire, pas tellement à cause des souris mais parce qu'elle craint d'y découvrir une vérité à laquelle elle n'est pas préparée, sur elle et sur lui, comme autrefois, dans l'histoire de la taupe, bien que Dora n'y apparaisse que de façon marginale. Comme de la viande. Comme quelque chose sur quoi on se jette à l'occasion. Quand on a faim. Ça lui a plu à l'époque, et ça l'a effrayée aussi un peu, que la vérité soit si simple. L'est-elle vraiment ? la nouvelle histoire est fort heureusement tout à fait différente, beaucoup plus tendre, lui semble-t-il, légèrement moqueuse à l'égard de Joséphine en qui elle reconnaît sans trop de peine Franz lui-même. Il n'y a pas trace d'elle, cette fois, mais ce n'est pas grave, malheureusement ça l'est doublement ensuite, car au bout du compte il est terriblement seul, il parle de sa mort et de ce qui restera de lui hormis quelques souvenirs. C'est la chose la plus effroyable qu'elle ait jamais lue. Par bonheur, il n'y a personne à proximité, il est beaucoup plus de onze heures et elle reste assise là, le regard perdu dans un lointain et terne avenir, quand il ne sera plus, mon Dieu, ou elle-même, parce qu'elle pense aussi à cela, et à cette pensée se mêle le sentiment impérieux de la vanité de toutes choses.

Franz dort beaucoup à présent, au soleil, sur le balcon, comme s'il avait depuis longtemps rejoint des lieux inconnus de Dora et auxquels elle n'aura jamais accès. Aujourd'hui, au petit déjeuner, il l'a priée d'écrire encore une fois aux parents, Robert fait à cet égard tout son possible, mais pour les parents c'est quand même un étranger, et il se peut qu'il ne trouve pas toujours le ton juste. Cependant, il n'y a pas grand-chose à dire. On peut seulement les rassurer et regretter qu'ils n'aient pas pu leur rendre visite une fois au moins et constater par eux-mêmes comme Franz est bien gardé et soigné ici. Doit-elle leur écrire qu'on dirait qu'il redevient enfant ? Le plus curieux, c'est qu'il fait allusion à cela en leur écrivant à son tour. Il a mauvaise conscience parce qu'il ne leur a pas donné de nouvelles depuis si longtemps, mais cela vient de ce qu'il continue, ainsi qu'il l'a toujours fait, de fuir toute forme d'effort et de travail, il n'y a guère que pour manger qu'il se donne un peu plus de mal qu'il ne lui en coûtait autrefois, quand il suffisait de téter gentiment pour se nourrir. Pour la première fois, il s'adresse directement au père. Il énumère ce qu'il boit le plus souvent, de la bière et du vin, *Doppelmalz-Schwechrater* et *Adriaperle*, et à présent aussi du tokay, mais en si petite quantité que le père en aurait honte, d'ailleurs il en a honte lui-même. Mais au fait, le père n'a-t-il pas séjourné dans cette région du temps où il était soldat ? A-t-il lui-même goûté au vin nouveau que l'on boit ici ? Il a grande envie d'en boire une fois avec lui, bien comme il faut, à longs traits, car si la capacité de boire n'est pas très grande, la soif, elle, est bien là, et sur ce terrain il ne le cède à personne.

Voilà déjà quelques jours qu'il souffre d'un catarrhe de l'intestin, il peut à peine boire, encore moins manger, si bien que Robert et le docteur Glas songent déjà à passer à l'alimentation artificielle. On lui fait deux injections d'alcool par jour, mais sans grand succès, la fièvre et la soif ne déclinent pas. Il s'emploie à prendre congé, adresse à Max une longue carte que Dora emporte à la poste l'après-midi. Adieu, a-t-il écrit, et merci pour tout. Elle ne peut s'empêcher de penser encore et encore que la fin est proche, pourtant cette pensée est à chaque fois nouvelle et irréelle. De son côté, madame Hoffmann ne cesse de la harceler, il ne reste pas beaucoup de temps, il faut vous dépêcher. Dora se confie à Ottla au téléphone mais il n'en résulte pas grand-chose, Ottla est si remuée qu'elle peut à peine parler, elle l'encourage malgré tout dans cette voie, mais faiblement, sans véritable conviction. Quant à Robert, il s'est d'ores et déjà prononcé dans le même sens. Mais plus tard, quand elle est assise auprès de Franz et voit comme il continue d'espérer, elle n'a pas le cœur d'aborder le sujet.

Sur presque chaque billet, il parle maintenant de boire. On se souvient de moments où l'on a soi-même eu très soif et l'on passe malgré tout à côté du tourment qui est le sien. Il demande de la bonne eau minérale, mais ce n'est que par curiosité, tout juste s'il arrive à en prendre une gorgée de loin en loin, même un verre d'eau, c'est trop. Quand Dora le pose à côté de lui, il secoue la tête, il envie le lilas, à moitié défleuri dans le grand vase, quoique mourant il boit encore, bien que cela n'existe pas en réalité, que des mourants boivent. Il sourit en écrivant ce genre de choses, comme s'il lui suffisait de continuer à écrire pour continuer à vivre. Depuis quelques jours, Dora remarque que

Robert ramasse les billets ; il les empoche en vitesse quand Franz ne regarde pas. Il n'a pas demandé son avis à Dora mais peut-être bien que ça lui est égal. Elle a souvent clairement conscience que ce sont les derniers jours, à d'autres moments elle est complètement confuse et ne peut pas le laisser. Elle tâche de se maîtriser quand elle le voit se tourmenter, dire qu'ils ont eu en ces temps difficiles tout ce que l'on peut désirer, le bonheur tout entier. Mais peu après, elle se contient pour ne pas hurler parce que ça n'a même pas duré une année. Elle aura tout perdu quand il sera parti, ses mains, sa bouche, la protection qu'il a été, comme si leur amour était une maison d'où quelqu'un voulait la chasser pour toujours.

Les Hoffmann l'ont conviée à un nouvel entretien. Elle connaît par cœur leurs phrases et leurs adjurations et se croit bien armée pour cette raison, mais les Hoffmann jouent le grand jeu cette fois, ils ont fait venir un représentant de la communauté juive, devant cet homme elle est censée dire oui à Franz. En arrivant, elle remarque seulement qu'il y a là un inconnu, c'est l'après-midi, l'ambiance est électrique, le docteur et madame Hoffmann se proposent d'être les témoins, ils lui parlent comme à une enfant écervelée, de son avenir, qu'elle n'est pas casée, elle doit penser à ce qu'il adviendra d'elle. C'est ainsi qu'ils lui rebattent les oreilles dans le but de la gagner à ce qu'elle considère comme le summum de l'inconcevable. Elle s'y refuse. Quelle vie serait-ce là, car si Franz ne vit pas, que reste-t-il de sa vie à elle ? Il lui est impossible de s'y résoudre, et elle le leur dit, elle ne voit que Franz. Pourquoi voulez-vous le priver de ce qui lui reste d'espoir ? Madame Hoffmann dit : Mais ne serait-ce pas une bien belle chose ? Ne vous-t-il pas demandée en mariage ? Dora l'admet, la demande, il la lui a faite, en effet, et son père à elle a désapprouvé le mariage, mais qu'est-ce que ça change, là n'est pas la question et, du reste, cela remonte à des semaines. Et à ces mots, elle se lève et quitte la pièce. Elle se jure de ne plus jamais leur adresser la parole, ne parle pas non plus à Robert qui l'a blessée en se rangeant de leur côté, elle se sent salie, se ressaisit enfin et s'en retourne auprès de Franz.

11

Les derniers jours, il les passe dans une disposition d'esprit changeante, à moitié grisé par les injections, aux prises à longueur de temps avec la quasi-impossibilité de boire, le problème ne s'arrange pas, bien au contraire, la soif ne fait que grandir et grandir. Il rêve de boire plus qu'il ne boit, de loin en loin un peu d'eau, et une bouteille de tokay par semaine. Il ne sent pas que ce sont ses derniers jours. Il y a un certain flottement, une sorte de balancement dans l'incrédulité, parfois il a l'impression de sentir avec chaque fibre de son corps qu'il n'est plus constitué que de faiblesse, l'instant d'après, subitement, il est tout requinqué. Il n'a malheureusement pas grand-chose à faire, les épreuves corrigées sont depuis longtemps à Berlin et le bon à tirer n'est pas encore arrivé. Il se bat vaillamment avec les repas, Robert et Dora s'occupent de sa toilette. Il est assis sur le balcon, feuillette un livre ou un autre, néglige les journaux, bien qu'il y ait aussi des journaux, sans parler des lettres de Prague auxquelles d'autres répondent à sa place ou qui restent sans réponse, empilées sur sa table de chevet. S'il devait dire comment il va, il admettrait qu'il va plus mal que jamais. Mais la pensée est claire, il écrit bien gentiment ses billets, s'étonne de la patience que Robert et Dora ont avec lui et qu'il n'aurait peut-être pas si les rôles étaient inversés.

Quand il est seul, il pense souvent à son père. Jusqu'à il y a quelques semaines, il s'est toujours adressé à la mère. Il écrivait aux deux, mais à la mère seulement en pensée, or à présent, tout à coup, il se voit avec le père dans différents jardins de brasserie. Il ne voudrait pas remuer les vieilles histoires. Il suffit que le père existe, qu'il l'ait, et qu'il ne soit plus simplement une menace mais quelqu'un qui, comme tout le monde, cherche à réussir sa vie, ce qui constitue une forme de pardon compte tenu de la distance, des nombreux kilomètres qui les séparent. Si le père venait sur place, il serait sans doute immédiatement comme frappé de mutisme, mais jusqu'à présent Dora a réussi à dissuader les parents de faire le long voyage. Il n'est pas seul, après tout, il y a du monde pour s'occuper de lui, il ne serait sûrement pas mieux à Prague. Le père serait-il content de lui comme mourant ? Il le féliciterait, croit-il, tout en se montrant insatisfait du tempo, car le père est un homme irritable, il a depuis toujours eu tendance à perdre rapidement patience, surtout avec le docteur, et souvent à juste titre. Le père lui taperait sur l'épaule et dirait : Enfant déjà tu n'étais pas très dégourdi, mais je veux bien fermer un œil cette fois, puis, d'une seconde à l'autre, il verserait comme d'habitude dans le contraire : Ça traîne un peu, non ? Mais tu te hâtes lentement, n'est-ce pas, comme tu sais si bien le faire, ce n'est pas bien car les gens attendent, combien de temps, juste ciel, vas-tu encore les faire attendre ?

Dora ne laisse pas paraître ce qu'elle pense. Mais elle ne le quitte pour ainsi dire pas des yeux, même lorsqu'il dort, et il dort énormément, sur le balcon, dans son lit, sans beaucoup de remords. En état de veille, le désir du corps de Dora l'empoigne parfois, il songe à Berlin, quand elle était couchée à côté de lui, à la pension de Müritz, quand elle lui a demandé : Tu veux ? Il voit sa bouche, le cou et les épaules, la chair sous sa robe, les endroits qu'il a touchés il y a longtemps et qu'il pourrait encore toucher. Ce soir, le cas est particulièrement grave, et tiens donc, il semble qu'elle l'ait remarqué, il se trouve qu'ils prennent encore plaisir l'un à l'autre. En irait-il autrement s'ils étaient mariés ? Ils reconnaissent à tâtons leur chair, ce qui de la chair de l'autre peut s'offrir à leurs mains, ils le réveillent un peu, n'est-ce pas, pour autant que les circonstances actuelles le permettent. Mon chéri, dit-elle, bien qu'il ne soit pas absolument certain qu'elle dise cela, mais elle est là, à moitié allongée sur le lit comme Ottla, si douce, si jeune qu'il en a presque les larmes aux yeux. Il lui est arrivé, il y a longtemps, de pleurer sur elle et sur lui. Ils sont très silencieux, tout est empli du réconfort qu'elle lui prodigue, pense-t-il, de la vérité qu'elle incarne, pour peu que l'on puisse le formuler ainsi, jamais en tout cas il ne s'est senti aussi proche de cette vérité.

Les parents ont envoyé une carte postale par exprès. Il semble que Dora se soit plainte que l'on reçoive si peu de nouvelles, ce qui n'a rien d'étonnant car ils partent fréquemment en excursion. Il fait un temps splendide à Prague, on s'adonne aux plaisirs variés de la boisson, ce qui ne manque pas de rendre Franz un peu envieux. La moitié de la ville semble être de sortie. On s'installe au bord du fleuve ou, plus haut, dans les collines qu'il connaît toutes et qu'il passe à présent une dernière fois en revue, les après-midi dans l'eau, ici ou là, de temps à autre un tour en bateau. Maintenant qu'il a quitté la ville pour toujours, il la contemple avec un plaisir tout nouveau, exactement comme il a contemplé Milan ou Paris des années en arrière, avec ce premier regard qui s'apparente à une sorte de cécité, une plongée confiante avant la première expérience concrète. N'en va-t-il pas de même avec les gens ? Le commencement a toujours quelque chose de magique, de l'étranger on ne voit d'abord que ce qui est séduisant, la beauté est partout, tant et si bien qu'on est disposé à s'accommoder de petites imperfections. Mais que veut dire imperfections ? Tout n'est-il pas chemin ? Et chaque chemin ne mène-t-il pas au but ? Là, cette jolie ruelle, j'aimerais encore l'emprunter. Elle monte en pente douce, on ne sait pas exactement où l'on est, mais ensuite, à mi-chemin, disons sous le Hradschin, on a une vue magnifique.

La plupart du temps il attend, notamment le deuxième jeu d'épreuves en provenance de Berlin, mais quand il arrive, il est presque effrayé sur le moment. Un peu plus tard, toutefois, il prend plaisir à relire encore ce qu'il a écrit, phrase après phrase, moins surpris que la dernière fois parce que l'impression qu'il en a gardée est fraîche, attentif pourtant aux moindres détails. Il s'étonne, comme chaque fois qu'il se relit, de tout ce qu'il a oublié entre-temps. On a bataillé pratiquement avec chaque phrase mais on ne se souvient que des grandes lignes, çà et là d'une petite chose qui vous est restée et qui resplendit sans que l'on sache pourquoi.

Il a parlé de sa fin avec Robert, d'une aide possible dans les dernières heures afin d'abréger les tourments. Dora est allée faire des courses, aussi peuvent-ils converser en toute tranquillité, sur un billet il a noté les alternatives connues. Ce qu'il craint le moins, c'est de mourir de faim car dans ce domaine, il a un certain entraînement, il craint de mourir asphyxié, il ne doit pas être agréable non plus de mourir de soif. Comment cela finira-t-il ? Et au fait, de quoi meurt un corps ? Le cœur s'arrête-t-il tout à coup, ou bien est-ce le poumon, le cerveau, car au fond, ce n'est vraiment fini que lorsqu'on ne pense plus. Robert ne paraît pas particulièrement surpris, il y réfléchit depuis un bon bout de temps. Il y a des remèdes, dit-il, l'opium, la morphine, il ne le laissera pas tomber. N'est-il pas singulier qu'ils parlent si naturellement de ces choses ? Ce n'est pas la première fois que le docteur se demande pourquoi Robert fait cela, pourquoi il est là depuis des semaines au lieu de vivre sa vie. Il l'écrit sur un billet. Pourquoi ne vous occupez-vous pas de votre vie ? À quoi Robert répond que sa vie est ici, dans cette chambre, je suis auprès de vous, chaque minute m'est précieuse. Est-ce imaginable ? Pour un certain temps, oui, pense-t-il, probablement. Il lui suffit de s'observer pour le constater, la vie reste une vie, oui, elle lui plaît, peut-être plus que jamais, de tout petits riens suffisent à le réjouir.

Il ne travaille pas très vite. Le livre à paraître, il ne le tiendra pas dans ses mains, c'est un fait dont il est parfaitement conscient alors même qu'il est là, à corriger sous le regard de Dora et à espérer que quelque chose restera, une preuve des efforts qu'il a fournis, la preuve qu'il avait une mission et qu'il s'en est acquitté, quelle que soit la manière dont on en jugera au bout du compte. Il y a beaucoup de choses qu'il a comprises très tard, d'autres qu'il a devinées plutôt que comprises. Mais tout de même, il est allé à Berlin avec Dora, il s'est décidé tout de suite et elle est toujours là, c'est beaucoup plus que ce qu'il a jamais osé espérer. Elle a apporté des fleurs fraîches et demande comme d'habitude s'il a besoin de quelque chose mais il n'a besoin de rien. Par la fenêtre ouverte, des parfums continuent de se répandre dans la chambre, moins puissants qu'il y a quatre semaines, au tout début de la floraison, on est fin mai, c'est presque l'été, c'est en été, l'an dernier, qu'ils se sont connus. Lorsque Robert est présent, elle n'en évoque que trop volontiers le souvenir, elle se rappelle des détails que Franz a depuis longtemps oubliés, à l'époque, sur la jetée, quand il l'a soudain prise dans ses bras. Tu te souviens ? En fait, il ne l'a pas vraiment prise dans ses bras. Ce n'était qu'un geste qui allait dans ce sens, la première tentative pour la serrer contre lui, et dans cet art il a fait par la suite de notables progrès. Les nuits avec elle lui manquent. N'est-il pas incroyable que l'on choisisse quelqu'un avec qui l'on dormira la nuit dans un lit comme si c'était tout à fait banal ? Il s'est enhardi aux côtés de Dora. Ou bien s'est-il enhardi et n'a-t-il été à ses côtés qu'ensuite ? Il aurait aimé avoir des enfants avec elle. N'est-il d'ailleurs pas singulier que l'on ne cesse de souhaiter et de questionner jusqu'au dernier moment ?

12

Depuis quelques jours on dirait qu'il va de nouveau mieux. Elle ne s'explique pas pourquoi, est-ce l'effet du travail de correction, des confidences qu'ils se chuchotent la nuit, elle ne trouve à lui dire que des banalités, comment elle était petite fille, qu'elle ne s'est plus fait couper les cheveux après la mort de sa mère et portait deux longues nattes dans le dos. Elle lui parle de son école, elle aurait bien voulu avoir des sœurs comme Ottla et Elli avec lesquelles elle continue de discuter quotidiennement au téléphone des moindres changements survenus dans l'état de Franz. Elle évite autant que possible les Hoffmann. On dirait qu'ils en ont pris leur parti mais il n'en est pas moins gênant de les rencontrer, surtout la femme qui la dévisage d'un air affligé, un peu comme la chouette dont Dora rêve depuis peu. C'est toujours le même rêve, il n'y a pas d'action précise. L'oiseau est simplement là à la regarder. Elle n'a pas peur de lui, du moins pas dans le rêve où ce n'est qu'un stupide volatile, un invité, pense-t-elle, un messager, comme elle le sait au réveil, et le message, elle le connaît depuis des semaines.

Judith a écrit. Dans sa dernière lettre, elle se disait très occupée, mais entre-temps son monde a subitement basculé. Elle est enceinte de son Fritz, mais Fritz est retourné chez sa femme, si bien que Judith ne peut pas aller en Palestine. On la sent très énervée, déçue, totalement désorientée, comme si elle vivait à Berlin une vie incompréhensible. Franz va mourir et Judith attend un enfant dont elle ne veut décidément pas, ou peut-être que si, quand même, ça dépend des moments. Elle est complètement chamboulée, écrit-elle, arpente jour et nuit sa chambre, comme une lionne en cage, décidant tantôt ceci tantôt le contraire. Dora ne sait trop que lui répondre. Elle écrit qu'elle lui souhaite beaucoup de courage, elle ne peut pas faire davantage pour le moment, ses journées sont absolument effrayantes, pourvu qu'il respire, espère-t-elle seulement chaque matin, elle peut tout supporter aussi longtemps qu'il respirera. Franz ne trouve pas que ce soit si grave, il se réjouit que Judith attende un enfant, elle ne peut pas aller en Palestine, d'accord, mais après tout, pourquoi pas, peut-être devrait-elle aller en Palestine avec l'enfant, à la place de Dora et lui.

La nuit, au lit, quand elle voit l'oiseau de la mort, elle tente vainement de prier. Elle ne saurait que demander, un miracle au tout dernier moment, la force de surmonter l'épreuve quand il ne sera plus là, car bientôt il ne sera plus là, elle le pressent, alors elle l'aura perdu et rien ne servira de supplier et de se plaindre. Vers le matin, on frappe à sa porte et elle pense aussitôt : Maintenant ! Mais ce n'est que Robert qui dit que la nuit a été mouvementée, Franz s'est réveillé plusieurs fois et a demandé à la voir. Il tapote de la main la couverture à côté de lui, visiblement content, et c'est à peu près tout, le bavardage habituel à l'aide des billets, mais pas de confidences, pas de dernière épreuve, il est simplement couché là et la dévisage, lui indique vaguement la fenêtre ouverte à travers laquelle se font entendre les premiers chants d'oiseaux. Il ne peut et ne veut pas dormir. Robert vient jeter un coup d'œil mais se retire aussitôt pour ne pas les déranger, reparaît un peu plus tard avec le petit déjeuner et, pour Dora, un café auquel elle touche à peine. Vers midi il s'endort. Elle observe sa respiration, s'étonne d'être si calme, qu'on ne se dise rien de spécial à l'approche de la fin, car il se réveille d'heure en heure, recommence aussitôt à chuchoter, rien que de jolies petites choses qu'il met une éternité à formuler, sur elle comme comédienne, il l'a vue sur la scène, en rêve, dans un rôle qu'il ne connaît pas.

De nouveau elle est auprès de lui. Elle l'a embrassé et n'a pas su pendant un long moment si elle devait prendre une chaise ou s'asseoir au bord du lit où elle peut mieux le voir, car elle voudrait le regarder encore une fois tranquillement, sa main qui repose sur la couverture, chacun de ses doigts, le bout des doigts, les ongles, les phalanges, puis le visage, ses cils, la bouche, les ailes du nez légèrement frémissantes, mais ce faisant, elle s'assoupit par intervalles. Elle a mal au dos à force d'être à moitié assise, à moitié allongée, mais Franz, pour la peine, lui fait le plaisir de la réveiller. Elle a rêvé, mais à présent il la réveille, lui passe la main dans les cheveux, depuis un moment déjà, dit-il, pratiquement sans voix. Dans son rêve, ils buvaient de la bière ensemble, les parents étaient là aussi, à la table voisine, et ils leur ont porté un toast. Franz persiste à ne pas vouloir qu'ils lui rendent visite, ils en ont manifesté tout récemment la ferme intention, aussi faut-il les en dissuader, et Franz leur écrit à cet effet une longue lettre dans laquelle il dresse obstacle sur obstacle. Entre-temps, Robert apporte deux coupes de fraises et de cerises et la lettre reste momentanément inachevée. Vers le soir, il reprend ses corrections. Il n'arrive pas au bout mais il a l'air satisfait, retient longuement la main de Dora avant de s'endormir, pas très fermement si bien qu'elle oublie parfois qu'il y a là quelque chose, une chose qui ne pèse pratiquement rien, à croire qu'elle va s'envoler d'un moment à l'autre.

Hier, dans son sommeil, il a remué les lèvres à plusieurs reprises. Elle n'a rien compris mais il cherchait à dire quelque chose, encore et encore les mêmes mots, une sorte de formule, a-t-elle eu l'impression, pas une prière, bien qu'elle y ait pensé, comme un Juif pieux à la synagogue. Respire-t-il plus difficilement aujourd'hui ? Il a beaucoup toussé dans la journée mais elle ne s'en inquiète pas trop, pas plus que d'habitude, elle le regarde longtemps, infiniment plus fatiguée qu'hier, si fatiguée qu'elle peut à peine penser. À quatre heures du matin elle se réveille. Elle est allongée sur le lit, à moitié sur les jambes de Franz et entend soudain un bruit singulier. Il provient de Franz, comme elle le comprend immédiatement, Franz suffoque, agite bizarrement les bras sans la voir, elle se lève à la hâte et va chercher Robert. Maintenant, pense-t-elle. Comme un poisson, pense-t-elle. Mais les poissons suffoquent-ils ? Mon Dieu, chéri, dit-elle. Elle se tient près du lit et ne sait que faire, tente de l'apaiser pendant que Robert va chercher le médecin assistant. On lui demande de sortir un moment de la chambre. On va faire à Franz une injection de camphre, éventuellement de morphine, du moins en est-il question, ils ont apporté des glaçons pour lui procurer de la fraîcheur et cela paraît aider. Franz a une mine effrayante. La crise l'a beaucoup affaibli mais elle peut s'asseoir auprès de lui, elle lui tient la main, lui caresse la joue tandis qu'il dort la plupart du temps. Elle reste assise là, des heures et des heures, comme figée, comme à l'intérieur du temps qui est pur et vide. Non, je t'en prie, dit-elle. N'aie pas peur. Je suis là. Mais l'entend-il seulement ? Robert ne peut pas supporter plus longtemps de les voir comme cela et l'envoie à la poste. Elle commence par refuser mais au premier soleil du matin, elle y va quand même, à contrecœur, en marchant comme un automate. Elle poste les dernières lettres. L'intermède lui fait du bien, elle pourrait se promener encore un peu mais voilà que le médecin assistant arrive en courant à sa rencontre. Il gesticule, semble lui faire signe, puis elle l'entend appeler, venez, vite, le docteur. Elle s'est absentée une demi-heure tout au plus mais dans l'intervalle, Franz a changé du tout au tout, c'est presque comme s'il avait rétréci, comme s'il n'en restait que la moitié. Pourtant il est réveillé, il sourit, il hoche la tête avant de fermer les yeux, épuisé. Vers midi, il meurt dans les bras de Dora. C'est bizarre qu'on le sache aussitôt, il se pourrait aussi que sa respiration ait simplement faibli jusqu'à devenir imperceptible, mais elle sait à quoi s'en tenir. Robert est arrivé, suivi du médecin assistant. Elle reste un moment allongée, le retient dans son bras, comme un enfant, pense-t-elle, bien qu'il s'agisse de son homme. Elle se lève enfin et le recouvre avec un vague sentiment de séparation, comme autrefois sur le quai, avec Max, quand il ne voulait pas rejoindre le compartiment. Plus tard, elle commence à le laver. Robert l'a conduite hors de la chambre et lui a apporté du café, mais à présent elle retourne auprès de lui et le lave en redoublant d'attention, le corps et le visage, tous les endroits aimés. L'après-midi s'écoule ainsi. Robert a téléphoné à Prague, il lui demande s'il peut l'aider, il le peut. À Franz elle dit : Tu es d'accord, n'est-ce pas ? Ils l'habillent, le linge de corps frais, le costume sombre qu'il n'a pas porté depuis longtemps, ensuite seulement elle a presque l'air content. Elle ne veut pas manger. Robert lui a donné un tranquillisant, ils passent un moment en tête-à-tête à discuter de la marche à suivre. Pour Robert, il est clair qu'ils vont l'accompagner à Prague. Juste ciel, oui, dit-elle, elle va donc se retrouver à Prague, Franz est mort, et c'est maintenant qu'elle rentre avec lui à Prague, la ville maudite.

La première nuit, au cours de laquelle ils dorment très peu, ils ne cessent de se dire qu'ils le savaient depuis longtemps. Ils ont eu le temps de prendre congé, mais l'effroi est-il moins grand pour autant ? Ils ne sont plus ce qu'ils étaient, disent-ils, comme des enfants qu'on aurait mis à la porte, dehors et dedans il fait froid, pourtant c'est l'été, les jours se succèdent, clairs, resplendissants. Robert voudrait qu'elle dorme enfin, elle ne se laisse convaincre que parce qu'il lui promet d'aller ensuite avec elle auprès de Franz. Lorsqu'elle rouvre les yeux, elle commence par ne pas savoir où elle est, un moment elle se croit à Berlin puis tout lui revient à l'esprit. Elle a rêvé de Berlin, qu'elle l'attendait dans l'appartement de la Heidestrasse. Il lui faut une éternité pour se réveiller, il y a du café, ensuite ils vont revoir Franz. Mais est-ce encore Franz ? Quand on le touche, on frissonne de froid, son visage a une expression très sévère et distante, elle met un long moment avant d'oser l'embrasser. Elle voudrait garder certains objets en souvenir et prend sa robe de chambre, les cahiers de notes, sa brosse à cheveux. Madame Hoffmann a dit qu'on va venir le chercher tout à l'heure, il reposera momentanément dans une salle du cimetière, aussi Dora tente-t-elle de lui dire une dernière fois ce qu'il a représenté pour elle, depuis le début. Mais il est difficile de parler à un mort, il n'écoute pas et elle y renonce rapidement. Ils ont hélas aussi de la visite. Karl et l'oncle sont arrivés, au malheur qui vient de les frapper s'ajoutent des scènes pénibles, car l'oncle voudrait qu'il soit inhumé à Kierling tandis que Dora tient à Prague, le différend ne sera aplani que par un télégramme du père : la décision appartient à Dora et à elle seule.

Les jours suivants passent sans qu'elle y prenne garde. Dans la salle, elle se sent très vite et de plus en plus étrangère. Elle pleure parce qu'elle ne le reconnaît pas, une dernière fois quand ils ferment le cercueil et l'emportent pour toujours loin d'elle. Mille formalités sont à régler avant le transfèrement, Robert doit se rendre plusieurs fois à l'hôtel de ville pour les papiers, il finit par les avoir tous et le jour vient où ils prennent congé et montent dans le train où Franz se trouve également, mais ils ne savent pas exactement où. Lorsqu'ils arrivent à Prague, sa mort remonte à plus d'une semaine, elle fait la connaissance de ses parents. Les trois sœurs sont là, Mademoiselle également, tout le monde est comme pétrifié. Elle voit sans les voir la plupart des choses qui se présentent à elle, l'ancienne chambre de Franz qu'elle a le droit d'occuper, son lit, sa table de travail qui n'est pour elle qu'une table comme les autres. Quand elle ne pleure pas, elle est assise à la grande table et cherche à se rappeler. Franz a pas mal embelli la vie de Dora dans ses lettres, elle peut à présent rectifier certaines choses et raconter comme c'était vraiment, comme ils étaient bien ensemble, depuis le premier jour. Aussi longtemps qu'elle raconte, tout paraît supportable. La tombe ouverte est terrible à voir, les montagnes de fleurs mais pas de dalle, il y en aura quand même une un peu plus tard, si bien qu'elle a de nouveau un but, quelque chose comme un point de rendez-vous où elle peut aller se confier à lui chaque jour. Des amis de Franz ont organisé une lecture au cours de laquelle sont présentés divers textes de lui, mais ces textes, pour la plupart, ne lui parlent pas, c'est comme s'ils étaient d'un Franz qu'elle ne connaît pas. Est-on un autre pour chacune des différentes personnes qui croient nous connaître ? Franz a vécu jusqu'au bout dans la crainte de ses parents, elle voit seulement qu'ils sont âgés, qu'ils partagent son deuil, qu'ils ne la renvoient pas. Juin s'écoule puis la moitié de juillet, et elle est toujours dans la ville de Franz. Une fois, elle a une entrevue déplaisante avec Max, il a découvert plusieurs manuscrits de Franz, des romans, dit-il, des récits, des fragments qu'il a l'intention de publier coup sur coup, aussi rend-il visite à toutes sortes de personne de connaissance pour leur demander si elles ont quelque chose de lui et veulent bien le lui confier. Lorsqu'elle dit qu'elle n'a rien, il n'insiste pas, puis revient à la charge au cours d'une seconde entrevue, enfin quoi, dit-il, vous vous êtes bien écrit, et où sont ses derniers cahiers, mais elle y a réfléchi dans l'intervalle, et elle est arrivée à la conclusion qu'il n'a aucun droit là-dessus. À la fin juillet, elle a le sentiment que quelque chose se clarifie en elle. À l'anniversaire de Franz, au début du mois, elle croyait encore qu'elle mourrait de chagrin, à présent elle sent que les forces reviennent. Ottla et la mère lui ont beaucoup parlé de Franz, de l'enfant, de l'étudiant Franz, elles lui ont montré Prague, le fleuve et les ponts, les chemins qu'il a parcourus, les ruelles anciennes, le commerce du père. Le père aussi regrette Franz, plutôt silencieusement, avec des hochements de tête qui incluent Dora, comme s'il n'en revenait toujours pas que Franz ait pu avoir une femme comme Dora. Doit-elle retourner à

Berlin ? Elle ne saurait où aller sinon à Berlin, même si tout, là-bas, lui rappelle Franz. Mais peut-il y avoir un lieu où elle sera sans Franz ? Judith lui a écrit, elle veut garder l'enfant et attend avec impatience son retour. Dora hésite encore. On est début août, les valises sont bouclées, elle pourrait s'en aller tout simplement, sans même prendre congé, et c'est exactement ce qu'elle fait. Je leur écrirai, se dit-elle, et la voilà en route pour Berlin où l'attendent un été chaud et les livres de Franz. Elle les a tous dans ses bagages, le dernier aussi pour lequel il est encore trop tôt, aussi feuillette-t-elle les anciens, lisant çà et là un début, le titre *Onze fils* lui plaît énormément, elle trouve qu'il ressemble beaucoup à Franz.

La correspondance entre Franz Kafka et Dora Diamant n'est pas conservée. Durant l'été 1924, Dora Diamant a emporté à Berlin vingt cahiers et trente-cinq lettres de Kafka qui ont été confisqués par la Gestapo au cours d'une perquisition et n'ont pas été retrouvés depuis lors. Dora Diamant a vécu jusqu'en 1936 en Allemagne, ensuite trois ans en Union soviétique. Peu avant le début de la Seconde Guerre mondiale, elle a émigré en Angleterre où elle est décédée en août 1952 à l'âge de cinquante-quatre ans. Le père de Kafka a vécu jusqu'en 1931, sa mère jusqu'en 1934. Ses sœurs Elli, Valli et Ottla ainsi que sa nièce Hanna ont été assassinées en 1942-1943 dans les camps d'extermination de Chelmno et d'Auschwitz.

DU MÊME AUTEUR

FUGUE EN LIT MINEUR, Denoël, 2003.

« LES GRANDES TRADUCTIONS »

(extrait du catalogue)

CHRIS ABANI
Graceland
traduit de l'anglais (Nigeria) par Michèle Albaret-Maatsch
Le Corps rebelle d'Abigaïl Tansi
Comptine pour enfant-soldat
traduits de l'anglais par Anne Wicke

DANIEL ALARCÓN
Lost City Radio
La Guerre aux chandelles
traduits de l'anglais (États-Unis) par Pierre Guglielmina

ALESSANDRO BARICCO
Châteaux de la colère, prix Médicis Étranger 1995
Soie
Océan mer
City
Homère, Iliade
traduits de l'italien par Françoise Brun

MISCHA BERLINSKI
Le Crime de Martyia Van der Leun
traduit de l'anglais (États-Unis) par Renaud Morin

ANDREI BITOV
Les Amours de Monakhov
traduit du russe par Antonina Roubichou-Stretz
La Datcha
traduit du russe par Christine Zeytounian-Beloüs
Un Russe en Arménie
traduit du russe par Dimitri Sesemann

ELIAS CANETTI
Histoire d'une jeunesse, la langue sauvée, 1905-1921
Les Années anglaises
traduits de l'allemand par Bernard Kreiss
Le Flambeau dans l'oreille, histoire d'une vie, 1921-1931
traduit de l'allemand par Michel-François Démet
Jeux de regard, histoire d'une vie, 1931-1937
traduit de l'allemand par Walter Weideli

VEZA ET ELIAS CANETTI
Lettres à Georges
traduit de l'allemand par Claire de Oliveira

GIUSEPPE CULICCHIA
Le Pays des merveilles
traduit de l'italien par Vincent Raynaud

DANIEL DEFOE
Robinson Crusoé
traduit de l'anglais par Françoise du Sorbier

JOHN VON DUFFEL
De l'eau
Les Houwelandt
traduits de l'allemand par Nicole Casanova

FRIEDERICH DÜRRENMATT
Grec cherche Grecque
traduit de l'allemand par Denise Van Moppès
Le Juge et son bourreau
La Promesse
La Panne
Le Soupçon
traduits de l'allemand par Armel Guerne

TOM FRANKLIN
Braconniers
La Culasse de l'enfer
traduits de l'anglais (États-Unis) par François Lasquin et Lise Dufaux
Smonk
traduit de l'anglais (États-Unis) par Michel Lederer

HEIKE GEISSLER
Rosa
traduit de l'allemand par Nicole Taubes

JOÃO GUIMARÃES ROSA
Diadorim
traduit du portugais (Brésil) par Maryvonne Lapouge-Pettorelli
Sagarana
Mon oncle le jaguar
traduits du portugais (Brésil) par Jacques Thiériot

PEDRO JUAN GUTIÉRREZ
Trilogie sale de La Havane
Animal tropical
Le Roi de la Havane
Le Nid du serpent
traduits de l'espagnol (Cuba) par Bernard Cohen

VANGHÈLIS HADZIYANNIDIS
Le Miel des anges
traduit du grec par Michel Volkovitch

GEORG HERMANN
Henriette Jacoby
traduit de l'allemand par Serge Niémetz

JUDITH HERMANN
Maison d'été, plus tard
Rien que des fantômes
Alice
traduits de l'allemand par Dominique Autrand

MOSES ISEGAWA
Chroniques abyssiniennes
La Fosse aux serpents
traduits du néerlandais par Anita Contas

ROBIN JENKINS
La Colère et la Grâce
traduit de l'anglais par Françoise du Sorbier

EDWARD P. JONES
Le Monde connu
Perdus dans la ville
traduits de l'anglais (États-Unis) par Nadine Gassie

YASUNARI KAWABATA
Récits de la paume de la main
traduit du japonais par Anne Bayard-Sakai et Cécile Sakai
La Beauté, tôt vouée à se défaire
traduit du japonais par Liana Rossi
Les Pissenlits
traduit du japonais par Hélène Morita

YASUNARI KAWABATA / YUKIO MISHIMA
Correspondance
traduit du japonais par Dominique Palmé

OTTO DOV KULKA
Paysages de la métropole de la mort
traduit de l'anglais par Pierre-Emmanuel Dauzat

NAM LE
Le Bateau
traduit de l'anglais (Australie) par France Camus-Pichon

DORIS LESSING
Le Carnet d'or
Les Enfants de la violence
traduits de l'anglais par Marianne Véron
Journal d'une voisine
traduit de l'anglais par Marianne Fabre
Si vieillesse pouvait
traduit de l'anglais par Natalie Zimmermann

PRIMO LEVI
Le Système périodique
traduit de l'italien par André Maugé

EDOUARD LIMONOV
Autoportrait d'un bandit dans son adolescence
traduit du russe par Maya Minoustchine
Journal d'un raté
traduit du russe par Antoine Pingaud
Le Petit Salaud
traduit du russe par Catherine Prokhorov

DAVID MALOUF
Ce vaste monde, prix Femina étranger 1991
L'Étoffe des rêves
traduits de l'anglais (Australie) par Robert Pépin
Chaque geste que tu fais
traduit de l'anglais (Australie) par Nadine Gassie

SÁNDOR MÁRAI
Les Braises
traduit du hongrois par Marcelle et Georges Régnier
L'Héritage d'Esther
Divorce à Buda
Un chien de caractère
Mémoires de Hongrie
Métamorphoses d'un mariage
Le Miracle de San Gennaro
traduits du hongrois par Georges Kassai et Zéno Bianu
Libération
Le Premier Amour
L'Étrangère
La Sœur
Les Étrangers
traduits du hongrois par Catherine Fay

THOMAS MANN
Les Confessions du chevalier d'industrie Felix Krull
Dr Faustus
traduits de l'allemand par Louise Servicen

VALERIE MARTIN
Maîtresse
Indésirable
Période bleue
traduits de l'anglais (États-Unis) par Françoise du Sorbier

JOHN MCGAHERN
Les Créatures de la terre et autres nouvelles
Pour qu'ils soient face au soleil levant
traduits de l'anglais (Irlande) par Françoise Cartano
Mémoire
traduit de l'anglais (Irlande) par Marie-Lise Marlière

ADRIENNE MILLER
Fergus
traduit de l'anglais (États-Unis) par Marie-Lise Marlière
et Guillaume Marlière

STEVEN MILLHAUSER
La Vie trop brève d'Edwin Mulhouse, écrivain américain, 1943-1954, racontée par Jeffrey Cartwright,
Prix Médicis Étranger 1975, prix Halpérine-Kaminsky 1976
traduit de l'anglais (États-Unis) par Didier Coste
Martin Dressler. Le roman d'un rêveur américain, prix Pulitzer 1997
Nuit enchantée
traduits de l'anglais (États-Unis) par Françoise Cartano
Le Roi dans l'arbre
Le Lanceur de couteaux
traduits de l'anglais (États-Unis) par Marc Chénetier

ROHINTON MISTRY
Une simple affaire de famille
L'Équilibre du monde
traduits de l'anglais (Canada) par Françoise Adelstain

JENS REHN
Rien en vue
traduit de l'allemand par Bernard Kreiss

CHRISTOPH RANSMAYR
La Montagne volante
Le Syndrome de Kitahara
traduits de l'allemand par Bernard Kreiss

MORDECAI RICHLER
Le Monde de Barney
traduit de l'anglais (Canada) par Bernard Cohen

VIKRAM SETH
Deux vies
traduit de l'anglais (Inde) par Dominique Vitalyos

ANTONIO SOLER
Les Danseuses mortes
Le Spirite mélancolique
Le Chemin des Anglais
Le Sommeil du caïman
traduits de l'espagnol par Françoise Rosset
Lausanne
traduit de l'espagnol par Séverine Rosset

PAOLO SORRENTINO
Ils ont tous raison
traduit de l'italien par Françoise Brun

SOPHIE TOLSTOÏ
À qui la faute, réponse à Léon Tolstoï
traduit du russe par Christine Zeytounian-Beloüs

F.X. TOOLE
Coup pour coup
traduit de l'anglais (États-Unis) par Bernard Cohen

NICK TOSCHES
La Main de Dante
Le Roi des Juifs
traduits de l'anglais (États-Unis) par François Lasquin

DUBRAVKA UGRESIC
Le Ministère de la douleur
traduit du serbo-croate par Janine Matillon

TARUN TEJPAL
La Vallée des masques
traduit de l'anglais (Inde) par Dominique Vitalyos

ERICO VERISSIMO
Le Temps et le Vent
Le Portrait de Rodrigo Cambará
traduits du portugais (Brésil) par André Rougon

Composition IGS-CP
Impression CPI Bussière en décembre 2012
à Saint-Amand-Montrond (Cher)
Éditions Albin Michel
22, rue Huyghens, 75014 Paris
www.albin-michel.fr
ISBN : 978-2-226-24519-9
ISSN : 0755-1762
N° d'édition : 20174/01. – N° d'impression : 124032/4.
Dépôt légal : janvier 2013.
Imprimé en France.